高等职业教育通识类课程教材

中国古代文学作品选

主　编　李　莉　黄志基　骆宇颖

U0791805

中国水利水电出版社
www.waterpub.com.cn
·北京·

内 容 提 要

本书为《中国古代文学》的配套用书，分为五大部分：诗、词、曲、文和小说。每一部分选取满足高职定位需求的作品，以作品为主体。本书在编写的过程中突破传统教材按朝代划分章节的形式，而改为以文体为模块来编写，将古代文学课程本身固有的特点和高职教育的教学规律相结合，能够有效满足高职高专中国古代文学教学对文学鉴赏、语言技能和文化知识的需求。

本书适合作为各类高职高专院校的中国古代文学教材，也可供古代文学爱好者阅读欣赏。

图书在版编目（CIP）数据

中国古代文学作品选 / 李莉，黄志基，骆宇颖主编
. -- 北京 : 中国水利水电出版社，2020.9
高等职业教育通识类课程教材
ISBN 978-7-5170-8844-8

Ⅰ. ①中… Ⅱ. ①李… ②黄… ③骆… Ⅲ. ①中国文学－古典文学－作品综合集－高等职业教育－教材 Ⅳ. ①I212.01

中国版本图书馆CIP数据核字(2020)第171214号

策划编辑：陈红华　责任编辑：王玉梅　加工编辑：赵佳琦　封面设计：李　佳

书　　名	高等职业教育通识类课程教材 中国古代文学作品选 ZHONGGUO GUDAI WENXUE ZUOPINXUAN
作　　者	主　编　李　莉　黄志基　骆宇颖
出版发行	中国水利水电出版社 （北京市海淀区玉渊潭南路 1 号 D 座　100038） 网址：www.waterpub.com.cn E-mail：mchannel@263.net（万水） sales@waterpub.com.cn 电话：（010）68367658（营销中心）、82562819（万水）
经　　售	全国各地新华书店和相关出版物销售网点
排　　版	北京万水电子信息有限公司
印　　刷	三河市鑫金马印装有限公司
规　　格	184mm×260mm　16 开本　12.75 印张　262 千字
版　　次	2020 年 9 月第 1 版　2020 年 9 月第 1 次印刷
印　　数	0001—3000 册
定　　价	32.00 元

凡购买我社图书，如有缺页、倒页、脱页的，本社营销中心负责调换

版权所有·侵权必究

编　委　会

主　编　李　莉　黄志基　骆宇颖

编　委　李　莉　李日新　曾险峰　黄志基

　　　　骆宇颖　舒多多　陈火胜

前　　言

本书为我们自编的《中国古代文学》配套用书。由于高职高专院校开设的古代文学课程在课时数和研究深度上均和本科院校不同，每年征订教材之际，我们都难以寻找到合适的中国古代文学教材，于是在多年筹划之后，最终决定自己编写。

中华文明五千年，优秀的古代文学名篇浩如繁星，我们精选每一种文体中最具代表性的作家作品，以利于教师通过对具体作品的解读，来梳理和展开相关的作家时代背景、文人生平、时代文艺思潮，对学生进行感性和理性、审美感悟与理性评说的训练，引导学生分析、整理、总结文学现象，将知识教育、文学审美和人文精神的传承紧密结合。

本书以文体为模块来编写，分为五大部分：诗、词、曲、文和小说。每一部分选取满足高职定位需求的作品，以作品为主体。

教材编写分工如下：第一章由黄志基和李莉编写，第二章由曾险峰、骆宇颖和舒多多编写，第三章由舒多多编写，第四章由李日新和骆宇颖编写，第五章由李莉编写；全书的统稿和整理由李莉完成。

数千年积淀下来的经典篇章，一代一代地滋养、陶冶、鼓舞着我们，也让我们对未来中国文化的发展充满信心。本书从筹划、动笔、修撰到最终出版历经数年，在编写过程中参考了众多相关的研究成果和观点，在此表示衷心感谢。由于编者水平有限，书中难免存在疏漏之处，敬请各位读者批评、指正。

编　者

2020 年 5 月

目　　录

第一章 诗

第一节　诗经

关雎

关关雎鸠[1]，在河之洲[2]。窈窕淑女[3]，君子好逑[4]。
参差荇菜[5]，左右流之[6]。窈窕淑女，寤寐求之[7]。
求之不得，寤寐思服[8]，悠哉悠哉[9]，辗转反侧[10]。
参差荇菜，左右采之。窈窕淑女，琴瑟友之[11]。
参差荇菜，左右芼之[12]。窈窕淑女，钟鼓乐之[13]。

【注释】

（1）关关：雎鸠鸣声。雎鸠：水鸟类，近人认为是鸳鸯。

（2）洲：水中央的陆地。一、二两句是诗人就所见以起兴。

（3）窈窕：美好貌。淑：善也。淑女：贤淑的好姑娘。

（4）君子：当时贵族阶级男子的通称。好：男女相悦也。逑：同“仇”，配偶也。好逑：就是爱慕而希望成为配偶的意思。

（5）参差：不齐。荇菜：生长在水里的一种植物，叶呈心形，浮在水上，可以吃。

（6）流：就是求或捋取。和下文“采”“芼”义相近。这两句言彼女左右采荇。她采荇时的美好姿态使那君子时刻不忘，见于梦寐。

（7）睡醒为“寤”，睡着为“寐”。“寤寐”在这里犹言日夜。

（8）服：古读如“愎”。思服：思念也，两字同义。

（9）悠哉悠哉：犹“悠悠”，就是“唉啊”的意思。这句是说思念绵绵不断。

（10）“辗”就是“转”。反：伏身而卧。侧：侧身而卧。辗转反侧：说明不能安睡。第二、三章写思服之苦。

（11）友：亲也。

（12）芼：是“现”的借字，择也。“芼之”也就是“流之”“采之”的意思，因为分章换韵所以变换文字。

（13）乐：娱悦。友、乐的对象就是那采、芼之人。最后两章是设想和彼女结婚。

此诗写男恋女之情，大意是：河边一个采荇菜的姑娘引起一个男子的思慕，那“左右采之”的窈窕形象使他寤寐不忘，而“琴瑟友之”“钟鼓乐之”便成为他的愿望。

芣苢

采采芣苢[1]，薄言采之。采采芣苢，薄言有之。
采采芣苢，薄言掇之。采采芣苢，薄言捋之。
采采芣苢，薄言袺[2]之。采采芣苢，薄言襭[3]之。

【注释】

（1）芣苢：车前子。

（2）袺（jié）：用衣襟兜东西。

（3）襭（xié）：把衣襟角系上兜东西。

【赏析】

全篇三章十二句，只变动了六个动词，不但写出采摘的过程，而且通过不断重复的韵律，表现出生动活泼的气氛，似乎有一种合唱、轮唱的味道。清人方玉润说："恍听田家妇女，三三五五，于平原旷野、风和日丽中群歌互答，余音袅袅，忽断忽续。"《〈诗经〉原始》

蒹葭

蒹葭苍苍[1]，白露为霜。所谓伊人，在水一方。
溯洄从之，道阻且长。溯游从之，宛在水中央[2]。
蒹葭萋萋[3]，白露未晞[4]。所谓伊人，在水之湄。
溯洄从之，道阻且跻[5]。溯游从之，宛在水中坻。
蒹葭采采，白露未已。所谓伊人，在水之涘。
溯洄从之，道阻且右。溯游从之，宛在水中沚[6]。

【注释】

（1）蒹：荻。葭：苇。多隆阿曰："荻之高者不过五六尺，苇之高者至丈余；荻茎细如蒿梗，苇之大者则如小竹；苇之中实，荻之中空，二草之别在此也。"

（2）毛传："逆流而上曰溯洄，顺流而涉曰溯游。"

（3）萋：亦作"凄"。张慎仪曰："《说文》：'萋，草盛也。凄，雨云起也。'此诗应以萋为正字。"徐璈曰："《四月》诗传：'凄凄，凉风也。'《绿衣》诗传：'凄，寒风也。'《蒹葭》当霜凝之候，凉风萧瑟，寒意凄其，既盛而将瘁矣。"据此，是读"萋"，可以读出景象；读"凄"，则并景中之情，或曰视觉中的感觉，亦可解得。

（4）毛传："晞，干也。"

（5）毛传："湄，水赚也。跻，升也。"郑笺："言其难至如升阪。"《尔雅·释水》："水草交为湄。"李巡注："水中有草木交会曰湄。"胡承珙曰："《说文》'赚，崖也。'崖，高边也。'下文'道阻且跻'，跻为升义，故此以'水隒'见其高意。"

（6）毛传："涘，厓也。"郑笺："'右'者，言其迂回也。"焦琳曰："道阻且长、且跻、且右，皆因溯游逆流之故，意中觉得必是如此，无认作真有别样阻滞也。"李九华曰："《尔雅》'小洲曰渚，小渚曰址，小沚曰坻'，皆绝小之称。"

七月

七月流火[(1)]，九月授衣[(2)]。一之日觱发[(3)]，二之日栗烈[(4)]。无衣无褐[(5)]，何以卒岁[(6)]？三之日于耜[(7)]，四之日举趾[(8)]。同我妇子，馌彼南亩[(9)]，田畯至喜[(10)]。

七月流火，九月授衣。春日载阳[(11)]，有鸣仓庚[(12)]。女执懿筐[(13)]，遵彼微行[(14)]。爰求柔桑，春日迟迟。采蘩祁祁[(15)]，女心伤悲，殆及公子同归[(16)]。

【注释】

（1）流：落下。火：星名，又称大火。

（2）授衣：叫妇女缝制冬衣。

（3）一之日：周历一月，夏历十一月。以下类推。觱（bì）发：寒风吹起。

（4）栗烈：寒气袭人。

（5）褐：粗布衣服。

（6）卒岁：终岁，年底。

（7）于：为，修理。耜（sì）：古代的一种农具。

（8）举趾：抬足，这里指下地种田。

（9）馌（yè）：往田里送饭。南亩：南边的田地。

（10）田畯（jùn）：农官。喜：请吃酒菜。

（11）载阳：天气开始暖和。

（12）仓庚：黄鹂。

（13）懿筐：深筐。

（14）遵：沿着。微行：小路。

（15）蘩：白蒿。祁祁：人多的样子。

（16）公子：诸侯的女儿。归：出嫁。

七月流火，八月萑苇[(17)]。蚕月条桑[(18)]，取彼斧斨[(19)]。以伐远扬[(20)]，猗彼女桑[(21)]。七月鸣鵙[(22)]，八月载绩[(23)]。载玄载黄，我朱孔阳[(24)]，为公子裳。

【注释】

（17）萑（huān）苇：芦苇。

（18）蚕月：养蚕的月份，即夏历三月。条：修剪。

（19）斧斨（qiāng）：装柄处圆孔的叫斧，方孔的叫斨。

（20）远扬：向上长的长枝条。

（21）猗（yī）：攀折。女桑：嫩桑。

（22）鵙（jú）：伯劳鸟，叫声响亮。

（23）绩：织麻布。

（24）朱：红色。孔阳：很鲜艳。

四月秀葽[25]，五月鸣蜩[26]。八月其获，十月陨萚[27]。一之日于貉，取彼狐狸，为公子裘。

二之日其同[28]，载缵武功[29]。言私其豵[30]，献豜于公[31]。五月斯螽动股[32]，六月莎鸡振羽[33]。七月在野，八月在宇。九月在户，十月蟋蟀入我床下。穹窒熏鼠[34]，塞内谨户[35]。嗟我妇子，曰为改岁[36]，入此室处。

【注释】

（25）秀葽（yāo）：秀是草木结籽，葽是草名。

（26）蜩（tiáo）：蝉，知了。

（27）陨：落下。萚（tuò）：枝叶脱落。

（28）同：会合。

（29）缵：继续。武功：指打猎。

（30）豵（zōng）：一岁的野猪。

（31）豜（jiān）：三岁的野猪。

（32）斯螽（zhōng）：蚱蜢。动股：蚱蜢鸣叫时要弹动腿。

（33）莎鸡：纺织娘（虫名）。

（34）穹室：堵塞鼠洞。

（35）向：朝北的窗户。谨：用泥涂抹。

（36）改岁：除岁。

六月食郁及薁[37]，七月亨葵及菽[38]。八月剥枣，十月获稻。为此春酒，以介眉寿[39]。七月食瓜，八月断壶[40]。九月叔苴[41]，采荼薪樗[42]，食我农夫。

九月筑场圃，十月纳禾稼。黍稷重穋[43]，禾麻菽麦。嗟我农夫，我稼既同，上入执宫功[44]。昼尔于茅[45]，宵尔索绹[46]。亟其乘屋[47]，其始播百谷。

【注释】

（37）郁：郁李。薁（yù）：野葡萄。

（38）亨：烹。葵：滑菜。菽：豆。

（39）介：求取。眉寿：长寿。

（40）壶：同“瓠”，葫芦。

（41）叔：拾起。苴（jū）：秋麻籽，可吃。

（42）荼（tú）：苦菜。薪：砍柴。樗（chū）：臭椿树。

（43）重：晚熟作物。穋（lù）：早熟作物。

（44）上：同“尚”。宫功：修建宫室。

（45）于茅：割取茅草。

（46）索绹（táo）：搓绳子。

（47）亟：急忙。乘屋：爬上房顶去修理。

二之日凿冰冲冲[48]，三之日纳于凌阴[49]。四之日其蚤[50]，献羔祭韭。九月肃霜[51]，十月涤场[52]。朋酒斯飨[52]，曰杀羔羊。跻彼公堂[54]，称彼兕觥[55]，万寿无疆。

【注释】

（48）冲冲：用力敲冰的声音。

（49）凌阴：冰室。

（50）蚤：早，一种祭祖仪式。

（51）肃霜：降霜。

（52）涤场：打扫场院。

（53）朋酒：两壶酒。飨（xiǎng）：用酒食招待客人。

（54）跻（jì）；登上。公堂：庙堂。

（55）称：举起。兕觥（sìgōng）：古时的酒器。

桃夭

桃之夭夭[1]，灼灼其华[2]。之子于归[3]，宜其室家[4]。桃之夭夭，有蕡[5]其实。之子于归，宜其家室。桃之夭夭，其叶蓁蓁[6]。之子于归，宜其家人。

【注释】

（1）夭夭：茂盛的样子。

（2）灼灼：花开鲜艳的样子。华：花。

（3）之子：指出嫁的姑娘。归：古时称女子出嫁为“于归”，或单称“归”，是往归夫家的意思。

（4）宜：和顺，和善。室家：指夫妇。

（5）蕡（fén）：果实很多的样子。

（6）榛（zhēn）榛：树叶茂盛的样子。

采薇

采薇采薇[1]，薇亦作止[2]。曰归曰归[3]，岁亦莫止[4]。
靡室靡家[5]，玁狁之故[6]。不遑启居[7]，玁狁之故。
采薇采薇，薇亦柔止。曰归曰归，心亦忧止。
忧心烈烈[8]，载饥载渴[9]。我戍未定[10]，靡使归聘[11]。
采薇采薇，薇亦刚止[12]。曰归曰归，岁亦阳止[13]。

王事靡盬[14]，不遑启处。忧心孔疚[15]，我行不来[16]！
彼尔维何[17]？维常之华[18]。彼路斯何[19]？君子之车[20]。
戎车既驾[21]，四牡业业[22]。岂敢定居？一月三捷。
驾彼四牡，四牡骙骙[23]。君子所依[24]，小人所腓[25]。
四牡翼翼[26]，象弭鱼服[27]。岂不日戒[28]？猃狁孔棘[29]！
昔我往矣，杨柳依依[30]。今我来思[31]，雨雪霏霏[32]。
行道迟迟，载渴载饥。我心伤悲，莫知我哀！

【注释】

（1）薇：豆科植物，今俗名称大巢菜，可食用。

（2）作：生。止：语助词。

（3）曰：说，或谓乃语助词，无义。

（4）莫：“暮”的本字。岁暮：一年将尽之时。

（5）靡：无。

（6）猃狁（xiǎnyǔn）：北方少数民族，春秋时期称为狄，战国、秦、汉时期称为匈奴。

（7）遑：闲暇。不遑：没空。启：跪坐。居：安居。

（8）烈烈：火势很大的样子，此处形容忧心如焚。

（9）载：语助词。

（10）戍：驻守。定：安定。

（11）使：传达消息的人。聘：探问。

（12）刚：指薇菜由嫩而老，变得粗硬。

（13）阳：阳月，指夏历四月以后。

（14）盬（gǔ）：休止。

（15）疚：痛苦。孔疚：非常痛苦。

（16）来：回家。不来，不归。

（17）尔：“薾”的假借字，花盛开貌。维何：是什么。

（18）常：常棣，棠棣。

（19）路：同“辂”，高大的马车。

（20）君子：指将帅。

（21）戎车：兵车。

（22）四牡：驾兵车的四匹雄马。业业：马高大貌。

（23）骙（kuí）骙：马强壮貌。

（24）依：乘。

（25）小人：指士卒。腓（fěi）：“庇”的假借，隐蔽。

（26）翼翼：行止整齐熟练貌。

（27）象弭：象牙镶饰的弓。服：“箙”的假借。鱼服：鱼皮制成的箭袋。

（28）日戒：每日警备。

（29）棘：同“急”。

（30）依依：柳枝随风飘拂貌。

（31）思：语助词。

（32）雨（yù）：作动词，下雪。霏霏：雪花纷飞貌。

生民

厥初生民[(1)]，时维姜嫄[(2)]。生民如何？克禋克祀[(3)]，以弗[(4)]无子。履帝武敏歆[(5)]，攸介攸止[(6)]，载震载夙[(7)]。载生载育，时维后稷[(8)]。

【注释】

（1）厥初：其初。生民：诞生周始祖。

（2）时：是。姜嫄：传说中远古帝王高辛氏之妃，周始祖后稷之母，炎帝后裔，姓姜。嫄亦作“原”，是谥号，取本原之义。以上二句言姜嫄始生周人，就是指生后稷。

（3）克：能。禋（yīn）、祀：一种野祭。祭时用火烧牲，使烟气上升。这里似指祀天帝。一说祀郊，祭于郊外，求子。

（4）弗：“祓（fú）”的借字。祓是除不祥，用祭祀除去无子的不祥之兆。

（5）履：践，踩。帝：天帝。武：指足迹。敏：脚拇指，“武敏”就是足迹的脚拇指。歆：欣喜。姜嫄践巨人脚印生后稷的故事，是周民族的传说。郑笺：“时则有大神之迹，姜嫄履之，足不能满，履其拇指之处，心体歆歆然，如有人道感己者也，于是遂有身。”

（6）介：息。这句是说祭毕休息。

（7）震：娠，就是怀身。夙：肃，言谨守胎教。

（8）时维后稷：即为后稷。后稷又名弃。

诞弥厥月[(9)]，先生如达[(10)]。不拆不副[(11)]，无菑无害[(12)]。以赫厥灵[(13)]。上帝不宁，不康禋祀[(14)]，居然生子[(15)]。

【注释】

（9）诞：发语词，有叹美的意思。弥：满。弥厥月：言满了怀孕应有的月数。

（10）先生：犹言“首生”。如：读为“而”。达：滑利。这句是说生子很顺利。

（11）坼（chè）：裂。副（pì）：裂开，剖开。这句是说生得滑利不致破裂产门。

（12）菑（zāi）：“灾”的异体字。

（13）赫：显。这句是说因上述的情况而显得灵异。

（14）宁、康：都训“安”。上帝不安享我的祭祀吗？这是写姜嫄的不安。践大人迹而生子是大怪异的事，姜嫄疑为不祥，所以下句又说“居然生子”。

（15）居然：徒然。生子而不敢养育所以为徒然。这里三句辞义和下章紧密连接。

诞寘之隘巷[16]，牛羊腓字之[17]。诞寘之平林[18]，会[19]伐平林。诞寘之寒冰，鸟覆翼之。鸟乃去矣，后稷呱[20]矣。实覃实訏[21]，厥声载[22]路。诞实匍匐[23]，克岐克嶷[24]，以就口食[25]。

【注释】

（16）寘（zhì）：即“置”，搁。隘：狭。这句是说将婴儿弃置在狭巷。

（17）腓（féi）：隐蔽，见《小雅·采薇》。字：乳育。

（18）平林：平原上的树林。

（19）会：适逢。这句是说适逢有人来伐木，不便弃置。

（20）呱（gū）：啼哭。

（21）实：与“是”同，作“是”解。覃（tán）：长。訏（xū）：大。

（22）载：满。以上二句言婴儿哭声壮大。

（23）匐：古音“必”。匍匐：伏地爬行。

（24）岐：知意。嶷：古音“逆”，认识。克岐克嶷：是说能有所识别。

（25）以：同“已”。就：求。以上三句是说后稷当才能匍匐的时候就很聪颖，能自求食。

蓺之荏菽[26]，荏菽旆旆[27]。禾役穟穟[28]，麻麦幪幪[29]，瓜瓞唪唪[30]。诞后稷之穑，有相[31]之道。茀[32]厥丰草，种之黄茂[33]。实方实苞[34]，实种实褎[35]。实发实秀[36]，实坚实好[37]。实颖[38]实栗，即有邰[39]家室。

【注释】

（26）蓺（yì）：种植。荏（rěn）菽：大豆。

（27）旆（pèi）旆：即芾（fèi）芾，茂盛。

（28）役：《说文》引作“颖”，禾尖。穟（suì）穟：美好。

（29）幪（měng）幪：茂盛覆地。

（30）唪（běng）唪：多果实貌。以上五句是说后稷知道游戏的时候就爱好种植，所种瓜谷无不良好。

（31）相：助。以上两句是说后稷的收获有助成之道。

（32）茀（fú）：拔除。

（33）黄茂：指嘉谷。

（34）方：整齐。苞：丰茂。

（35）种：犹“肿”，肥盛。褎（yòu）：禾苗渐长貌，引申为出众，指人的才能超出同辈。

（36）发：生长繁茂。秀：初长穗。

（37）坚、好：言谷粒充实。

（38）颖：垂穗。栗：犹“栗栗”，众。以上五句依禾生长成熟的次第描写禾的美好，言外见出人工之善。

（39）邰（tái）：地名。邰故城在今陕西省武功县西南。这句是说后稷到邰地定居。相传后稷在虞舜时代佐禹有功，始封于邰。

诞降[40]嘉种，维秬维秠[41]，维穈维芑[42]。恒之秬秠[43]，是获是亩[44]。恒之穈芑，是任[45]是负。以归肇祀[46]。诞我祀如何？或舂或揄[47]，或簸或蹂[48]。释之叟叟[49]，烝之浮浮[50]。

【注释】

（40）降：天赐。

（41）秬（jù）：黑黍。秠（pī）：一种黑黍。《尔雅·释草》：“秬，一稃二米。”稃（fú）：指米粒的外壳。

（42）穈（mén）：赤苗嘉谷（初生时叶纯色）。芑（qǐ）：白苗嘉谷（初生时色微白）。

（43）恒（gèng）：遍；满。恒之秬秠：言遍种秬秠，秬和秠皆是谷物。

（44）是获是亩：收割而分亩计数。

（45）任：犹“抱”。

（46）肇：始。以上五句言遍种四种谷，成熟后收获抱负而归，始祭上帝。

（47）揄（yóu）：《说文》引作“舀”，取出。

（48）蹂（róu）：通“揉”，揉搓。

（49）释：淘米。叟叟：亦作溲（sōu）溲，释米之声。

（50）浮浮：《说文》引作“秬秠扶（fú）”，热气上升貌。以上四句写准备用于祭祀的米和酒。

载谋载惟[51]。取萧祭脂[52]，取羝以軷[52]，载燔载烈[54]，以兴嗣岁[55]。昂[56]盛于豆[57]，于豆于登。其香始升，上帝居[58]歆，胡臭亶时[59]。后稷肇祀，庶无罪悔，以迄于今[60]。

【注释】

（51）惟：思。言思念于祭祀的事。

（52）萧：香蒿。祭脂：即牛肠脂。祭祀用香蒿和牛肠脂合烧，取其香气。

（53）羝（dī）：牡羊。軷（bá）：祭道路之神。因为将要郊祀上帝，先祭道神，就是《说文》所说“将有事于道，必先告其神。”这句是说取牡羊为牲以用？祭。

（54）燔（fán）、烈：烧烤。这句是说将萧与脂烧燎起来。

（55）岁：古读如“雪”。嗣岁：来年。这句是说祭祀是为了兴旺来年，意思就是祈求来岁的丰年。

（56）昂（áng）：我。

（57）豆：盛肉食器，木制。登：瓦豆。

（58）居：安。歆：享。

（59）胡：犹“何”。臭：气息，即指上文“其香始升”的香。亶：诚。时：得其时。这句是说那馨香之气如此适时，这是赞美的话。

（60）迄：到。以上三句是说后稷始创周人的祭祀制度，直到“于今”，庶几乎没有获罪于天、遗恨于心的事了。

第二节　楚辞

《楚辞》是战国时楚人屈原的作品。关于《离骚》的篇名，司马迁在《史记·屈原列传》中解释为“离忧”；王逸在《楚辞章句》中解释为“别愁”；近人或解释为“牢骚”，或解释为“楚国曲名‘劳商’的异写”。关于写作年代，有人认为写于楚怀王当朝，诗人被疏远以后；也有人认为作于楚顷襄王当朝，诗人再放江南时。迄无定论。《离骚》是中国古代诗歌史上最长的一首浪漫主义的政治抒情诗。

离骚

帝高阳之苗裔兮[1]，朕皇考曰伯庸[2]。摄提贞于孟陬兮[3]，惟庚寅吾以降。皇览揆余初度兮[4]，肇锡余以嘉名。名余曰正则兮，字余曰灵均[5]。纷吾既有此内美兮[6]，又重之以修能[7]。扈江离与辟芷兮[8]，纫秋兰以为佩。汩余若将不及兮[9]，恐年岁之不吾与[10]。朝搴阰之木兰兮[11]，夕揽洲之宿莽[12]。日月忽其不淹兮[13]，春与秋其代序。惟草木之零落兮，恐美人之迟暮。不抚壮而弃秽兮，何不改此度？乘骐骥以驰骋兮，来吾导夫先路！

【注释】

（1）高阳：楚之远祖，即祝融吴回。苗裔：远末子孙。

（2）朕：我。皇考：太祖。伯庸：屈氏始封君，西周末年楚君熊渠的长子，被封为句亶王，在甲水边上。屈氏即甲氏。

（3）摄提：摄提格的省称。木星（岁星）绕日一周约十二年，以十二地支来表示，寅年名摄提格。贞：正当。孟陬（zōu）：夏历正月。

（4）皇：皇考。览：观察。揆：揣测。

（5）肇（zhào）：借作“兆”，卦兆。锡：赐。屈原名平，字原。“正则”是阐明名平之义，言其公正而有法则，合乎天道；高平的地叫作原，“灵均”，是字原之义，言其灵善而均调。

（6）纷：盛多的状。

（7）重（chóng）：加。修：美好。能（nài）：通“耐”。

（8）扈：披。江离：即江蓠，一种香草。辟：系结，为“絣”字之借。芷：白芷，一种香草。

（9）汩（yù）：水流急的样子，这里形容流逝的时光。

（10）与：等待。

（11）搴（qiān）：摘。阰（pí）：山坡。

（12）揽：采。宿莽：一种可以杀虫蠹的植物，叶含香气。楚人名草曰“莽”，此草终冬不死，故名，即今水莽草。

（13）淹：停留。

昔三后之纯粹兮（14），固众芳之所在。杂申椒与菌桂兮，岂惟纫夫蕙茝？彼尧舜之耿介兮，既遵道而得路。何桀纣之猖披兮，夫唯捷径以窘步。惟夫党人之偷乐兮，路幽昧以险隘。岂余身之惮殃兮（15），恐皇舆之败绩（16）。忽奔走以先后兮，及前王之踵武。荃不察余之中情兮（17），反信谗而齌怒（18）。余固知謇謇之为患兮（19），忍而不能舍也。指九天以为正兮，夫唯灵修之故也（20）。初既与余成言兮（21），后悔遁而有他。余既不难夫离别兮，伤灵修之数化（22）。

【注释】

（14）三后：即楚三王。西周末年楚君熊渠封其三子为王：长子庸为句亶王，为屈氏之祖；仲子红为鄂王，为楚王族；少子执疵为越章王。当时楚国空前强大。

（15）惮（dàn）殃：害怕灾祸。

（16）皇舆：君王的舆辇，这里比喻国家。败绩：作战时战车倾覆，也指战争失败。

（17）荃（quán）：香草名，喻君。

（18）齌（jì）怒：暴怒。

（19）固：本来。謇（jiǎn）謇：忠直敢言的样子。

（20）灵修：楚人对君王的美称。

（21）成言：彼此约定。

（22）数（shuò）：屡次。

余既滋兰之九畹兮（23），又树蕙之百亩。畦留夷与揭车兮（24），杂杜衡与芳芷（25）。冀枝叶之峻茂兮（26），愿俟时乎吾将刈（27）。虽萎绝其亦何伤兮，哀众芳之芜秽！众皆竞进以贪婪兮。凭不猒乎求索（28）。羌内恕己以量人兮（29），各兴心而嫉妒。忽驰骛以追逐兮，非余心之所急。老冉冉其将至兮，恐修名之不立。朝饮木兰之坠露兮，夕餐秋菊之落英。苟余情其信姱以练要兮（30），长顑颔以何伤（31）！擥木根以结茝兮（32），贯薜荔之落蕊[33]。矫菌桂以纫蕙兮[34]，索胡绳之𫄨𫄨[35]。謇吾法夫前修兮[36]，非世俗之所服[37]。虽不周于今之人兮[38]，愿依彭咸之遗则[39]。长太息以掩涕兮[40]，哀民生之多艰。余虽好修姱以鞿羁兮[41]，謇朝谇而夕替[42]。既替余以蕙纕兮[43]，又申之以揽茝[44]。亦余心之所善兮，虽九死其犹未悔！怨灵修之浩荡兮[45]，终不察夫民心。众女嫉余之娥眉兮[46]，谣诼谓余以善淫[47]。固时俗之工巧兮[48]，偭规矩而改错[49]。背绳墨以追曲兮[50]，竞周容以为度[51]。忳郁邑余侘傺兮[52]，吾独穷困乎此时也。宁溘死以流亡兮[52]，余不忍为此态也！鸷鸟之不群兮[54]，自前世而固然。何方圜之能周兮[55]，夫孰异道而相安？屈心而抑志兮，忍尤而攘诟[56]。伏清白以死直兮[57]，固前圣之所厚[58]。

【注释】

（23）畹（wǎn）：楚人地亩单位，一畹等于三十亩。

（24）畦（qí）：田垄。留夷、揭车：皆香草名。

（25）杜蘅：香草名。

（26）冀：希望。

（27）俟（sì）：等待。刈（yì）：收割。

（28）凭：饱满。猒（yàn）：同“厌”，满足。

（29）羌：楚人发语词，表反问和转折语气。恕己以量人：宽恕自己而苛求他人。

（30）苟：假如。姱（kuā）：美。练要：精诚专一。

（31）颇颔（kǎnhǎn）：食不饱而面黄肌瘦的样子。

（32）擥（lǎn）：同“揽”，采摘。

（33）贯：贯穿。薜荔：一种蔓生香草。之：此处同“其”。

（34）菌桂、蕙：皆香草。

（35）索：搓为绳。胡绳：即结缕，一种香草，蔓状，如绳索，故名。

（36）謇：发语词。法：效法。前修：前代贤人。

（37）服：佩，用。

（38）周：合。

（39）彭咸：楚先贤，其人“处有为，出不苟”，不与世俗同流合污。

（40）太息：叹息。掩：拭。涕：泪。

（41）虽：借作“唯”。鞿羁：自我约束。

（42）谇（suì）：进谏。替：解职。

（43）纕（xiāng）：佩带。

（44）申：重，加上。

（45）浩荡：志意放荡的样子。

（46）娥眉：细长的眉，谓如蚕蛾之眉（触角），此处喻美好的容貌。

（47）谣诼（zhuó）：谗毁。

（48）工：善于。

（49）偭（miǎn）：面对着。规：画圆的工具。矩：画方的工具。错：措施，设置。

（50）绳墨：准绳与墨斗。

（51）周容：苟合以取容。

（52）忳（tún）：愤懑。郁邑：同“郁悒”，心情抑郁不伸的样子。侘傺（chàchì）：失神而立。

（53）溘（kè）：忽然。

（54）鸷鸟：即挚鸟，指雎鸠，以其性专一，雌雄挚而有别。

（55）圜（yuán）：同“圆”。

（56）尤：过错。攘：取。诟（gòu）：辱。

（57）伏：同“服”，引申为保持。死直：为正直而死。

（58）厚：看重。

悔相道之不察兮(59)，延伫乎吾将反(60)。回朕车以复路兮，及行迷之未远。步余马于兰皋兮(61)，驰椒丘且焉止息(62)。进不入以离尤兮(63)，退将复修吾初服。制芰荷以为衣兮(64)，集芙蓉以为裳。不吾知其亦已兮，苟余情其信芳(65)。高余冠之岌岌兮(66)，长余佩之陆离(67)。芳与泽其杂糅兮(68)，唯昭质其犹未亏。忽反顾以游目兮，将往观乎四荒。佩缤纷其繁饰兮，芳菲菲其弥章(69)。民生各有所乐兮，余独好修以为常。虽体解吾犹未变兮，岂余心之可惩(70)！

【注释】

（59）相：察看。察：仔细看。

（60）延伫：引颈而望。

（61）皋：水湾边。

（62）焉：于是。

（63）进：指进入朝廷。不入：未能进去。离：通“罹”，遭受。

（64）制：裁制衣服。

（65）苟：诚，果真。信：确实。

（66）岌（jí）岌：高耸的样子。

（67）陆离：长的样子。

（68）杂糅（róu）：交混。

（69）章：同“彰”，明显。

（70）惩：受戒而止。

女媭之婵媛兮(71)，申申其詈予(72)。曰：“鲧婞直以亡身兮(73)，终然殀乎羽之野(74)。”汝何博謇而好修兮(75)，纷独有此姱节(76)？薋菉葹以盈室兮(77)，判独离而不服(78)。“众不可户说兮，孰云察余之中情(79)？世并举而好朋兮(80)，夫何茕独而不予听(81)？”“依前圣以节中兮[82]，喟凭心而历兹[83]。济沅湘以南征兮[84]，就重华而陈辞[85]。启《九辩》与《九歌》兮[86]，夏康娱以自纵[87]。不顾难以图后兮，五子用失乎家巷[88]。”羿淫游以佚畋兮[89]，又好射夫封狐[90]。固乱流其鲜终兮[91]，浞又贪夫厥家[92]。“浇身被服强圉兮[93]，纵欲而不忍。日康娱而自忘兮，厥首用夫颠陨[94]。”夏桀之常违兮[95]，乃遂焉而逢殃[96]。后辛之菹醢兮[97]，殷宗用而不长[98]。“汤禹俨而祗敬兮[99]，周论道而莫差[100]。举贤而授能兮[101]，循绳墨而不颇[102]。”皇天无私阿兮[103]，览民德焉错辅[104]。夫维圣哲以茂行兮[105]，苟得用此下土[106]。“瞻前而顾后兮，相观民之计极[107]。夫孰非义而可用兮，孰非善而可服[108]？”阽余身而危死兮[109]，览余初其犹未悔。不量凿而正枘兮[110]，固前修以菹醢。“曾歔欷余郁邑兮[111]，哀朕时之不当[112]。揽茹蕙以掩涕兮[113]，沾余襟之浪浪[114]。

【注释】

（71）女嬃（xǔ）：传说为屈原的姊。婵媛：叹息，情绪激动。

（72）申申：反复地。詈（lì）：骂。

（73）鲧（gǔn）：同“鲧”，远古传说中人物，尧臣，禹父。婞（xìng）直：刚直。亡：一本作“忘”。

（74）殀（yǎo）死。羽：羽山。

（75）博謇：在各种事上都说实话。

（76）纷：多。节：“饰”字之误。

（77）薋（cí）：聚积。菉葹（lùshī）：菉，生刍；葹，枲耳。皆普通的草。

（78）判：判然，分得清清楚楚。离：弃去。服：佩带。

（79）孰：谁。云：还。中情：内心。

（80）举：起。朋：朋党。

（81）茕（qióng）：孤独。

（82）节中：折中，评判。

（83）喟（kuì）：叹息。凭心：愤懑。历：逢。

（84）济：渡。沅湘：二水名，在今湖南省。征：行。

（85）重华：舜的号。

（86）启：禹之子，夏代君主。九辩、九歌：皆乐章名。此处“辩”“歌”皆用作动词。

（87）夏：夏朝。康娱：逸乐。

（88）五子：启的五个儿子。巷：借为“讧”，家讧，内讧。

（89）羿：相传为有穷国君，夏太康时因夏乱而夺取夏政权。淫：过甚。佚：放纵。畋（tián）：打猎。

（90）封狐：大狐。

（91）乱流：邪乱。鲜（xiǎn）：少。终：善终。

(92)浞(zhuó):寒浞,本为羿相,怂恿羿放纵游乐畋猎,又拉拢羿周围的人,愚弄其民,杀了后羿。贪:强取。家:妻室。

(93)浇(ào):寒浞之子,很有武力。强圉(yù):坚甲。

(94)厥:其。

(95)夏桀:夏朝的最后一王。

(96)遂焉:终于。

(97)后辛:殷纣王之名,商朝最后一王。菹醢(zūhǎi):剁成肉酱。纣王曾对臣下用此酷刑。

(98)宗:宗祀。用:因。

(99)汤:商汤。禹:夏启的父亲,为夏朝的建立奠定了基础。俨(yǎn):严肃。祗(zhī)敬:恭敬谨慎。

(100)周:指周初的文王、武王等。

(101)举:选拔。授能:把职务交给有能力的人。

(102)绳墨:喻法度。颇:偏差。

(103)阿(ē):偏袒。

(104)错:通"措",设置,给予。

(105)维:通"唯"。哲:聪慧的人。

(106)苟:庶几,或许。用:享。下土:天下。

(107)相(xiàng)观:观察。计:谋虑。极:终极。计极指谋虑之最终归向。

(108)服:同"用"的意思一样,享有,拥有。

(109)阽(diàn):近边欲坠的意思。危死:几乎死。

(110)量:度量。凿(zuò):器物上安插榫头的孔眼。正:修改。枘(ruì):榫头。

(111)曾(céng):一次次。歔欷(xūxī):抽泣。

(112)当:值。不当,没遇上。

(113)揽:持着。茹:柔。

(114)沾:浸湿。浪浪:滚滚。

跪敷衽以陈辞兮[115],耿吾既得此中正[116]。驷玉虬以椉鹥兮[117],溘埃风余上征[118]。朝发轫于苍梧兮[119],夕余至乎县圃[120]。欲少留此灵琐兮[121],日忽忽其将暮。吾令羲和弭节兮[122],望崦嵫而勿迫[123]。路曼曼其修远兮[124],吾将上下而求索。饮余马于咸池兮[125],总余辔乎扶桑[126]。折若木以拂日兮[127],聊逍遥以相羊[128]。前望舒使先驱兮[129],后飞廉使奔属[130]。鸾皇为余先戒兮,雷师告余以未具。吾令凤鸟飞腾兮,继之以日夜。飘风屯其相离兮[131],帅云霓而来御[132]。纷总总其离合兮[133],斑陆离其上下[134],吾令帝阍开关兮[135],倚阊阖而望予[136]。

【注释】

（115）敷：铺。衽（rèn）：衣襟。

（116）耿：光明。

（117）驷：驾车的四匹马。这里用作动词。玉：白色。虬（qiú）：龙。椉（chéng）：同“乘”。鹥（yī）：一种群飞的鸟，身五彩。

（118）溘（kè）：突然。埃风：卷着尘埃的风。

（119）轫（rèn）：停车时抵住车轮的木头，发车时将它撤去叫发轫。苍梧：即九嶷山，在今湖南宁远，舜葬于此。

（120）县圃：神话中的地名，在昆仑山中层。县，同“悬”。

（121）琐：“薮（sǒu）”字之借，指草泽。灵琐：神仙所聚泽圃之地。

（122）羲和：神话中给太阳驾车者。节：以竹竿和羽毛制成的信节，路途通信之用。弭节：按节徐步。

（123）崦嵫（yān zī）：神话中山名，日入之处。迫：近。

（124）曼曼：通“漫漫”，路很长的样子。修：长。

（125）饮（yìn）：使喝水。咸池：神话中日浴之处。

（126）总：绾结在一起。辔（pèi）：缰绳。扶桑：神话中长在东方日出处的一种树。

（127）若木：神话中长在昆仑最西面日入处的一种树。拂：遮蔽。

（128）相羊：徜徉，随意徘徊。

（129）望舒：为月神驾车者。

（130）飞廉：风神。属（zhǔ）：跟随。

（131）屯：聚合。离（lì）：通“丽”，附丽，靠拢。

（132）御（yà）：通“迓”，迎接。

（133）纷总总：多而纷乱的样子。离合：忽聚忽散。

（134）斑：色彩驳杂的样子。陆离：参差。

（135）阍（hūn）：守门人。关：门闩。

（136）阊阖（chānghé）：天门。

时暧暧其将罢兮（137），结幽兰而延伫。世溷浊而不分兮（138），好蔽美而嫉妒。朝吾将济于白水兮，登阆风而绁马（139）。忽反顾以流涕兮，哀高丘之无女（140）。溘吾游此春宫兮，折琼枝以继佩。及荣华之未落兮（141），相下女之可诒（142）。吾令丰隆椉云兮（143），求宓妃之所在（144）。

【注释】

（137）暧暧：日光昏暗的样子。罢：完了。

（138）溷（hùn）浊：混乱污浊。

（139）阆（làng）风：神话中地名，在昆仑山上。绁（xìe）：系住。

（140）女：神女，喻理想的人物，知音。

（141）荣华：花。

（142）下女：下界女子，相对于高丘而言。诒（yì）：同“贻”，赠送。

（143）丰隆：雷神。

（144）宓（fú）妃：神话中的人名，伏羲氏之女，洛水之神。

解佩纕以结言兮，吾令蹇修以为理（145）。纷总总其离合兮，忽纬繣其难迁（146）。夕归次于穷石兮（147），朝濯发乎洧盘（148）。保厥美以骄傲兮，日康娱以淫游。虽信美而无礼兮，来违弃而改求览相观于四极兮（149），周流乎天余乃下（150）。望瑶台之偃蹇兮（151），见有娀之佚女（152）。吾令鸩鸟为媒兮（153），鸩告余以不好。雄鸠之鸣逝兮，余犹恶其佻巧。心犹豫而狐疑兮，欲自适而不可。凤皇既受诒兮（154），恐高辛之先我（155）。欲远集而无所止兮（156），聊浮游以逍遥。及少康之未家兮（157），留有虞之二姚（158）。理弱而媒拙兮，恐导言之不固。世溷浊而嫉贤兮，好蔽美而称恶。闺中既以邃远兮（159），哲王又不寤。怀朕情而不发兮，余焉能忍与此终古（160）！

【注释】

（145）蹇修：声乐，徒鼓钟谓之修，徒鼓磬谓之蹇。此用章炳麟之说，见《菿（dào）汉闲话》。理：媒。

（146）纬繣（huà）：本义为乖戾，此训执拗。难迁：难以说动。

（147）次：住宿。穷石：山名，在今甘肃张掖。

（148）洧（wěi）盘：神话中水名，出崦嵫山。

（149）四极：四方的尽头。

（150）周流：遍行。

（151）瑶台：玉台。偃蹇：夭矫上伸的样子。

（152）有娀（sōng）：传说中古部族名。佚：美。有娀氏美女简狄住在高台上，成帝喾（kù）之妃，生契，为商人之祖。

（153）鸩（zhèn）：鸟名，羽有毒。

（154）诒：此处指礼物、聘礼。

（155）高辛：高辛氏，指帝喾。

（156）集：栖止。

（157）少康：夏后相之子。相被过、浇杀死，相妻逃至有仍生少康。少康又逃到有虞，娶了国君的两个女儿，借助有虞的力量恢复了夏朝。

（158）二姚：有虞氏二女，有虞姚姓。

（159）闺：女子居处。指上述诸女而言。以：通“已”，甚。

（160）终古：永久。

索藑茅以筳篿兮[161]，命灵氛为余占之[162]。曰：“两美其必合兮[163]，孰信修而慕之[164]？思九州之博大兮[165]，岂唯是其有女[166]？”曰：“勉远逝而无狐疑兮[167]，孰求美而释女[168]？”何所独无芳草兮，尔何怀乎故宇？[169]世幽昧以昡曜兮[170]，孰云察余之善恶？“民好恶其不同兮，惟此党人其独异。户服艾以盈要兮[171]，谓幽兰其不可佩。”览察草木其犹未得兮，岂珵美之能当[172]？苏粪壤以充帏兮[173]，谓申椒其不芳。“欲从灵氛之吉占兮，心犹豫而狐疑。巫咸将夕降兮[174]，怀椒糈而要之[175]。百神翳其备降兮[176]，九疑缤其并迎[177]。皇剡剡其扬灵兮[178]，告余以吉故[179]。曰：“勉陞降以上下兮，求榘矱之所同[180]。汤禹严而求合兮[181]，挚咎繇而能调[182]。”苟中情其好修兮，又何必用夫行媒[183]？说操筑于傅岩兮[184]，武丁用而不疑。“吕望之鼓刀兮[185]，遭周文而得举。宁戚之讴歌兮[186]，齐桓闻以该辅[187]。”及年岁之未晏兮[188]，时亦犹其未央[189]。恐鹈鴂之先鸣兮[190]，使夫百草为之不芳。何琼佩之偃蹇兮[191]，众薆然而蔽之[192]。惟此党人之不谅兮[193]，恐嫉妒而折之。时缤纷其变易兮，又何可以淹留？兰芷变而不芳兮，荃蕙化而为茅。何昔日之芳草兮，今直为此萧艾也[194]！岂其有他故兮？莫好修之害也。余以兰为可恃兮，羌无实而容长[195]。委厥美以从俗兮[196]，苟得列乎众芳[197]。椒专佞以慢慆兮[198]，椴又欲充夫佩帏[199]。既干进而务入兮[200]，又何芳之能祗[201]！固时俗之流从兮[202]，又孰能无变化？览椒兰其若兹兮[203]，又况揭车与江离。惟兹佩之可贵兮，委厥美而历兹。芳菲菲而难亏兮，芬至今犹未沬[204]。和调度以自娱兮[205]，聊浮游而求女。及余饰之方壮兮[206]，周流观乎上下。

【注释】

（161）索：讨取。藑（qióng）茅：一种可用来占卜的草。以：与。筳篿（tíngzhuān）：用来占卜的竹片。

（162）灵氛：古代神巫。

（163）此“曰”与下一“曰”之后皆卦辞。重加“曰”字表强调。

（164）慕：“莫念”二字之误。“念之”与上“占之”押韵。

（165）九州：古代中国分为九州，后以“九州”指全中国。

（166）是：此，指楚国。

（167）勉：努力。

（168）释：放。

（169）故宇：旧居。

（170）昡曜：日光强烈，此处指眼光迷乱。

（171）服：佩。艾：艾草。要（yāo）：通“腰”。

（172）珵（chéng）：美玉。

（173）苏：取。帏（wéi）：佩带的香囊。

（174）巫咸：上古神巫。

（175）糈（xǔ）：精米。要（yāo）：拦截，这里是迎候之意。

（176）翳（yì）：遮蔽。备：都。

（177）九疑：指九嶷山的神。

（178）皇剡（yǎn）剡：闪光的样子。

（179）吉故：吉利的故事。

（180）榘（jù）：同“矩”，画方的器具。矱（huò）：尺度。榘矱喻准则、法度。

（181）严：严肃恭谨。

（182）挚：伊尹名，商汤的贤相。咎繇（gāoyáo）：即皋陶，夏禹的贤臣。调：谐调。

（183）行媒：作媒的使者。

（184）说（yuè）：傅说，殷高宗时贤相。筑：打土墙用的捣土工具。

（185）吕望：姜太公，本姓吕，名尚，曾被称为太公望。鼓：鸣。

（186）宁戚：春秋时卫人，曾在齐东门外作小商，齐桓公夜出，值宁戚喂牛，扣角而歌其怀才不遇，桓公与之交谈后，任用为相。

（187）该：备，充当。该辅：备位于辅佐大臣之列。

（188）及：趁着。晏：晚。

（189）央：尽。

（190）鹈鴂（tíjué）：鸟名，即杜鹃，鸣于春末夏初，正是落花时节。

（191）琼佩：琼玉的佩饰。偃蹇：屈曲样子。

（192）薆（ài）：隐蔽的样子。

（193）谅：信实。

（194）萧：青蒿。

（195）羌：乃。容：外表。长：好。

（196）委：丢弃。

（197）苟：苟且。

（198）慢慆（tāo）：傲慢。

（199）榝（shā）：亚落叶乔木，果实为裂果，又名食茱萸。佩帏：香囊。

（200）干：求。务：致力。

（201）祗：振。

（202）流从：一作“从流”。

（203）兹：此，指以上所述忧患。

（204）沫（mèi）：通“昧”，暗淡。

（205）和：调节使和谐。调（diào）：佩玉发出的声响。度：行进的节奏，由车上銮铃的声响显示之。

（206）壮：盛。

灵氛既告余以吉占兮，历吉日乎吾将行（207）。折琼枝以为羞兮（208），精琼爢以为粻（209）。

为余驾飞龙兮，杂瑶象以为车。何离心之可同兮，吾将远逝以自疏。邅吾道夫昆仑兮[210]，路修远以周流。扬云霓之晻蔼兮[211]，鸣玉鸾之啾啾[212]。朝发轫于天津兮，夕余至乎西极。凤皇翼其承旂兮[213]，高翱翔之翼翼[214]。忽吾行此流沙兮[215]，遵赤水而容与[216]。麾蛟龙使梁津兮[217]，诏西皇使涉予[218]。路修远以多艰兮，腾众车使径待[219]。路不周以左转兮[220]，指西海以为期[221]。屯余车其千乘兮[222]，齐玉轪而并驰[223]。驾八龙之婉婉兮[224]，载云旗之委蛇[225]。抑志而弭节兮，神高驰之邈邈[226]。奏《九歌》而舞《韶》兮[227]，聊假日以媮乐[228]。陟陞皇之赫戏兮[229]，忽临睨夫旧乡[230]。仆夫悲余马怀兮，蜷局顾而不行[231]。

【注释】

（207）历：选择。

（208）羞：肉干。

（209）精：舂，捣米粟。粻（zhāng）：粮。

（210）邅（zhān）：转。

（211）扬：举。云霓：云霓作的旗，即下文的“云旗”。晻蔼（yǎn'ǎi）：因云霓之旗遮蔽而光线变暗的样子。

（212）鸾：通“銮”，安在车上或挂在马镳上的铃铛。

（213）翼：展翅。

（214）翼翼：整齐的样子。

（215）流沙：指西方沙漠之地，在昆仑以东，因沙漠随风而动，故称。

（216）赤水：神话中水名，源于昆仑山东南。容与：徘徊不进。

（217）麾（huī）：指挥。梁：桥，此处用为动词，架桥。津：渡口。

（218）诏：命令。西皇：主西方之神。涉：渡过，此处为使动用法。

（219）腾：传告。径：捷径，此处指抄小路。

（220）不周：神话中山名。

（221）西海：传说中西方之海。期：约定，此处指约定的地点。

（222）屯：聚集。

（223）轪（dài）：车毂端的帽盖。

（224）婉婉：同“蜿蜿”，龙马前后相连，蜿蜒而行的样子。

（225）委蛇（wēiyí）：卷曲飘动的样子。

（226）邈邈：高远的样子。

（227）韶：即《九韶》，传说为虞舜时的乐舞。

（228）假：借。媮（yú）：同“愉”。

（229）陟陞（shēng）：升。皇：皇祖，先祖。赫戏：光耀。

（230）临：居高临下。睨（nì）：斜视。旧乡：指郢都。

（231）蜷局：屈曲。

乱曰：已矣哉！国无人莫我知兮，又何怀乎故都[232]。既莫足与为美政兮，吾将从彭咸之所居。

【注释】

（232）故都：指郢都。

国殇

操吴戈兮被犀甲[1]，车错毂兮短兵接[2]。旌蔽日兮敌若云[3]，矢交坠兮士争先[4]。凌余阵兮躐余行[5]，左骖殪兮右刃伤[6]。霾两轮兮絷四马[7]，援玉枹兮击鸣鼓[8]。天时怼兮威灵怒[9]，严杀尽兮弃原野[10]。出不入兮往不反[11]，平原忽兮路超远[12]。带长剑兮挟秦弓[13]，首身离兮心不惩[14]。诚[15]既勇兮又以武，终[16]刚强兮不可凌。身既死兮神以灵[17]，子魂魄兮为鬼雄[18]。

【注释】

（1）操：拿着。吴戈：战国时吴国制造的一种特别锋利戈。被：通“披”。犀甲：犀牛皮制作的铠甲。

（2）车错毂：指两国双方激烈交战，兵率来往交错。毂是车轮中心插轴的地方。短兵：指刀剑一类的短兵器。

（3）旌蔽日兮敌若云：旌旗遮蔽了太阳，敌兵像云一样聚集在一起。旌：用羽毛装饰的旗子。

（4）矢交坠兮士争先：是说双方激战，流箭交错，纷纷坠落，战士却奋勇争先杀敌。矢：箭。

（5）凌：侵犯。躐：践踏。行：行列。

（6）左骖（cān）：古代战车用四匹马拉，中间的两匹马叫“服”，左右两边的马叫“骖”。殪（yī）：缢地而死。右：指右骖。刃伤：为兵刃所伤。

（7）霾两轮兮絷四马：意思是把（战车）两轮埋在土中，马头上的缰绳也不解开，要同敌人血战到底。霾：通“埋”。絷：绊往。

（8）援玉袍兮击鸣鼓：主帅鸣击战鼓以振作士气。援：拿着。袍：鼓褪。

（9）天时：天意。怼：怨。威灵怒：神曼震怒。

（10）严杀：酣战痛杀。弃原野：指骸骨弃在战场上。

（11）出不入兮往不反：是说战士抱着义无反顾的必死决心。

（12）忽：指原野宽广无际。超：通“迢”。

（13）挟：携，拿。秦弓：战国秦地所造的弓（因射程较远而著名）。

（14）首身离：头和身子分离，指战死。惩：恐惧，悔恨。

（15）诚：果然是，诚然。

（16）终：始终。

（17）神以灵：指精神永存。

（18）鬼雄：鬼中英雄。

九歌·湘夫人[1]

帝子降兮北渚[2]，目渺渺兮愁予[3]。袅袅兮秋风[4]，洞庭波兮木叶下[5]。登白薠兮骋望[6]，与佳期兮夕张[7]。鸟何萃兮蘋中[8]，罾何为兮木上[9]？沅有芷兮澧有兰[10]，思公子兮未敢言[11]。荒忽兮远望[12]，观流水兮潺湲[13]。麋何食兮庭中[14]，蛟何为兮水裔[15]？朝驰余马兮江皋[16]，夕济兮西澨[17]。闻佳人兮召予，将腾驾兮偕逝[18]。

筑室兮水中，葺之兮荷盖[19]。荪壁兮紫坛[20]，播芳椒兮成堂[21]。桂栋兮兰橑[22]，辛夷楣兮药房[23]。罔薜荔兮为帷[24]，擗蕙櫋兮既张[25]。白玉兮为镇[26]，疏石兰兮为芳[27]。芷葺兮荷屋[28]，缭之兮杜衡[29]。合百草兮实庭[30]，建芳馨兮庑门[31]。九嶷缤兮并迎[32]，灵之来兮如云[33]。

捐余袂兮江中[34]，遗余褋兮醴浦[35]。搴汀洲兮杜若[36]，将以遗兮远者[37]。时不可兮骤得[38]，聊逍遥兮容与。

【注释】

（1）湘夫人：湘水之神，女性。一说即舜二妃——娥皇和女英。

（2）帝子：犹天帝之子。因舜妃是帝尧之女，故称。

（3）眇眇：望而不见的样子。愁予：使我发愁。

（4）袅（niǎo）袅：绵长不绝的样子。

（5）洞庭：洞庭湖。

（6）登：此字据《楚辞补注》引一本补。白薠（fán）：一种近水生的秋草，或谓乃“蘋”之误。骋望：放眼远眺。

（7）佳期：与佳人的约会。张：陈设。

（8）何：此字据《楚辞补注》引一本补。萃：集聚。蘋：水草名。

（9）罾（zēng）：鱼网。

（10）沅、醴：沅水和澧水，均在湖南。醴，《楚辞补注》引一本作澧，下同。茝（zhí）：即白芷，一种香草。

（11）公子：指湘夫人。

（12）荒忽：犹“恍惚”，迷糊不清的样子。

（13）潺湲：水缓慢流动的样子。

（14）麋：一种似鹿而大的动物，俗称“四不象”。

（15）蛟：传说中的龙类动物。裔：边沿。

（16）皋：水边高地。

（17）济：渡。澨（shì）：水边。

（18）腾驾：驾着马车奔驰。偕逝：同往。

（19）葺（qì）：编结覆盖。盖：指屋顶。

（20）荪：香草名。紫：紫贝。坛：中庭，楚地方言。

（21）椒：花椒，多用以除虫去味。成：借作“盛”。

（22）栋：屋梁。橑（lǎo）：屋椽。

（23）辛夷：香木名。楣：门上横梁。药：即白芷。

（24）罔：同“网”，编结。薜荔：一种蔓生香草。帷：幕帐。

（25）擗（pǐ）：掰开。櫋（mián）：檐间木。

（26）镇：镇压坐席之物。

（27）疏：分列。石兰：香草名。

（28）芷：白芷。荷屋：荷叶覆顶的房屋。

（29）缭：缠缭。杜衡：香草名。

（30）合：会集。实：充实。

（31）馨：远传的香气。庑：走廊。

（32）九嶷：湖南九嶷山，即传说中舜的葬地。缤：众多纷杂的样子。

（33）灵：神灵。如云：形容众多。

（34）袂（mèi）：扬雄《方言》释为“复襦”，也就是夹袄。高亨《诗经今注》以为系“袂”的传写之误，作佩囊解。

（35）遗：丢下。褋（dié）：单衣。

（36）搴：摘取。汀洲：水中或水边平地。杜若：香草名。

（37）遗（wèi）：赠送。

（38）骤：骤然，立即。

第三节　汉乐府民歌和古诗十九首

汉乐府

汉乐府是指汉时乐府官署所采制的诗歌。汉乐府掌管的诗歌一部分是供执政者祭祀祖先神明使用的效庙歌辞，其性质与《诗经》中“颂”相同；另一部分则是采集民间流传的无主名的俗乐，世称之乐府民歌。据《汉书·艺文志》载，“有代、赵之讴，秦、楚之风，皆感于哀乐，缘事而发，亦可以观风俗，知薄厚云”。可见这部分作品乃是汉乐府之精华。宋人郭茂倩所编《乐府诗集》共100卷，分12类（郊庙歌辞，燕射歌辞，鼓吹歌辞，横吹歌辞，相和歌辞，清商曲辞，舞曲歌辞，琴曲歌辞，杂曲歌辞，近氏曲辞，杂歌谣辞，新乐府辞）著录，是收罗汉迄五代乐府最为完备的一部诗集。《乐府诗集》现存汉乐府民歌40余篇，多为东汉时期作品，反映当时的社会现实与人民生活，用犀利的言辞表现爱恨情感，较为倾向现实主义风格。

东门行

出东门，不顾归[(1)]。来入门，怅欲悲[(2)]。盎中无斗米储[(3)]，还视架上无悬衣[(4)]。拔剑东门去[(5)]，舍中儿母牵衣啼[(6)]："他家但愿富贵[(7)]，贱妾与君共哺糜[(8)]。上用仓浪天故[(9)]，下当用此黄口儿[(10)]。今非[(11)]！""咄[(12)]！行！吾去为迟！白发时下难久居[(13)]。"

【注释】

（1）顾：思，念。

（2）怅：失意貌。

（3）盎：肚大口小的瓦罐。

（4）架：晋乐所奏作"衔杭"，衣架。

（5）这句是说男主人公决定再次出走。

（6）舍中儿母：指主人公的妻子。

（7）他家：别家。

（8）哺：吃。糜：粥。

（9）用：因。仓浪：乃叠韵连绵字，青苍色。仓浪天：苍天。

（10）黄口儿：幼儿。这二句是妻子用天道、人情劝说丈夫安贫守法。

（11）今非：是说今去铤而走险不对。

（12）咄：指丈夫因妻子一再劝阻而发出的埋怨声。

（13）这四句是说我要走了！我现在出门都已经晚了！我头上的白发已不时地脱落，实难再在家久待了！

十五从军征

十五从军征，八十始得归。道逢乡里人："家中有阿[(1)]谁？""遥望是君家，松柏冢累累[(2)]。"兔从狗窦[(3)]入，雉从梁上飞。中庭生旅谷，井上生旅葵[(4)]。烹谷持作饭，采葵待作羹，羹饭一时熟，不知贻[(5)]阿谁。出门东向望，泪落沾我衣。

【注释】

（1）阿：发语词。

（2）累累：与"垒垒"通，形容丘坟一个连一个的样子。当归客打听家中有什么人的时候，被问的人不愿明告，但指着那松柏成林荒冢垒垒的地方说："那就是你的家。"言外之意就是你自己去一看就明白了。以下便是到家后的事。

（3）狗窦：给狗出入的墙洞。

（4）植物未经播种而生叫"旅生"。旅生的谷与葵叫"旅谷""旅葵"。

（5）贻：送给。

古诗十九首（二首）

关于古诗十九首的作者和时代有多种说法，《昭明文选·杂诗·古诗一十九首》题下注曾释之甚明："并云古诗，盖不知作者"。曾有说法认为其中有枚乘、傅毅、曹植、王粲等人的创作，例如其中八首《玉台新咏》题为汉枚乘作，后人多疑其不确。今人综合考察古诗十九首所表现的情感倾向、所折射的社会生活情状以及它纯熟的艺术技巧，一般认为它并不是一时一人之作，它所产生的年代应当在东汉顺帝末到献帝前，即公元140—190年之间。

行行重行行

行行重行行，与君生别离(1)。相去万余里，各在天一涯，道路阻且长(2)，会面安可知？胡马依北风，越鸟巢南枝。相去日已远，衣带日已缓。浮云蔽白日(3)，游子不顾返。思君令人老，岁月忽已晚。弃捐勿复道(4)，努力加餐饭！

【注释】

（1）生别离：活生生地分开。

（2）阻：险阻。长：遥远。

（3）浮云：比喻游子在外地的新欢。蔽：遮蔽。白日：明亮的太阳，比喻爱人，即游子。

（4）弃捐：丢下。勿复道：不再说。

西北有高楼(1)

西北有高楼，上与浮云齐。交疏结绮窗(2)，阿阁三重阶(3)。上有弦歌声(4)，音响一何悲！谁能为此曲？无乃杞梁妻(5)。清商随风发(6)，中曲正徘徊(7)。一弹再三叹，慷慨(8)有馀哀。不惜(9)歌者苦，但伤知音(10)稀！愿为双鸿鹄(11)，奋翅起高飞。

【注释】

（1）这首诗是古诗十九首的第五首。

（2）疏：镂刻。交疏：交错镂刻。绮（qǐ）：有细花的花纹。这一句是说楼上的窗装饰有交错镂刻的花格子。

（3）阿（ē）阁：四面有檐的楼阁。三重阶：三重阶梯。这一句是说，阿阁建在有三层阶梯的高台上，形容楼阁之高。

（4）弦歌声：歌声中有琴弦伴奏。

（5）无乃：莫非，岂不是。杞梁妻：杞梁的妻子。杞梁名殖，字梁，春秋时齐国大夫，征伐莒国时，死于莒国城下。他的妻子为此痛哭十日，投水自杀。传说死前谱有琴曲《杞梁妻叹》。这一句是说，莫非是杞梁妻作的曲子吧？

（6）清商：乐曲名，曲调清越，适宜表现哀怨的感情。发：传播。

（7）中曲：乐曲的中段。徘徊：指乐曲旋律回环往复。

（8）慷慨：指不得志的心情。

（9）惜：悲，叹惜。

（10）知音：懂得乐曲中意趣的人。这里引申为知心好人。这两句是说，我所痛惜的不是歌者心中的痛苦，而是其内心痛苦不被人了解。

（11）鸿鹄：大雁或天鹅一类善于高飞的大鸟。这两句是说，愿我们像一双鸿鹄，展翅高飞，自由自在地翱翔吧！这说明弹琴者与听琴者成了知音。

第四节　魏晋南北朝诗歌

曹操（二首）

曹操（155—220）字孟德，沛国谯（今安徽亳县）人，是建安（196—220）时代杰出的政治家、军事家和文学家。“建安是我国文学史上一个‘俊才云蒸’的时代”，而曹操和他的儿子曹丕、曹植则是建安作家的卓越代表。《短歌行》是汉乐府的旧题，属于《相和歌・平调曲》。曹操是一位杰出的文学家，著有《孙子略解》《兵书接要》等军事著作和《蒿里行》《观沧海》《薤露》《短歌行》《苦寒行》《碣石篇》《龟虽寿》等不朽诗篇。后人辑有《曹操集》。

短歌行(1)

对酒当歌，人生几何(2)？譬如朝露，去日苦多(3)。慨当以慷，忧思难忘(4)。何以解忧，唯有杜康(5)。青青子衿，悠悠我心(6)。但为君故，沉吟至今(7)。呦呦鹿鸣，食野之苹(8)。我有嘉宾，鼓瑟吹笙(9)。明明如月，何时可掇(10)。忧从中来(11)，不可断绝。越陌度阡，枉用相存(12)。契阔谈宴，心念旧恩(13)。月明星稀，乌鹊南飞(14)。绕树三匝(15)，何枝可依？山不厌高，海不厌深。周公吐哺(16)，天下归心。

【注释】

（1）曹操这首诗作于建安十三年（公元208年）。是时曹操已平定北方，率军南征至长江，与孙权决战。这年冬天十一月十五日夜，皎月当空，江面风平浪静。曹操乘船查看水寨，后置酒欢宴诸将。酒至兴处，他横槊（shuò，长矛）赋诗，吟唱了这首《短歌行》。《三国演义》第四十八回有当时赋诗情景的描写。

（2）此句意谓：应对酒放歌，因为人生短促，能活多少年头？一解：对酒临歌，这种情景人生能有几次？“当”作“临”解。意思都是叹人生短促，时光易逝。

（3）去日：过去了的日子。苦多：犹言恨多。

（4）这一句承接首句，意谓在感叹时光飞逝之余，应当慷慨高歌，无奈忧思重重，难以释怀。

（5）什么东西可以解除我的忧愁呢？只有酒了。杜康：相传古代最初造酒的人。这里作为酒的代称。

（6）衿（jīn）：衣领。青衿：周代学子的服装。悠悠：绵长，形容忧虑不断。这两句是借用《诗经·郑风·子衿》里的句子，表示对贤才的思念之深切。

（7）但：只。君：指贤才。沉吟：低声吟咏。所吟咏的即《诗经》中的《子衿》诗。

（8）呦呦：鹿鸣的声音。苹：艾蒿，草名，初生时可食。

（9）嘉宾：尊贵的客人。鼓：弹奏。瑟、笙：两种乐器名。

（10）掇：拾取。此句把贤者比作高空明月，可望而不可即，喻人才难得。

（11）从中来：犹指从心里生出。

（12）陌、阡：田间小路。东西为陌，南北为阡。越陌度阡：指贤士远道而来。枉用：指贤士屈尊相从，这是客气话。存：问候，慰问。

（13）契阔：久别。旧恩：往日的情谊。此句意谓：在今日的宴会上，与久别的贤士们促膝谈心，使我想起了往日的情谊。

（14）乌鹊：乌鸦。

（15）匝（zā）：周，圈。

（16）哺：口中咀嚼着的食物。相传古代周公因忙于接待天下贤士，有时连吃饭都要吃吃停停。吐哺，把口中咀嚼的食物吐出来。《韩诗外传》说周公“一饭三吐哺，犹恐失天下之士”。

龟虽寿（1）

神龟虽寿，犹有竟时（2）。腾蛇乘雾，终为土灰（3）。老骥伏枥（4），志在千里；烈士暮年（5），壮心不已。盈缩之期（6），不但（7）在天；养怡（8）之福，可得永（9）年。幸甚至哉（10），歌以咏志。

【注释】

（1）本诗作于建安十二年（207），时曹操五十三岁。诗中融哲理思考、慷慨激情和艺术形象于一炉，表现了老当益壮、积极进取的人生态度。

（2）“神龟”两句：神龟虽能长寿，但还有死亡的时候。神龟：传说中的通灵之龟，能活几千岁。寿：长寿。竟：尽，完。

（3）“腾蛇”两句：腾蛇即使能乘雾升天，最终也得死亡，变成灰土。腾蛇：传说中与龙同类的神物，能兴云驾雾。

（4）骥（jì）：千里马。枥（lì）：马槽。

（5）烈士：有雄心壮志的人。暮年：晚年。

（6）盈缩：指人的寿命长短。盈：长。缩：短。

（7）但：仅，只。

（8）养怡：保养身心健康。

（9）永：长久。

（10）幸甚至哉：两句是合乐时加的，跟正文没关系。

曹丕

魏文帝曹丕（187－226），字子桓，曹操次子，三国时期著名的政治家、文学家，魏朝的开国皇帝。公元 220－226 年在位，庙号高祖（《资治通鉴》作世祖），谥为文皇帝，葬于首阳陵。沛国谯（今安徽省亳州市）人，魏武帝曹操与武宣卞皇后的长子。由于文学方面的成就而与其父曹操、其弟曹植并称为“三曹”。

燕歌行

秋风萧瑟天气凉，草木摇落露为霜，群燕辞归雁南翔。念君客游多思肠，慊慊[1]思归恋故乡，君何淹留寄他方？贱妾茕茕[2]守空房，忧来思君不敢忘，不觉泪下沾衣裳。援琴鸣弦发清商[3]，短歌微吟不能长。明月皎皎照我床，星汉西流[4]夜未央。牵牛织女遥相望，尔独何辜限河梁[5]。

【注释】

（1）慊（qiàn）慊：思乡憾恨之感。

（2）茕（qióng）茕：孤零貌。

（3）清商：商声，古代五音之一，其调凄清悲凉，故名清商。

（4）星汉西流：银河转西。

（5）尔：牵牛、织女。限河梁：被银河所阻，不能相会。传说牵牛、织女隔着天河，每年七月七日，乌鹊为他们搭桥，他们才能相见。

曹植（二首）

曹植（192－232），字子建，曹操第三子，丕同母弟。封陈王，谥曰思，故世称陈思王。一生以曹丕称帝为界，分为前后两期。前期受曹操宠爱，尝随征伐，诗文多写其安逸生活和建功立业的理想；后期备受曹丕父子迫害，郁郁而终，诗文多表现其愤抑不平之情及要求个人自由解脱的心境。

白马篇[1]

白马饰金羁[2]，连翩西北驰[3]。借问谁家子，幽并游侠儿[4]。少小去乡邑，扬声沙漠垂[5]。宿昔秉良弓，楛矢何参差[6]。控弦破左的，右发摧月支[7]。仰手接飞猱，俯身散马蹄[8]。狡捷过猴猿，勇剽若豹螭[9]。边城多警急，虏骑数迁移[10]。羽檄从北来，厉马登高堤[11]。长驱蹈匈奴[12]，左顾陵鲜卑[13]。弃身锋刃端，性命安可怀[14]？父母且不顾，何言子与妻！名编壮士籍，不得中顾私[15]。捐躯赴国难，视死忽如归。

【注释】

（1）本篇属《杂歌曲·齐瑟行》，又名《游侠篇》。

（2）羁：马络头。

（3）连翩：接连不断，这里形容轻捷迅急的样子。魏初西北方为匈奴、鲜卑等少数民族居住区，“西北驰”即驰向边疆战场。

（4）幽并：幽州和并州，即今河北、山西和陕西诸省的一部分地区。游侠儿：重义轻生的青年男子。

（5）扬：传扬。垂：边疆。“少小”二句：青壮年时期即离开家乡，为保卫国家而扬名于边疆。

（6）宿昔：昔时，往日。秉：持。楛（hù）矢：用楛木做箭杆的箭。何：多么。“宿昔”二句：意思是说昔日良弓不离手，箭出尽楛矢。

（7）控：引，拉开。左的：左方的射击目标。摧：毁坏。与下文的“散”（破裂），都有穿透之意。月支：与“马蹄”都是射贴（箭靶）的名称。

（8）接：迎接飞驰而来的东西。猱（náo）：猿类，善攀缘，上下如飞。

（9）剽：行动轻捷。螭（chí）：传说中的猛兽，如龙而黄。

（10）虏：胡虏，古时对北方少数民族的蔑称。数：屡次。

（11）羽檄：檄是军事方面用于征召的文书，插上羽毛表示军情紧急，所以叫羽檄。厉马：奋马，策马。

（12）蹈：奔赴。

（13）陵：陵蹈，以武临之。

（14）怀：顾惜。

（15）中：心中。顾：念。

野田黄雀行

高树多悲风，海水扬其波。利剑[1]不在掌，结友何须多？不见篱间雀，见鹞[2]自投罗。罗家得雀喜，少年见雀悲。拔剑捎[3]罗网，黄雀得飞飞。飞飞摩苍天[4]，来下谢少年。

【注释】

（1）利剑：锋利的剑。这里比喻权力。

（2）鹞：比鹰小一点的一种非常凶狠的鸟类。

（3）捎：挥击。

（4）摩：迫近。“摩苍天”是形容黄雀飞得很高。

【鉴赏】

建安二十四年（219），曹操借故杀了曹植亲信杨修，次年曹丕继位，又杀了曹植知友丁氏兄弟。曹植身处动辄得咎的逆境，无力救助友人，深感愤忿，内心十分痛苦，只能写诗寄意。他苦于手中无权柄，故而在诗中塑造了一位“拔剑捎罗网”、拯救无辜者的少年侠士，借以表达自己的心曲。此诗开端，诗人以“高树多悲风，海水扬其波”的意象渲染出浓郁的悲剧气氛，隐喻当时政治形势的险恶；而少年拔剑捎网的形象则寄寓着诗人冲决罗网、一试身手的热切愿望。此诗意象高古，语言警策，急于有为的壮烈情怀跃然纸上。梁代刘勰称此诗“格高才劲，且长于讽喻”（《文心雕龙·隐秀》），确是中肯之论。

蔡琰

《后汉书·董祀妻传》说蔡琰“感伤乱离，追怀悲愤，作诗二章”。第二章是骚体，凡三十八句。第一章是五言诗，凡一百零八句，就是本篇。这诗开头四十句叙遭祸被虏的缘由和被虏入关途中的苦楚。次四十句叙在南匈奴的生活和听到被赎消息悲喜交加以及和“胡子”分别时的惨痛。最后二十八句叙归途和到家后所见所感。

悲愤诗

汉季失权柄，董卓乱天常[(1)]。志欲图篡弑[(2)]，先害诸贤良[(3)]。逼迫迁旧邦[(4)]，拥主以自强。海内兴义师[(5)]，欲共讨不祥[(6)]。卓众[(7)]来东下[(8)]，金甲耀日光。平土人[(9)]脆弱，来兵皆胡羌[(10)]。猎野围城邑，所向悉破亡。斩截[(11)]无孑[(12)]遗，尸骸相撑拒[(13)]。马边悬男头，马后载妇女。长驱西入关[(14)]，迥[(15)]路险且阻。还顾邈冥冥[(16)]，肝脾为烂腐。所略有万计，不得令屯聚。或有骨肉俱，欲言不敢语。失意几微间，辄言弊[(17)]降虏。要当以亭刃[(18)]，我曹[(19)]不活汝。岂敢惜性命，不堪其詈骂。或便加棰杖，毒[(20)]痛参[(21)]并下。旦则号泣行，夜则悲吟坐。欲死不能得，欲生无一可。彼苍者[(22)]何辜，乃遭此厄祸。

边荒[(23)]与华异，人俗少义理[(24)]。处所多霜雪，胡风春夏起。翩翩吹我衣，肃肃入我耳。感时念父母，哀叹无穷已。有客从外来，闻之常欢喜。迎问其消息，辄复非乡里。邂逅[(25)]徼[(26)]时愿，骨肉[(27)]来迎己。己得自解免，当复弃儿子。天属[(28)]缀[(29)]人心，念别无会期。存亡永乖隔，不忍与之辞。儿前抱我颈，问母欲何之。人言母当去，岂复有还时。阿母常仁恻，今何更不慈。我尚未成人，奈何不顾思。见此崩五内[(30)]，恍惚生[(31)]狂痴[(32)]。号泣手抚摩，当发复回疑。兼有同时辈，相送告离别。慕我独得归，哀叫声摧裂。马为立踟蹰，车为不转辙。观者皆嘘唏，行路亦呜咽。去去割情恋，遄征[(33)]日遐迈[(34)]。悠悠三千里，何时复交会。念我出腹子，胸臆为摧败。

既至家人尽，又复无中外[(35)]。城廓为山林，庭宇生荆艾。白骨不知谁，纵横莫覆盖。出门无人声，豺狼号且吠。茕茕[(36)]对孤景[(37)]，怛咤[(38)]糜肝肺。登高远眺望，魂神忽飞逝。奄若寿命尽，旁人相宽大[39]。为复强视息[40]，虽生何聊赖[41]。托命于新人[42]，竭心自勖[43]励。流离成鄙贱，常恐复捐废[44]。人生几何时，怀忧终年岁。

【注释】

（1）天常：天之常道。“乱天常”犹言悖天理。

（2）篡弑：言杀君夺位。董卓于公元189年以并州牧应袁绍召入都，废汉少帝（刘辩）为弘农王，次年杀弘农王。

（3）诸贤良：指被董卓杀害的丁原、周珌、任琼等。

（4）旧邦：指长安。公元190年董卓焚烧洛阳，强迫君臣百姓西迁长安。

（5）兴义师：指起兵讨董卓。初平元年（190年）关东州郡皆起兵讨董，以袁绍为盟主。

（6）祥：善。“不祥”指董卓。

（7）卓众：指董卓部下李榷、郭汜等所带的军队。

（8）初平三年（192年），李、郭等出兵关东，大掠陈留、颍川诸县。蔡琰于此时被掳。

（9）平土：平原，指关东陈留、颍川一带。

（10）胡羌：指董卓军中的羌胡。董卓所部本多羌、氐族人（见《后汉书·董卓传》）。李榷军中杂有羌胡（见《后汉纪·献帝纪》记载）。

（11）截：斩断。

（12）孑：独。这句是说杀得不剩一个。

（13）相撑拒：互相支持。这句是说尸体众多堆积杂乱。

（14）西入关：指入函谷关。卓众本从关内东下，大掠后还入关。

（15）迥：遥远。

（16）邈冥冥：渺远迷茫貌。

（17）弊：即“毙”，詈骂之词。“弊降虏”犹言“死囚”。

（18）亭：古通“停”。“停刃”犹言加刃。

（19）我曹：犹我辈，兵士自称。以上四句是说兵士对于被虏者不满意就说：“杀了你这死囚，让你吃刀子，我们不养活你了。”

（20）毒：恨。

（21）参：兼。这句是说恨和痛苦交并。

（22）彼苍者：指天。这句是呼天而问，问这些被难者犯了什么罪。

（23）边荒：边远之地，指南匈奴，其地在河东平阳（今山西省临汾附近）。蔡琰如何入南匈奴人之手，本诗略而不叙，史传也不曾明载。《后汉书》本传只言其时在兴平二年（195年）。是年十一月李榷、郭汜等军为南匈奴左贤王所破，疑蔡琰就在这次战争中由李、郭军转入南匈奴军。

（24）少义理：言其地风俗野蛮。这句隐括自己被蹂躏被侮辱的种种遭遇。

（25）邂逅：不期而遇。

（26）徼：侥幸。这句是说平时所觊望的事情意外地实现了。

（27）骨肉：喻至亲。作者苦念故乡，见使者来迎，如见亲人，所以称之为骨肉。或谓曹操遣使赎蔡琰或许假托其亲属的名义，所以诗中说“骨肉来迎”。

（28）天属：天然的亲属，如父母、子女、兄弟、姐妹。

（29）缀：联系。

（30）五内：五脏。

（31）恍惚：精神迷糊。

（32）生狂痴：发狂。

（33）遄征：疾行。

（34）日遐迈：一天一天地走远了。

（35）中外：犹中表，“中”指舅父的子女，为内兄弟；“外”指姑母的子女，为外兄弟。以上二句是说到家后才知道家属已死尽，又无中表近亲。

（36）茕茕：孤独貌。

（37）景：同“影”。

（38）怛咤：惊痛而发声。

（39）相宽大：劝她宽心。

（40）息：呼吸。这句是说又勉强活下去。

（41）何聊赖：言无聊赖，就是无依靠、无乐趣。

（42）新人：指作者重嫁的丈夫董祀。

（43）勖：勉励。

（44）捐废：弃置不顾。以上二句是说自己经过一番流离，成为被人轻视的女人，常常怕被新人抛弃。

嵇康

嵇康（224－263），三国魏文学家、思想家、音乐家，字叔夜，谯郡铚（今安徽宿县西南）人，与魏宗室通婚，官中散大夫，世称嵇中散。为“竹林七贤”之一，与阮籍齐名。因声言“非汤武而薄周孔”，且不满当时掌握政权的司马氏集团，遭钟会构陷，为司马昭所杀。在哲学上，受老庄思想的影响，提出“越名教而任自然”之说，对礼教表示憎恶。其文“思想新颖，往往与古时旧说反对”（鲁迅语），《与山世源绝交书》《难自然好学论》等皆其代表作。诗长于四言，风格清峻，《幽愤诗》较有名。所撰《声无哀乐论》，认为同一音乐可以引起不同的感情，断言音乐本身无哀乐可言。善鼓琴，以弹奏《广陵散》著名，并曾作《琴赋》，对古琴奏法及表现力进行了细致生动的描写。有《嵇中散集》。

幽愤诗

嗟余薄祜[1]，少遭不造[2]。哀茕靡识，越在襁褓。母兄鞠育[3]，有慈无威。
恃爱肆姐[4]，不训不师。爰及冠带，冯[5]宠自放。抗心希古，任其所尚。
托好老庄，贱物贵身。志在守朴，养素全真。曰余不敏，好善闇人。
子玉之败，屡增惟尘。大人含弘，藏垢怀耻。民之多僻[6]，政不由己。
惟此褊心，显明臧否。感悟思愆，怛若创痏[7]。欲寡其过，谤议沸腾。
性不伤物，频致怨憎。昔惭柳惠[8]，今愧孙登。内负宿心，外恧良朋。
仰慕严郑，乐道闲居。与世无营，神气晏如。咨余不淑，婴累多虞。
匪降自天，实由顽疏。理弊患结，卒致囹圄。对答鄙讯，絷此幽阻。
实耻讼免，时不我与。虽曰义直，神辱志沮。澡身沧浪，岂云能补。
嗈嗈鸣雁，奋翼北游。顺时而动，得意忘忧。嗟我愤叹，曾莫能俦[9]。
事与愿违，遘兹淹留。穷达有命，亦又何求。古人有言，善莫近名。
奉时恭默，咎悔不生。万石周慎[10]，安亲保荣。世务纷纭，祇[11]搅余情。
安乐必诫，乃终利贞。煌煌灵芝，一年三秀。余独何为，有志不就。
惩难思复，心焉内疚。庶勖[12]将来，无馨无臭。采薇山阿，散发岩岫。
永啸长吟，颐性养寿。

【注释】

（1）祜：福。
（2）不造：不成。言家道未成。
（3）鞠育：养育。
（4）姐：娇。
（5）冯：同“凭”。
（6）僻：邪。
（7）创痏：创伤。
（8）柳惠：即柳下惠，春秋时人。
（9）俦：比。
（10）万石：指汉代石奋。
（11）祇：适。
（12）勖：勉励。

左思

左思（约 250—305）字太冲，齐国临淄（今山东临淄）人。今存诗 14 首，收于《文选》和《玉台新咏》。南朝梁代刘勰评左思：“尽锐于《三都》，拔萃于《咏史》。”（《文心雕龙·才略》）这样评说是中肯的。代表太康文学最高成就的左思曾花 10 年时间写成

《三都赋》，一时名震京都，“洛阳纸贵”一时传为佳话，但奠定其文学地位、代表创作最高成就的作品是《咏史》八首。

咏史·其二

郁郁涧底松，离离山上苗。以彼径寸茎，荫此百尺条。世胄蹑高位，英俊沉下僚。地势使之然，由来非一朝。金张藉旧业，七叶珥汉貂。冯公岂不伟，白首不见招。

陶渊明（二首）

陶渊明（365－427），又名潜，字元亮，谥号靖节先生，浔阳柴桑（今江西九江市荆林街）人，是中国东晋时代最杰出的诗人。曾祖陶侃曾任东晋大司马，父祖均曾任太守一类官职。渊明八岁丧父，家道衰落，日渐贫困。曾任江州祭酒、镇军参军、彭泽县令等职。四十一岁时弃官归隐，从此躬耕田园。他以田园生活为题材进行诗歌创作，是田园诗派的开创者。诗风平淡自然，极受后人推崇，影响深远。现存诗 130 多首，有《陶渊明集》。

癸卯岁始春怀古田舍(1)

先师有遗训(2)，忧道不忧贫(3)。瞻望邈难逮(4)，转欲志长勤(5)。秉耒欢时务(6)，解颜劝农人(7)。平畴交远风，良苗亦怀新(8)。虽未量岁功，即事多所欣(9)。耕种有时息，行者无问津(10)。日入相与归，壶浆劳近邻(11)。长吟掩柴门，聊为陇亩民(12)。

【注释】

（1）癸卯岁是晋安帝元兴二年（403）。此题有二首，都是怀古言志的诗。这里所选是第二首。怀古田舍，即在田舍中缅怀古代的躬耕隐士长沮、桀溺。

（2）师：指孔丘。

（3）“君子忧道不忧贫”是孔丘的话，见《论语·卫灵公》。道：治世的方针、理论。

（4）瞻望：仰望。邈：高远。逮：及。这句言孔丘的道理高远难及。

（5）勤：劳。志长勤：立志长期从事农业劳动。

（6）秉：持。耒（lěi）：农具。时务：及时应做的事，指农务。

（7）解颜：开口而笑。劝：慰勉。

（8）平畴：平旷的田野。怀新：孕育着新芽，指庄稼长势喜人。

（9）岁功：指一年中的收获，犹言年成。即事：当前的事。以上二句是说将来虽不能料量，但眼前的情景真让人高兴。

（10）行者：路上行的人。问津：打听渡水处。《论语·微子》：“长沮、桀溺耦而耕，孔子过之，使子路问津焉。”这里作者以长沮、桀溺那样的躬耕隐士自比，而叹息世无孔丘和子路那样问津的人。

（11）日入：太阳落山。相与：一同。壶浆：指酒。劳：慰劳。

（12）长吟：拉长声音唱歌。聊：姑且。陇亩民：田野中人，农民。

【赏析】

这首诗写田野的美景和亲身耕耘的喜悦，同时也流露出忧世之情。诗或说理，或叙事，或写景，或抒情，看似散缓不收，不见首尾，其实散而有骨。理、事、景、情交融汇合，道出了一个主旨："聊为陇亩民。"

饮酒·其五

结庐[1]在人境[2]，而无车马喧。问君何能尔[3]？心远地自偏。采菊东篱下，悠然见南山。山气日夕[4]佳，飞鸟相与[5]还。此中有真意，欲辨已忘言[6]。

【注释】

（1）结：建造、构筑。庐：简陋的房屋。结庐：构筑房舍。

（2）人境：人类聚居的地方。

（3）尔：这样。

（4）日夕：傍晚。

（5）相与：相伴。

（6）欲辨已忘言：想要辨识却不知怎么表达。辨，辨识。

【赏析】

本篇是《饮酒》二十首中的第五首。诗歌的主旨是展示诗人运用魏晋玄学"得意忘象"之说领悟"真意"的思维过程，富于理趣。然而，它不是枯燥乏味的哲理演绎。诗中写了悠然自得的情，也写了幽美淡远的景，在情景交融的境界中含蓄着万物各得其所、委运任化的哲理。这哲理又被诗人提炼、浓缩到"心远地自偏""此中有真意"等警句，给读者以理性的启示，整首诗的韵调也更显得隽秀深长。

谢朓

谢朓（464—499），字玄晖，陈郡阳夏（今河南太康县）人。南朝齐诗人，与谢灵运同族，经历有些类似，时与谢灵运对举，亦称小谢。初任豫章王太尉行参军，后在随王萧子隆、意陵王萧良幕下任功曹、文学等职，颇得赏识，为"竟陵八友"之一。公元495年出任宣城太守，故有谢宣城之称。后因告发岳父王敬则谋反事受赏，举为尚书吏部郎。后被诬陷死于狱中。现存诗二百多首，其中山水诗的成就很高，写景抒情清新自然、意境新颖、富有情致，且佳句颇多。例如"余霞散成绮，澄江静如练""天际识归舟，云中辨江树""鱼戏新荷动，鸟散余花落"等，至今脍炙人口。

晚登三山还望京邑[1]

灞涘望长安，河阳视京县[2]。白日丽飞甍，参差皆可见[3]。余霞散成绮，澄江静如练[4]。喧鸟覆春洲，杂英满芳甸[5]。去矣方滞淫，怀哉罢欢宴[6]。佳期怅何许，泪下如流霰[7]。有情知望乡，谁能鬒不变[8]？

【注释】

（1）三山：山名，在今南京市西南。还望：回头眺望。京邑：指南齐都城建康，即今南京市。

（2）灞涘望长安：借用汉末王粲《七哀诗》中的“南登霸陵岸，回首望长安”诗意。灞：水名，源出陕西蓝田，流经长安城东。河阳视京县：借用西晋诗人潘岳《河阳县诗》“引领望京室”诗意。河阳：故城在今河南梦县西。京县：指西晋都城洛阳。两句意为：我怀着眷恋之情，傍晚登上三山，回头眺望都城建康。

（3）丽：使动用法，这里有“照射使……色彩绚丽”的意思。飞甍：上翘如飞翼的屋脊。甍：屋脊。参差：高低不齐的样子。两句意为：在日光的照耀下，京都建筑色彩绚丽，高高低低都能望见。

（4）绮：有花纹的丝织品，锦缎。澄江：清澈的江水。练：洁白的绸子。两句意为：澄清的江水平静得如同一匹白练。

（5）喧鸟覆春洲：形容鸟儿众多。覆：盖。杂英：各色的花。甸：郊野。

（6）方：将。滞淫：久留，滞留。怀：想念。

（7）佳期：指归来的日期。怅：惆怅。霰：雪珠。两句意为：分别了，想到何日才能回来，不由得令人惆怅悲伤，留下雪珠般的眼泪。

（8）鬒：黑发。变：这里指变白。

南北朝乐府民歌（四首）

西洲[1]曲

忆梅下[2]西洲，折梅寄江北。单衫杏子红，双鬓鸦雏色[3]。西洲在何处？两桨桥头渡。日暮伯劳[4]飞，风吹乌臼树。树下即门前，门中露翠钿[5]。开门郎不至，出门采红莲。采莲南塘秋，莲花过人头。低头弄莲子，莲子[6]青如水。置莲怀袖中，莲心[7]彻底红[8]。忆郎郎不至，仰首望飞鸿[9]。鸿飞满西洲，望郎上青楼。楼高望不见，尽日栏杆头。栏杆十二曲，垂手明如玉。卷帘天自高，海水摇空绿[10]。海水梦悠悠[11]，君[12]愁我亦愁。南风知我意，吹梦到西洲。

【注释】

（1）西洲：地名，未详所在。它是本篇中男女共同纪念的地方。

（2）下：落。落梅时节是本诗中男女共同纪念的时节。

（3）鸦雏色：形容头发乌黑发亮。鸦雏：小鸦。

（4）伯劳：鸣禽，仲夏始鸣。

（5）翠钿：用翠玉做成或镶嵌的首饰。

（6）莲子：谐音“怜子”，就是“爱你”的意思。

（7）莲心：和“怜心”双关，就是相爱之心。

（8）彻底红：就是红得通透彻底。

（9）望飞鸿：有望书信的意思，古人有鸿雁传书的传说。

（10）此二句似倒装，意思是秋夜的一片蓝天像大海，风吹帘动，隔帘见天便觉似海水荡漾。一说这里把江称为海，“海水”即指江水。

（11）悠悠：渺远。天海辽阔无边，所以说它“悠悠”，天海的“悠悠”正如梦的“悠悠”。

（12）君：指住在江北的爱人。

【赏析】

该诗最早著录于徐陵所编《玉台新咏》的《西洲曲》，历来被视为南朝乐府民歌的代表作。沈德潜称其“续续相生，连跗接萼，摇曳无穷，情味愈出”（《古诗源》卷十二），陈祚明则谓之“言情之绝唱”（《采菽堂古诗选》），其艺术魅力自不容置疑。

《西洲曲》是心系西洲、怀念郎君之作。其所涉地点只有两处，一是郎君所在地西洲，一是女子所在地南塘附近；一在江北，一在江南，且相距甚遥。其中人物，出场的是女子，幕后的是情郎；全诗既可以看成以第三人称写女子，亦可视为女子自道，或者其中既有女子自道，亦有以第三人称而作的叙述，但其中没有男子的声音或描写。

木兰诗

唧唧[1]复唧唧，木兰当户织[2]。不闻机杼声[3]，惟[4]闻女叹息。

问女何所思[5]，问女何所忆[6]。女亦无所思，女亦无所忆。昨夜见军帖[7]，可汗[8]大点兵，军书十二卷[9]，卷卷有爷名[10]。阿爷无大儿，木兰无长兄，愿为市鞍马[11]，从此替爷征。

东市买骏马，西市买鞍鞯[12]，南市买辔头[13]，北市买长鞭。旦辞爷娘去，暮宿黄河边，不闻爷娘唤女声，但闻黄河流水鸣溅溅[14]。旦[15]辞黄河去，暮至黑山头，不闻爷娘唤女声，但闻燕山胡骑[16]鸣啾啾[17]。

万里赴戎机[18]，关山度若飞[19]。朔气传金柝[20]，寒光照铁衣[21]。将军百战死，壮士十年归。

归来见天子，天子[22]坐明堂。策勋十二转，赏赐百千强[23]。可汗问所欲[24]，木兰不用[25]尚书郎[26]；愿驰千里足[27]，送儿还故乡。

爷娘闻女来，出郭相扶将[28]；阿姊闻妹来，当户理红妆[29]；小弟闻姊来，磨刀霍霍向猪羊。开我东阁门，坐我西阁床，脱我战时袍，著[30]我旧时裳，当窗理云鬓[31]，对镜帖花黄[32]。出门看火伴，火伴皆惊忙：同行十二年，不知木兰是女郎。

雄兔脚扑朔，雌兔眼迷离[33]；双兔傍地走，安能辨我是雄雌[34]？

【注释】

（1）唧唧（jījī）：织布机的声音。

（2）当户织：对着门织布。

（3）机杼（zhù）声：织布机发出的声音。杼：织布梭（suō）子。

（4）惟：只。

（5）何所思：想什么。

（6）忆：思念。

（7）军帖：军中的文告。

（8）可汗（kèhán）大点兵：皇上大规模地征兵。可汗，我国古代一些少数民族最高统治者的称号。

（9）军书十二卷：征兵的名册很多卷。十二：表示很多，不是确指。下文的“十年”“十二年”用法与此相同。

（10）爷：和下文的“阿爷”同，都指父亲。

（11）为：为此。市：买。鞍马：泛指马和马具。

（12）鞯（jiān）：马鞍下的垫子。

（13）辔（pèi）头：驾驭牲口用的嚼子和缰绳。

（14）溅溅（jiānjiān）：水流声。

（15）旦：早晨。

（16）胡骑（jì）：胡人的战马。胡，古代对北方少数民族的称呼。

（17）啾啾（jiūjiū）：马叫的声音。

（18）万里赴戎机：不远万里，奔赴战场。戎机，战争。

（19）关山度若飞：像飞一样地跨过一道道的关，越过一座座的山。度，过。

（20）朔气传金柝：北方的寒气传达着打更的声音。朔：北方。金柝：古时军中守夜打更用的器具。

（21）铁衣：铠（kǎi）甲，古时军人穿的护身符装。

（22）天子：指上文的“可汗”

（23）策勋十二转：记很大的功。策勋：记功。“十二转”表示多数，非确指。赏赐百千强：赏赐很多的财物。强：有余。

（24）问所欲：问（木兰）想要什么。

（25）不用：不愿。

（26）尚书郎：尚书省的官。尚书省是古代朝廷中管理国家政事的机关。

（27）愿驰千里足：希望骑上千里马。

（28）郭：外城。扶将：扶持。

（29）红妆（zhuāng）：指女子的艳丽装束。

（30）著：通“着”，穿。

（31）云鬓（bìn）：像云那样的鬓发，形容好看的头发。

（32）帖花黄：贴，“帖”通“贴”。花黄：古代妇女的一种面部装饰物。

（33）雄兔脚扑朔，雌兔眼迷离：据说，提着兔子的耳朵悬在半空时，雄兔两只前脚时时动弹，雌兔两只眼睛时常眯着，所以容易辨认。扑朔：动弹。迷离：眯着眼。

（34）双兔傍地走，安能辨我是雄雌：雄雌两兔一起并排着跑，怎能辨别哪个是雄兔，哪个是雌兔呢？傍地走：并排跑。

子夜歌·其七

始欲识郎时，两心望如一。
理丝入残机，何悟不成匹。

子夜歌·其九

今夕已欢别，合会在何时？
明灯照空局，悠然未有期！

第五节　唐诗

王勃

王勃（约650—约676），字子安，绛州龙门（今山西河律县）人，初唐文学家，文中子王通之孙。与杨炯、卢照邻、骆宾王以文章齐名，称初唐四杰。其以才及第，又因文而失意，并累及其父。其省父时，溺水惊悸而死。他的文多于诗，文之最著名者为《滕王阁序》。

王勃虽然只活了约27个春秋，但著述仍很多，曾撰《汉书指瑕》十卷，《周易发挥》五卷，《次论语》十卷，《舟中纂序》五卷，《千岁历》若干卷，可惜皆佚失。今所传者，唯《王子安集》16卷，也非全本。

送杜少府之任蜀州

城阙[(1)]辅[(2)]三秦[(3)]，风烟望五津[(4)]。与君离别意，同是宦游人。
海内存知己，天涯若比邻。无为在歧路，儿女共沾巾。

【注释】

（1）城阙：指唐代都城长安。

（2）辅：护卫。

（3）三秦：现在陕西省一带。“辅三秦”即以三秦为辅。

（4）五津：四川境内长江的五个渡口。

骆宾王

骆宾王（约626—约684），中国唐代诗人。婺州义乌（今属浙江义乌）人。和王勃、杨炯、卢照邻齐名，号称初唐四杰。他的骈文能在才华艳发、词采赡富中寓清新俊逸之气，如《代李敬业传檄天下文》，气势充沛，笔端见情，流传广泛，据说武后也曾为之动容。

在狱咏蝉

西陆[1]蝉声唱，南冠[2]客思深。不堪玄鬓[3]影，来对白头吟[4]。
露重飞难进，风多响易沉。无人信高洁，谁为表予心？

【注释】

（1）西陆：指秋天。

（2）南冠：楚冠，这里是囚徒的意思。用《左传·成公九年》中的楚钟仪戴着南冠被囚于晋国军府事。

（3）玄鬓：指蝉的黑色翅膀，这里比喻自己正当盛年。

（4）白头吟：乐府曲名，《乐府诗集》解题说是鲍照、张正见、虞世南诸作，皆自伤清直却遭诬谤。两句意谓：自己正当玄鬓之年，却来默诵《白头吟》那样哀怨的诗句。

宋之问

宋之问（约656—约712），唐代诗人，一名少连，字延清，汾州（今山西汾阳）人，一说虢州弘农（今河南灵宝）人。上元二年（675）进士及第。历洛州参军、尚方监丞、左奉宸内供奉。因谄事张易之兄弟，曾贬泷州参军。召为鸿胪主簿，再转考功员外郎，又谄事太平公主。以知贡举时贪贿，贬越州长史。睿宗即位，流钦州，赐死。宋之问与沈佺期齐名，时称“沈宋”，为近体律诗定型的代表诗人。

题大庾岭北驿

阳月[1]南飞雁，传闻至此回。我行殊未已，何日复归来。
江静潮初落，林昏瘴[2]不开，明朝望乡处，应见陇头梅[3]。

【注释】

（1）阳月：阴历十月。

（2）瘴：旧指南方山林间湿热致病之气。

（3）陇头梅：其地气候暖和，故十月即可见梅，旧时红白梅夹道，故有梅岭之称。陇头：即为“岭头”。

张若虚

张若虚（生卒年不详），扬州（今江苏扬州）人。曾任兖（yǎn）州兵曹。中宗神龙（705－707）年间，和贺知章等人同以吴越文士驰名京都。又与贺知章、张旭、包融并称“吴中四士”。《全唐诗》录存其诗二首。

春江花月夜

春江潮水连海平，海上明月共潮生。滟滟[1]随波千万里，何处春江无月明？
江流宛转绕芳甸[2]，月照花林皆似霰[3]。空里流霜[4]不觉飞，汀[5]上白沙看不见。
江天一色无纤尘[6]，皎皎空中孤月轮[7]。江畔何人初见月？江月何年初照人？
人生代代无穷已[8]，江月年年只相似。不知江月待何人，但见[9]长江送流水。
白云一片去悠悠[10]，青枫浦[11]上不胜愁。谁家今夜扁舟[12]子？何处相思明月楼？
可怜楼上月徘徊[13]，应照离人妆镜台[14]。玉户[15]帘中卷不去，捣衣砧[16]上拂还来。
此时相望不相闻[17]，愿逐月华流照君[18]。鸿雁长飞光不度，鱼龙潜跃水成文[19]。
昨夜闲潭梦落花，可怜春半不还家。江水流春去欲尽，江潭落月复西斜。
斜月沉沉藏海雾，碣石潇湘无限路[20]。不知乘月[21]几人归？落花摇情[22]满江树。

【注释】

（1）滟滟：波光闪动的光彩。

（2）芳甸：遍生花草的原野。

（3）霰：雪珠。

（4）流霜：古人以为霜和雪一样，是从空中落下来的，所以叫流霜。这里比喻月光皎洁，所以不觉得有霜霰飞扬。

（5）汀：水中的空地。

（6）纤尘：微细的灰尘。

（7）月轮：指月亮，因月圆时像车轮，故称月轮。

（8）穷已：穷尽。

（9）但见：只见、仅见。

（10）悠悠：渺茫、深远。

（11）青枫浦：地名，今湖南浏阳县境内有青枫浦。这里泛指游子所在的地方。

（12）扁舟：孤舟。

（13）月徘徊：指月光移动。

（14）妆镜台：梳妆台。

（15）玉户：形容楼阁华丽，以玉石镶嵌。

（16）捣衣砧：捣衣石、捶布石。

（17）相闻：互通音信。
（18）逐：跟从。月华：月光。
（19）文：同“纹”。
（20）无限路：言离人相去很远。
（21）乘月：趁着月光。
（22）摇情：激荡情思，犹言牵情。

【赏析】

诗以春、江、花、月、夜为载体，以人与自然彼此相融“天人合一”为内容，将深邃空灵的艺术世界特意隐藏在惝恍迷离的艺术氛围之中。整首诗篇仿佛笼罩在一片空灵而迷茫的月色里，精妙地构造出一幅色美、情浓、斑斓、迷离的春江夜月图。能将一轮明月写到如此清雅且夺人心魄的地步，真不愧为旷世之作。

贺知章（二首）

贺知章，唐朝诗人，字季真，一字维摩，号石窗，晚年更号四明狂客，又称秘书外监。其排行第八，人称“贺八”。会稽永兴（今浙江萧山）人。开元初年与吴越人包融、张旭、张若虚以诗文齐名，世称“吴中四士”，亦称“吴中四友”“吴中四杰”。有《龙瑞宫记》传世。

咏柳(1)

碧玉(2)妆成一树高，万条垂下绿丝绦(3)。
不知细叶谁裁出，二月春风似剪刀。

【注释】

（1）诗题一作《柳枝词》。
（2）碧玉：形容柳树碧绿鲜嫩。
（3）丝绦：丝带。这里形容柳条。

回乡偶书

少小离家老大回，乡音无改鬓毛衰。
儿童相见不相识，笑问客从何处来。

陈子昂

陈子昂（约 661－702），唐代文学家，初唐诗文革新人物之一。字伯玉，汉族，梓州射洪（今属四川）人。因曾任右拾遗，后世称为陈拾遗。其存诗共 100 多首，其中最有代表性的是《感遇》诗三十八首，《蓟丘览古赠卢居士藏用》七首和《登幽州台歌》。

登幽州[1]台歌

前不见古人，后不见来者。
念天地之悠悠[2]，独怆然[3]而涕[4]下。

【注释】

（1）幽州：古十二州之一，现今北京市。

（2）悠悠：渺远的样子。

（3）怆然：悲伤凄凉。

（4）涕：眼泪。

张九龄（二首）

张九龄（678－704），字子寿，一名博物，韶州曲江（今广东省韶关市）人。武则天长安元年（702）中进士，调校书郎。玄宗即位后，张说荐其为集贤院学士；累官至中书侍郎同平章事，迁中书令。他是唐代著名的宰相，后受奸相李林甫陷害，于开元二十五年（737）贬为荆州长史。张九龄的诗，有不少是应制之作。但一些赠答、写景、抒情的诗篇，感情真挚、词藻清丽，晚年遭谗言被贬后所作的《感遇》诗十二首，风格转向朴实而且遒劲、寄兴讽喻，与陈子昂的《感遇》诗相近，对扭转初唐以来形式主义诗风有所贡献。后人评论唐诗的转变，多以陈、张并称。清朝人士刘熙载在《艺概·诗概》中说道："陈子昂、张九龄'独能超出一格，为李、杜开先'。"有《张曲江集》。

望月怀远

海上生明月，天涯共此时。情人怨遥夜，竟夕起相思。
灭烛怜光满，披衣觉露滋。不堪盈手赠，还寝梦佳期。

感遇·其一

兰叶春葳蕤[1]，桂华秋皎洁。欣欣此生意，自尔为佳节。
谁知林栖者，闻风坐[2]相悦。草木有本心[3]，何求美人折。

【注释】

（1）葳蕤：枝叶茂盛而纷披。

（2）坐：因而。

（3）本心：天性。

【赏析】

此诗系张九龄遭谗贬谪后所作《感遇》十二首之冠首。诗借物起兴，自比兰桂，抒发诗人孤芳自赏，气节清高，不求引用之情感。

诗一开始用整齐的偶句，以春兰秋桂对举，点出无限生机和清雅高洁之特征。三、四句写兰桂充满活力却荣而不媚，不求人知之品质。上半首写兰桂，不写人。五、六句以“谁知”急转引出与兰桂同调的山中隐者来。末两句点出无心与物相竞的情怀。

全诗一方面表达了恬淡从容超脱的襟怀，另一方面忧谗惧祸的心情也隐然可见。诗以草木照应，旨诣深刻，于咏物背后，寄寓着生活哲理。

孟浩然（四首）

孟浩然（689－740），唐代诗人，汉族。本名浩，字浩然，世称“孟襄阳”。襄州襄阳（今湖北襄樊）人。与另一位山水田园诗人王维合称为“王孟”。以写田园山水诗为主。孟浩然生当盛唐，早年有用世之志，但政治上困顿失意，以隐士终身。他耿介不随的性格和清白高尚的情操为同时和后世所倾慕。李白称赞他“红颜弃轩冕，白首卧松云”，赞叹说：“高山安可仰，徒此揖清芬。”（《赠孟浩然》）

过故人庄

故人具鸡黍，邀我至田家。绿树村边合，青山郭外斜。
开筵面场圃，把酒话桑麻。待到重阳日，还来就菊花。

宿建德江[1]

移舟[2]泊烟渚[3]，日暮客愁新。
野旷天低树，江清月近人。

【注释】

（1）建德江：在浙江省，新安江流经建德的一段。
（2）移舟：靠岸。
（3）烟渚：弥漫雾气的沙洲。

春晓[1]

春眠不觉晓，处处闻啼鸟。
夜来风雨声，花落知多少。

【注释】

（1）春晓：春天的早晨。

望洞庭湖赠张丞相[1]

八月湖水平，涵虚[2]混太清[3]。气蒸云梦泽[4]，波撼岳阳城。

欲济[5]无舟楫，端居[6]耻圣明。坐观垂钓者，徒有羡鱼情。

【注释】

（1）张丞相：指张九龄。
（2）涵虚：包含天空，指天倒映在水中。
（3）混太清：与天混成一体。
（4）云梦泽：古时云泽和梦泽指湖北南部，湖南北部一代低洼地区。
（5）济：渡。
（6）端居：安居。

王维（五首）

王维（701－761），字摩诘，祖籍太原，唐朝诗人，外号“诗佛”。王维精通佛学，佛教有一部《维摩诘经》，是维摩诘向弟子们讲学的书，王维很钦佩维摩诘，所以自己名为维，字摩诘。开元九年（721年），王维进士及第，官大乐丞，随即因为署中伶人舞黄狮子犯禁，受了牵连而谪为济州司仓参军。开元十四年（726年），辞去官职。后又任右拾遗，又为监察御史，40岁时，迁殿中传御史。天宝末年，安禄山攻占长安，王维被安禄山胁迫作了他的官员。但是他并不愿意，曾作诗表达了心迹。当安禄山兵败后，王维因此得到了赦免，并任太子中允，后转尚书右丞，故世称“王右丞”。

王维的诗、书、画都很有名，非常多才多艺，对音乐也很精通。他对山水画贡献极大，被称为“南宗画之祖”。王维以五言律诗和绝句著称。王维的诗有两种风格，前期的诗大都反映现实，后期则多是描绘田园山水。王维最擅长的也是田园诗。

渭川田家

斜阳照墟落[1]，穷巷[2]牛羊归。野老[3]念牧童，倚杖[4]候荆扉[5]。雉[6]雊麦苗秀，蚕眠[7]桑叶稀。田夫荷[8]锄至，相见语依依。即此[9]羡闲逸，怅然吟式微[10]。

【注释】

（1）墟落：村落。
（2）穷巷：深巷。
（3）野老：村野老人。
（4）倚杖：靠着拐杖。
（5）荆扉：柴门。
（6）雉：野鸡。
（7）蚕眠：蚕蜕皮时，不食不动，像睡眠一样。
（8）荷：扛着。
（9）即此：指上面所说的情景。

（10）式微：用《诗经》“式微、式微，胡不归”语，有归隐田园之意。

山居秋暝[1]

空山新雨后，天气晚来秋。明月松间照，清泉石上流。
竹喧归浣女，莲动下渔舟[2]。随意春芳歇，王孙自可留[3]。

【注释】

（1）秋暝：秋天的傍晚。

（2）浣（huàn）女：洗衣物的女子。

（3）《楚辞·招隐士》中有“王孙游兮归来，山中兮不可以久留”。这里反用其意，意谓任它春芳尽，王孙也可久留。歇：消歇，凋谢。

九月九日忆山东兄弟

独在异乡为异客，每逢佳节倍思亲。
遥知兄弟登高[1]处，遍插茱萸[2]少一人。

【注释】

（1）登高：阴历九月九日重阳节，民间有登高避邪的习俗。

（2）茱萸：一种植物，传说重阳节扎茱萸袋，登高饮菊花酒，可避灾。

鹿柴[1]

空山不见人，但闻人语响。
反景[2]入深林，复照青苔上。

【注释】

（1）鹿柴：以木栅为栏，谓之柴，鹿柴乃鹿居住的地方。

（2）反景：通“返影”，指日落时分，阳光反射到东方的景象。

使[1]至塞上[2]

单车欲问边[3]，属国[4]过居延[5]。征蓬[6]出汉塞，归雁[7]入胡天。
大漠[8]孤烟[9]直，长河[10]落日圆。萧关[11]逢候骑[12]，都护[13]在燕然[14]。

【注释】

（1）使：奉命出使。

（2）选自《王右丞集笺注》。此诗是开元二十五年（737 年）王维以监察御史的身份出使边塞时所作。

（3）单车：一辆车，这里形容这次出使时随从不多。问边：慰问边防。

（4）属国：典属国的简称。汉代称负责外交事务的官员为典属国，这里诗人用来指自己使者的身份。

（5）居延：故址在现在内蒙古额济纳旗一带。

（6）征蓬：飘飞的蓬草，此处为诗人自喻。

（7）归雁：因季节是春天，雁北飞，故称“归雁入胡天”。

（8）大漠：大沙漠，此处大约是指凉州之北的沙漠。

（9）烟：烽烟，报警时点的烟火。

（10）长河：黄河。

（11）萧关：古关名，故址在今宁夏固原东南。

（12）候骑：骑马的侦察兵。王维出使河西并不经过萧关，此处大概是用何逊诗中的“候骑出萧关，追兵赴马邑”之意，非实写。

（13）都护：唐代边疆设有都护府，其长官称都护，这里指前敌统帅。

（14）燕然：燕然山，即现在蒙古国境内杭爱山，代指边防前线。

【赏析】

诗人以传神的笔墨刻画了奇特壮美的塞外风光。“大漠孤烟直，长河落日圆”，笔力苍劲，意境雄浑，视野开阔，被王国维赞为“千古壮观”的名句。《红楼梦》里香菱说：“这‘直’字似无理，‘圆’字似太俗。合上书一想，倒像是见了这景的。若说再找两个换这两个，竟再找不出两个字来。”她虽然不能够清楚地说出这两个字到底好在哪里，但是凭直觉感到它们描写孤烟与落日非常形象，不可替代。苏轼评价王维云“味摩诘之诗，诗中有画；味摩诘之画，画中有诗”，真是非常恰当啊。

高适（二首）

高适（700－765），唐代诗人，字达夫，一字仲武，渤海蓝（今河北沧县）人，居住在宋中（今河南商丘一带）。少孤贫，爱交游，有游侠之风，并以建功立业自期。早年曾游历长安，后到过蓟门、卢龙一带，寻求进身之路，都没有成功。后客居梁、宋等地，曾与李白、杜甫结交。安史之乱爆发后，任侍御史、谏议大夫。与岑参并称“高岑”。其诗直抒胸臆，不尚雕饰，以七言歌行最富特色，大多写边塞生活。笔力雄健，气势奔放，洋溢着盛唐时期所特有的奋发进取、蓬勃向上的时代精神。有《高常侍集》。

燕歌行[1]

开元二十六年[2]，客有从御史大夫张公出塞而还者[3]，作《燕歌行》以示。适感征戍之事，因而和[4]焉。

汉家烟尘[5]在东北，汉将辞家破残贼[6]。男儿本自重横行[7]，天子非常赐颜色[8]。摐金伐鼓下榆关[9]，旌旆逶迤碣石[10]间。校尉羽书飞瀚海[11]，单于猎火照狼山[12]。

山川萧条极边土[13]，胡骑凭陵杂风雨[14]。战士军前半死生[15]，美人帐[16]下犹歌舞。大漠穷秋塞草腓[17]，孤城落日斗兵稀。身当恩遇恒轻敌[18]，力尽关山[19]未解围。铁衣远戍辛勤久[20]，玉箸[21]应啼别离后。少妇城南[22]欲断肠，征人蓟北[23]空回首。边风飘飖那可度[24]，绝域苍茫[25]更何有！杀气三时作阵云[26]，寒声一夜传刁斗[27]。相看白刃血纷纷，死节从来岂顾勋[28]！君不见沙场征战苦，至今犹忆李将军[29]。

【注释】

（1）燕歌行：乐府《相和歌·平调曲》旧题，多写思妇怀念征人的内容。

（2）开元二十六年：即公元 738 年，开元是唐玄宗的年号。

（3）此句意谓有跟随张守珪出塞回来的人。张公：指幽州节度使张守珪。

（4）和：依照别人诗词的题材、体裁和格律作诗词。

（5）汉家：汉朝，这里借指唐朝。烟尘：战火，边疆的战争。

（6）残贼：凶残的敌寇。

（7）重：推崇、看重。横行：往来冲杀无可阻挡。

（8）赐颜色：赏识、器重、给予隆重丰厚的待遇的意思。

（9）摐：撞击。下榆关：向山海关进发。

（10）旌旆：旌旗。逶迤：弯弯曲曲、绵延不断的样子。碣石：山名，在今河北省乐亭县西南。

（11）校尉：武官名，地位低于将军。飞瀚海：从大沙漠飞来。

（12）单于：本指匈奴酋长，这里泛指敌人的首领。猎火：打猎时燃起的火光。狼山：即狼居胥山，在今蒙古自治区西北部。

（13）“山川”句：汉军抗击敌人，来到了山川萧条的边界地带。极：穷尽，终点。

（14）胡骑：敌人的马队。凭陵：仗势欺人，侵扰凌逼。杂风雨：形容敌势之猛如暴风骤雨。杂：交错。

（15）半死生：一半死、一半生，伤亡极多的意思。

（16）帐：将帅的营帐。

（17）穷秋：晚秋。腓：病，这里是指枯黄衰败的意思。

（18）恩遇：指受到器重。轻敌：蔑视敌人。

（19）关山：边塞。

（20）铁衣：铠甲，这里是身披铁衣的意思。辛勤久：长期在边疆戍守。

（21）玉箸：白色的筷子，这里指思妇的眼泪。

（22）城南：长安城南。这里泛指居民区。

（23）蓟北：蓟州以北，这里泛指戍守的边疆。

（24）飘飖：长风吹荡的样子。度：过，这里是居住、生活的意思。

（25）绝域：极远的边疆荒凉地区。

（26）三时：指早、午、晚。阵云：战云。

（27）刁斗：军中白天用来做饭、夜晚用来打更的铜器，有把，形似三角锅。

（28）死节：有气节的死，指为国牺牲。勋：功劳。这句是说，战死是为了报国，不是为了个人的功名利禄。

（29）李将军：指汉将李广。

别董大[(1)]

千里黄云[(2)]白日曛[(3)]，北风吹雁雪纷纷。
莫愁[(4)]前路无知己[(5)]，天下谁人[(6)]不识君[(7)]。

【注释】

（1）董大：董庭兰，当时著名的音乐家，在其兄弟中排行第一，故称“董大”。

（2）黄云：在阳光下，乌云是暗黄色，所以叫黄云。

（3）曛：昏暗。“白日曛”即太阳黯淡无光。

（4）莫愁：不要愁，不要担心。

（5）知己：知心的朋友。

（6）谁人：哪个人。

（7）君：您。这里指董大。

岑参（二首）

岑参（约715—770），唐代诗人，原籍南阳（今属河南新野），后迁居江陵（今属湖北）。唐代著名的边塞诗人。其诗歌气势雄伟，想象丰富，色彩瑰丽，热情奔放，尤其擅长七言歌行。岑参诗歌的题材涉及述志、赠答、山水、行旅各方面，而以边塞诗写得最出色，“雄奇瑰丽”是其突出特点。岑参两度出塞，写了七十多首边塞诗，在盛唐时代，他写的边塞诗数量最多，成就最突出。代表作有《白雪歌送武判官归京》《走马川行》《轮台歌》。事迹见杜确《岑嘉州集序》《唐诗纪事》《唐才子传》。与高适齐名，并称“高岑”。

白雪歌送武判官归京

北风卷地白草[(1)]折，胡天[(2)]八月即飞雪。忽如一夜春风来，千树万树梨花开。
散入珠帘湿罗幕，狐裘不暖锦衾薄。将军角弓不得控，都护铁衣冷犹著。
瀚海阑干百丈冰，愁云惨淡万里凝。中军置酒饮归客，胡琴琵琶与羌笛。
纷纷暮雪下辕门[(3)]，风掣红旗冻不翻。轮台东门送君去，去时雪满天山路。
山回路转不见君，雪上空留马行处。

【注释】

（1）白草：西域牧草名，秋天变白色。

（2）胡天：指西域的气候。

（3）辕门：古代军营前以两车之辕相向交接，成一半圆形门，后遂称营门为辕门。

走马川行奉送封大夫出师西征

君不见，走马川雪海边，平沙莽莽黄入天。轮台[1]九月风夜吼，一川碎石大如斗，随风满地石乱走。匈奴草黄马正肥，金山西见烟尘飞，汉家[2]大将西出师。将军金甲夜不脱，半夜军行戈相拨，风头如刀面如割。马毛带雪汗气蒸，五花连钱[3]旋作冰，幕中草檄砚水凝。虏骑闻之应胆慑，料知短兵不敢接，车师西门伫献捷。

【注释】

（1）轮台：即阿尔泰山。

（2）汉家：这里实借汉以指唐。

（3）连钱：马身上的斑纹。

王昌龄（三首）

王昌龄（698—758），字少伯，盛唐著名诗人，约生于武则天圣历元年（698年），约卒于玄宗天宝十五年（756年）。京兆万年（今属西安市）人。他家境比较贫寒，开元十五年进士及第，授秘书省校书郎。后改授汜水尉，再迁为江宁丞。一生曾两次被谪蛮荒之地：一次约在开元二十五年秋，他获罪被谪岭南；一次约在天宝六载秋，以所谓“不护细行”被贬为龙标尉。安史之乱爆发后，他避乱至江淮一带，被濠州刺史闾丘晓杀害。有《王昌龄集》。王昌龄是盛唐时享有盛誉的一位诗人。殷璠《河岳英灵集》把他举为体现“风骨”的代表，誉其诗为“中兴高作”，选入的数量也为全集之冠。这些都可见他在诗坛上的地位。《全唐诗》对昌龄诗的评价是“绪密而思清”。他的七绝诗尤为出色，甚至可与李白比美，故被冠之以“七绝圣手”的名号。尤其是他的边塞诗，流畅通脱，高昂向上，深受后人推崇。

芙蓉楼[1]送辛渐

寒雨连江夜入吴，平明送客楚山[2]孤。
洛阳亲友如相问，一片冰心在玉壶。

【注释】

（1）芙蓉楼：原址在今江苏省镇江市西北。

（2）楚山：古时吴、楚两地相接，镇江一带也称楚地，故其附近的山也可叫楚山。

闺怨

闺中少妇不知愁，春日凝妆[1]上翠楼。

忽见陌头杨柳色，悔教[2]夫婿觅封侯。

【注释】

（1）凝妆：盛妆。

（2）悔教：悔使。

出塞

秦时明月汉时关，万里长征人未还。
但使[1]龙城[2]飞将[3]在，不教胡马度阴山[4]。

【注释】

（1）但使：只要。

（2）龙城：龙城是匈奴祭天集会的地方。

（3）飞将：一般指汉朝名将李广，匈奴畏惧他的神勇，特称他为“飞将军”。

（4）阴山：昆仑山的北支，起自河套西北，横贯绥远、察哈尔及热河北部，是我国北方的屏障。

【评析】

这是一首慨叹边战不断，国无良将的边塞诗。诗的首句最耐人寻味。说的是此地汉关，明月秦时，大有历史变换，征战未断的感叹。二句写征人未还，多少儿男战死沙场，留下多少悲剧。三、四句写出千百年来人民的共同意愿，冀望有“龙城飞将”出现，平息胡乱，安定边防。全诗以平凡的语言，唱出雄浑豁达的主旨，气势流畅，一气呵成，吟之莫不叫绝。明人李攀龙曾推奖它是唐代七绝压卷之作，实不过分。

崔颢

崔颢（704—754），汴州（开封）人氏，唐玄宗开元十一年（公元723年）进士。《旧唐书·文苑传》把他和王昌龄、高适、孟浩然并提。有《登黄鹤楼》一诗，据说李白为之搁笔，曾有“眼前有景道不得，崔颢题诗在上头”的赞叹。

登黄鹤楼[1]

昔人已乘黄鹤去，此地空余黄鹤楼。黄鹤一去不复返，白云千载空悠悠[2]。
晴川历历[3]汉阳树，芳草萋萋鹦鹉洲[4]。日暮乡关何处是，烟波江上使人愁。

【注释】

（1）黄鹤楼：故址在湖北武昌县，民国初年被火焚毁，传说古代有一位名叫费文的仙人，在此乘鹤登仙。也有人作昔人已乘白云去。

（2）悠悠：久远的意思。

（3）历历：清晰、分明的样子。

（4）鹦鹉洲：在湖北省武昌县西南，根据后汉书记载，汉黄祖担任江夏太守时，在此大宴宾客，有人献上鹦鹉，故称鹦鹉洲。

王翰

王翰（约 687—735），字子羽。晋阳（今山西太原）人。睿宗景云元年进士。代表作有《凉州词》《饮马长城窟行》《春女行》《古蛾眉怨》等，其中以《凉州词》最负盛名。

凉州词

葡萄美酒夜光杯，欲饮琵琶马上催。
醉卧沙场君莫笑，古来征战几人回。

李白（十一首）

李白（701—762），字太白，号青莲居士，唐代伟大的浪漫主义诗人。其诗风雄奇豪放，想象丰富，语言流转自然，音律和谐多变，达到了我国古代积极浪漫主义诗歌艺术的高峰。存诗 900 余首，有《李太白集》。

月下独酌

花间一壶酒，独酌无相亲。举杯邀明月，对影成三人。
月既不解饮，影徒随我身。暂伴月将[1]影，行乐须及春。
我歌月徘徊，我舞影零乱。醒时同交欢，醉后各分散。
永结无情游，相期[2]邈云汉[3]。

【注释】

（1）将：偕，和。

（2）相期：相约。

（3）云汉：天河。

子夜秋歌

长安一片月，万户捣衣[1]声。
秋风吹不尽，总是玉关[2]情。
何日平胡虏[3]，良人[4]罢远征。

【注释】

（1）捣衣：将洗过的衣服放在砧石上，用木杵捣去碱质。这里指人们准备寒衣。

（2）玉关：即玉门关。

（3）虏：对敌方的蔑称。

（4）良人：丈夫。

宣州谢朓楼饯别校书叔云

弃我去者，昨日之日不可留。乱我心者，今日之日多烦忧。长风万里送秋雁[1]，对此可以酣高楼。蓬莱文章[2]建安骨，中间小谢又清发。俱怀逸兴壮思飞，欲上青天览日月。抽刀断水水更流，举杯消愁愁更愁。人生在世不称意，明朝散发弄扁舟。

【注释】

（1）秋雁：喻李云。

（2）蓬莱文章：这里指李云供职的秘书省。

赠孟浩然

吾爱孟夫子，风流天下闻。红颜[1]弃轩冕[2]，白首卧松云[3]。
醉月频中圣[4]，迷花不事君。高山安可仰，徒此揖清芬[5]。

【注释】

（1）红颜：指年青的时候。

（2）轩冕：指官职。轩：车子。冕：高官戴的礼帽。

（3）卧松云：隐居。

（4）中圣：中酒，就是喝醉的意思，

（5）清芬：指美德。

蜀道难

噫吁嚱，危呼高哉！蜀道之难，难于上青天。蚕丛及鱼凫[1]，开国何茫然。尔来四万八千岁，不与秦塞通人烟。西当太白[2]有鸟道[3]，可以横绝峨眉巅。地崩山摧壮士死[4]，然后天梯石栈相钩连。上有六龙回日之高标[5]，下有冲波逆折之回川。黄鹤之飞尚不得过，猿猱欲度愁攀缘。青泥何盘盘，百步九折萦岩峦。扪参历井仰胁息[7]，以手抚膺坐长叹。问君西游何时还，畏途巉岩不可攀。但见悲鸟号古木，雄飞雌从绕林间。又闻子规[8]啼夜月，愁空山。蜀道之难，难于上青天，使人听此凋朱颜。连峰去天不盈尺，枯松倒挂倚绝壁。飞湍瀑流争喧豗，砯崖转石万壑雷。其险也如此，嗟尔远道之人胡为呼来哉！剑阁峥嵘而崔嵬，一夫当关，万夫莫开。所守或匪亲，化为狼与豺。朝避猛虎，夕避长蛇。磨牙吮血，杀人如麻。锦城[9]虽云乐，不如早还家。蜀道之难，难于上青天，侧身西望长咨嗟[10]！

【注释】

（1）蚕丛、鱼凫：都是传说中古蜀国国王。古代的蜀国本与中原不通，至秦惠王灭蜀（公元前三一六），始与中原相通。

（2）太白：山名，又名太乙山，秦岭主峰，在今陕西周至、太白县一带。旧说因其冬夏积雪，故名。太白山在当时京城长安之西，故云“西当太白”。

（3）鸟道：极言山路险窄，仅能容鸟飞过。

（4）相传秦惠王嫁五美女与蜀，蜀遣五个力士迎之，回到梓潼，见一大蛇入穴中，五人引其尾使出；结果山崩，五人皆被压死，五女上山化为石。

（5）六龙回日：相传太阳神乘车，羲和驾六龙而驶之。此指高标阻住了六龙，只得回车。

（6）高标：立木为表记，其最高处叫标，也即这一带高山的标志。

（7）此句意谓山高入天，竟至可以伸手摸到一路所见星辰。古以星宿分野，凡地上某一区域，都划在星空某一分野之内，并以天象所示来占卜地上属邑之吉凶。秦属井宿分野，蜀属参宿分野。胁息：屏气不敢呼吸。

（8）子规：杜鹃鸟，蜀地最多。相传蜀帝杜宇号望帝，死后其魂化为子规，啼声悲凄。

（9）锦城：即锦官城，今四川成都市。

（10）咨嗟：叹息。

行路难

金樽清酒斗十千，玉盘珍馐[(1)]直万钱。停杯投箸不能食，拔剑四顾心茫然。
欲渡黄河冰塞川，将登太行雪满山。闲来垂钓碧溪上[(2)]，忽复乘舟梦日边[(3)]。
行路难，行路难，多歧路，今安在？长风破浪会有时，直挂云帆济沧海。

【注释】

（1）珍馐：名贵的菜肴。

（2）垂钓碧溪上：传说吕尚未遇周文王时，曾在潽溪（今陕西宝鸡市东南）垂钓。

（3）乘舟梦日边：传说伊尹见汤以前，梦乘舟过日月之边。合用这两句典故，是比喻人生遇合无常，多出于偶然。

将[(1)]进酒

君不见，黄河之水天上来，奔流到海不复回。君不见，高堂明镜悲白发，朝如青丝暮成雪。人生得意须尽欢，莫使金樽空对月。天生我材必有用，千金散尽还复来。烹羊宰牛且为乐，会须[(2)]一饮三百杯。岑夫子[(3)]，丹丘生，将进酒，君莫停。与君歌一曲，请君为我侧耳听。钟鼓馔玉[(4)]不足贵，但愿长醉不愿醒。古来圣贤皆寂寞，惟有饮者留其名。陈王[(5)]昔时宴平乐[(6)]，斗酒十千恣欢谑。主人何为言少钱，径须沽取对君酌。五花马，千金裘，呼儿将出换美酒，与尔同销万古愁。

【注释】

（1）将：请。

（2）会须：正应当。

（3）岑夫子：岑勋。丹丘生：元丹丘。李集中提到元丹丘的有多处。他也是一个学道谈玄的人，李白称之为“逸人”，并有“吾将（与）元夫子，异姓为天伦”（《颍阳别元丹丘之淮阳》）及“故交深情，出处无间”（《题嵩山逸人元丹丘山居并序》）之语，可见李白和他的友好。

（4）钟鼓馔玉：泛指豪门贵族的奢华生活。钟鼓：富贵人家宴会时用的乐器。梁戴嵩《煌煌京洛行》：“挥金留客坐，馔玉待钟鸣。”馔：吃喝。

（5）陈王：三国魏曹植，曾被封为陈王。

（6）平乐：平乐观。

登金陵凤凰台

凤凰台上凤凰游，凤去台空江自流。吴宫[1]花草埋幽径，晋代[2]衣冠[3]成古丘[4]。三山[5]半落青天外[6]，二水[7]中分白鹭洲[8]。总为浮云能蔽日[9]，长安不见使人愁。

【注释】

（1）吴宫：三国时孙吴曾于金陵建都筑宫。

（2）晋代：指东晋，南渡后也建都于金陵。

（3）衣冠：指当时名门世族。

（4）成古丘：意谓这些人物今已剩下一堆古墓了。

（5）三山：山名。在南京西南长江边上。因三峰并列，南北相连，故名。

（6）半落青天外：形容其远，看不大清楚。

（7）二水：一作“一水”。秦淮河流经南京后，西入长江，白鹭洲横其间，乃分为二支。

（8）白鹭洲：古代长江中沙洲，在南京水西门外，因多聚白鹭而得名。

（9）浮云蔽日：喻奸邪之障蔽贤良。

早发白帝[1]城

朝辞白帝彩云间，千里江陵[2]一日还[3]。
两岸猿声啼不住，轻舟已过万重山。

【注释】

（1）白帝：今重庆奉节县。

（2）江陵：今湖北省江陵县。

（3）一日还：一天就可以到达。

送孟浩然之广陵

故人西辞黄鹤楼[1]，烟花[2]三月下扬州。
孤帆远影碧空尽[3]，惟见长江天际流。

【注释】

（1）黄鹤楼：建在湖北武昌西边的黄鹤矶上，下面就是长江。

（2）烟花：指暮春浓艳的景色。

（3）碧空尽：指船消失在水与蓝天相接的地方。

【赏析】

这是送别诗，寓离情于写景。首句点出送别的地点：一代名胜黄鹤楼；二句写送别的时间与去向，“烟花三月”的春色和东南形胜的“扬州”；三、四句写送别的场景：目送孤帆远去，只留一江春水。诗以绚丽斑驳的烟花春色和浩瀚无边的长江为背景，极尽渲染之能事，绘出了一幅意境开阔、情丝不绝、色彩明快、风流倜傥的诗人送别画。“烟花三月下扬州”，蘅塘退士评曰：“千古丽句”。

杜甫（八首）

杜甫（712—770），唐代诗人，字子美，祖籍襄阳（今属湖北），生于河南巩县。由于他在长安时一度住在城南少陵附近，自称少陵野老，在成都时被荐为节度参谋、检校工部员外郎，后世又称他为杜少陵、杜工部。杜甫是中国文学史上伟大的现实主义诗人，他的诗深刻地反映了唐朝由兴盛走向衰亡时期的社会面貌，具有丰富的社会内容、鲜明的时代色彩和强烈的政治倾向。他的诗激荡着热爱祖国、热爱人民的炽烈情感和不惜自我牺牲的崇高精神，因此被后人公认为“诗史”，诗人被尊称为“诗圣”。

佳人

绝代有佳人，幽居在空谷。自云良家女，零落依草木。
关中昔丧乱，兄弟遭杀戮。官高何足论，不得收骨肉。
世情恶衰歇，万事随转烛。夫婿轻薄儿，新人美如玉。
合昏[1]尚知时，鸳鸯不独宿。但见新人笑，那闻旧人哭。
在山泉水清，出山泉水浊。侍婢卖珠回，牵萝补茅屋。
摘花不插发，采柏动盈掬。天寒翠袖薄，日暮倚修竹[2]。

【注释】

（1）合昏：即夜合花。

（2）修竹：长竹，与诗中“翠袖”相映。

兵车行

车辚辚，马萧萧，行人弓箭各在腰，爷娘妻子走相送，尘埃不见咸阳桥。牵衣顿足拦道哭，哭声直上干云霄。道旁过者问行人，行人但云点行频。或从十五北防河，便至四十西营田。去时里正与裹头，归来头白还戍边。边亭流血成海水，武皇开边意未已。君不闻，汉家山东二百州，千村万落生荆杞。纵有健妇把锄犁，禾生陇亩无东西。况复秦兵耐苦战，被驱不异犬与鸡。长者虽有问，役夫敢申恨？且如今年冬，未休关西卒。县官急索租，租税从何出。信知生男恶，反是生女好。生女犹得嫁比邻，生男埋没随百草。君不见，青海头，古来白骨无人收。新鬼烦冤旧鬼哭，天阴雨湿声啾啾。

丽人行

三月三日天气新，长安水边多丽人。态浓意远淑且真，肌理细腻骨肉匀。绣罗衣裳照暮春，蹙金孔雀银麒麟。头上何所有，翠微(1)盍叶(2)垂鬓唇(3)。背后何所见，珠压(4)腰衱(5)稳称身。就中云幕椒房亲，赐名大国虢与秦。紫驼之峰出翠釜，水晶之盘行素鳞。犀箸厌饫久未下，鸾刀缕切空纷纶。黄门飞鞚不动尘，御厨络绎送八珍。箫鼓哀吟感鬼神，宾从杂沓实要津。后来鞍马(6)何逡巡(7)，当轩下马入锦茵。杨花雪落覆白苹(8)，青鸟(9)飞去衔红巾。炙手可热势绝伦，慎莫近前丞相嗔。

【注释】

（1）翠微：薄薄的翡翠片。微：一本作“为”。

（2）叶：踉彩的花叶，踉彩是妇女的发饰。

（3）鬓唇：鬓边。

（4）珠压：谓珠按其上，使不让风吹起，故下云“稳称身”。

（5）腰衱：这里作腰带解。

（6）后来鞍马：指杨国忠，却故意不在这里明说。

（7）逡巡：原意为欲进不进，这里是顾盼自得的意思。

（8）旧注以为指杨国忠与虢国夫人的暧昧关系，又引北魏胡太后和杨白花私通事，因太后曾作“杨花飘荡落南家”及“愿衔杨花入窠里”诗句，后人有“杨花入水化为浮萍”之说，又暗合诸杨之姓及兄妹丑行。

（9）青鸟：神话中鸟名，西王母使者。相传西王母将见汉武帝时，先有青鸟飞集殿前（见《汉武故事》）。后常被用作男女之间的信使。红巾：妇女所用的红帕，这里是说使者在暗递消息。

春望

国破(1)山河在，城春草木深。感时花溅泪(2)，恨别鸟惊心。

烽火连三月，家书抵万金。白头搔更短，浑[3]欲不胜簪[4]。

【注释】

（1）国破：指国都长安被叛军占领。

（2）因感叹时事，见到花也会流泪。

（3）浑：简直。

（4）不胜簪：因头发短少，连簪子也插不上。

登岳阳楼

昔闻洞庭水，今上岳阳楼。吴楚东南坼[1]，乾坤[2]日夜浮。
亲朋无一字，老病有孤舟。戎马[3]关山北[4]，凭轩[5]涕泗流。

【注释】

（1）吴、楚两地在我国东南。坼：分裂。

（2）乾坤：指日、月。

（3）戎马：指战争。

（4）关山北：北方边境。

（5）凭轩：靠着窗户。

闻官军收河南河北

剑外忽传收蓟北，初闻涕泪满衣裳。却看[1]妻子愁何在[2]，漫卷[3]诗书喜欲狂。
白日放歌须纵酒，青春作伴好还乡[4]。即从巴峡穿巫峡，便下襄阳向洛阳[5]。

【注释】

（1）却看：回看。

（2）愁何在：不再愁。

（3）漫卷：随手卷起。古代诗文皆写在卷子上。

（4）此句意谓：春光明媚，鸟语花香，还乡时并不寂寞。

（5）想象中的还乡路线，即出峡东下，由水路抵襄阳，然后由陆路向洛阳。此诗句末有自注云："余有田园在东京（指洛阳）。"巴峡：四川东北部巴江中之峡。巫峡：在今四川巫山县东，长江三峡之一。襄阳：今属湖北。

登高

风急天高猿啸哀，渚[1]清沙白鸟飞回[2]。无边落木萧萧下，不尽长江滚滚来。
万里悲秋常作客，百年[3]多病独登台。艰难苦恨繁霜鬓，潦倒[4]新停[5]浊酒杯。

【注释】

（1）渚：水中的小洲。
（2）回：回旋。
（3）百年：犹言一生。
（4）潦倒：犹言困顿、衰颓。
（5）新停：这时杜甫正因病戒酒。

【评析】

这一首重阳登高感怀诗，是大历二年（767）在夔州写的。全诗通过登高所见秋江景色，倾诉了诗人长年漂泊、老病孤愁的复杂感情，慷慨激越，动人心弦。前半首写登高所闻所见情景，是写景；后半首写登高时的感触，是抒情。首联着重刻画眼前具体景物；颔联着重渲染秋天气氛；颈联抒发感情，由异乡飘泊写到多病残生；末联写白发日多，因病断酒，映衬时世艰难。全诗八句都对仗，句句押韵。金性尧以为“是杜诗中最能表现大气盘旋、悲凉沉郁之作。”

韦应物

韦应物（737－792），中国唐代诗人，汉族，长安（今陕西西安）人。今传有10卷本《韦江州集》、两卷本《韦苏州诗集》、10卷本《韦苏州集》。散文仅存一篇。因做过苏州刺史，世称“韦苏州”。诗风恬淡高远，以善于写景和描写隐逸生活著称。

滁州(1)西涧(2)

独怜幽草(3)涧边生，上有黄鹂深树鸣。
春潮带雨晚来急，野渡无人舟自横。

【注释】

（1）滁州：在今安徽滁县以西。
（2）西涧：在滁县城西，俗名称上马河。
（3）幽草：幽谷里的小草。

张继

张继，唐代诗人，字懿孙，襄州（今湖北襄樊）人，生卒年不详。天宝十二载（753）中进士。现存诗约40首，主要是纪行游览、酬赠送别之作，多为五七言律诗及七言绝句。语言明白自然，不尚雕饰。七绝《枫桥夜泊》情致清远，历来为人所称道。

枫桥(1)夜泊

月落乌啼(2)霜满天，江枫(3)渔火对愁眠。

姑苏[4]城外寒山寺[5]，夜半钟声[6]到客船。

【注释】

（1）枫桥：桥名，在江苏吴县阊门西。

（2）乌啼：乌鸦啼叫。乌，指乌鸦，亦指夜晚树上的栖鸟。

（3）江枫：江边的枫树。

（4）姑苏：苏州市的别称，因城西南有姑苏山而名。

（5）寒山寺：在离枫桥西边一里的寺庙。据传唐初有名的寒山、拾得两个和尚住此，因而得名。

（6）夜半钟声：唐代寺庙有半夜敲钟的习惯

韩翎

寒食[1]

春城无处不飞花，寒食东风御柳[2]斜。

日暮汉宫传蜡烛[3]，轻烟散入五侯[4]家。

【注释】

（1）寒食：每年冬至以后的一百零五天，大概是清明节的前两天为寒食节。据《左传》所载，晋文公火烧森林求介之推，没想到他却抱着大树活活被烧死，晋国人为了悼念他，每年的这一天禁火，只吃冷食，所以称寒食。

（2）御柳：皇帝御花园里的柳树。

（3）传蜡烛：虽然寒食节禁火，但公侯之家受赐可以点蜡烛。

（4）五侯：后汉桓帝在一天之中封了五个得宠的宦官为侯，世称五侯。

李益

李益（746－829），唐代诗人，字君虞，陕西姑臧（今甘肃武威）人，后迁河南郑州。大历四年（769）进士，初任郑县尉，久不得升迁，建中四年（783）登书判拔萃科。因仕途失意，后弃官在燕赵一带漫游。

夜上受降城闻笛

回乐峰[1]前沙似雪，受降城[2]外月如霜。

不知何处吹芦管[3]，一夜征人尽望乡。

【注释】

（1）回乐峰：唐代有回乐县，在现宁夏回族自治区灵武县西南。回乐峰即当地的山峰。

（2）受降城：唐代有东、中、西三座受降城，都在内蒙古自治区境内。

（3）芦管：笛子。

白居易（二首）

长恨歌

《长恨歌》是唐朝诗人白居易的一首长篇叙事诗。这首诗是作者的名篇，作于公元806年（元和元年）。全诗形象地叙述了唐玄宗与杨贵妃的爱情悲剧。诗人借历史人物和传说，创造了一个回旋婉转的动人故事，并通过塑造的艺术形象，再现了现实生活的真实，感染了千百年来的读者。诗的主题是“长恨”。

汉皇(1)重色思倾国，御宇多年求不得。杨家(2)有女初长成，养在深闺人未识。天生丽质难自弃，一朝选在君王侧。回眸一笑百媚生，六宫(3)粉黛无颜色。春寒赐浴华清池(4)，温泉水滑洗凝脂。侍儿扶起娇无力，始是新承恩泽时。

云鬓(5)花颜金步摇，芙蓉帐暖度春宵。春宵苦短(6)日高起，从此君王不早朝。承欢侍宴无闲暇，春从春游夜专夜(7)。后宫佳丽三千人(8)，三千宠爱在一身。金屋(9)妆成娇侍夜，玉楼宴罢醉和春。姊妹弟兄皆列土(10)，可怜光彩生门户。遂令天下父母心，不重生男重生女(11)。骊宫(12)高处入青云，仙乐风飘处处闻。缓歌慢舞凝丝竹(13)，尽日君王看不足。渔阳(14)鼙（pí）鼓动地来，惊破《霓裳羽衣曲》。九重城阙(15)烟尘生，千乘万骑西南行。翠华(16)摇摇行复止，西出都门百余里。六军(17)不发无奈何，宛转蛾眉马前死。花钿(18)（diàn）委地无人收，翠翘金雀玉搔头。君王掩面救不得，回看血泪相和流。黄埃(19)散漫风萧索，云栈萦纡登剑阁。峨嵋山下少人行，旌旗无光日色薄。

蜀江水碧蜀山青，圣主朝朝暮暮情。行宫(20)见月伤心色，夜雨闻铃肠断声。天旋地转(21)回龙驭，到此踌躇不能去。马嵬（wéi）坡下泥土中，不见玉颜空死处。君臣相顾尽沾衣，东望都门信马归。归来池苑皆依旧，太液(22)芙蓉未央柳。芙蓉如面柳如眉，对此如何不泪垂？春风桃李花开日，秋雨梧桐叶落时。西宫南内（一本作“苑”）(23)多秋草，落叶满阶红不扫。梨园弟子(24)白发新，椒房阿监青娥老。夕殿萤飞思悄然，孤灯挑尽未成眠。迟迟钟鼓初长夜，耿耿(25)星河欲曙天。鸳鸯瓦(26)冷霜华重，翡翠衾寒谁与共？悠悠生死别经年(27)，魂魄不曾来入梦（又作“入梦来”）。

临邛(28)道士鸿都客，能以精诚致魂魄。为感君王辗转思，遂教方士殷勤觅。排空驭气(29)奔如电，升天入地求之偏（同“遍”）。上穷(30)碧落下黄泉，两处茫茫皆不见。忽闻海上有仙山，山在虚无缥缈间。楼阁玲珑（又作“玲珑楼阁”）五云起，其中绰约(31)多仙子。

中有一人字太真(32)，雪肤花貌参差是。金阙(33)西厢叩玉扃，转教小玉报双成。闻道汉家天子使，九华帐(34)里梦魂惊。揽衣推枕起徘徊，珠箔(35)银屏迤逦开。云鬓半偏新睡觉（jué），花冠不整下堂来。风吹仙袂(36)飘飖举，犹似霓裳羽衣舞。玉容寂寞(37)

泪阑干，梨花一枝春带雨。含情凝睇[38]谢君王，一别音容两渺茫。昭阳殿[39]里恩爱绝，蓬莱宫中日月长。回头下望人寰[40]处，不见长安见尘雾。惟将旧物表深情，钿合金钗寄将去[41]。钗留一股合一扇，钗擘黄金合分钿[42]。但教（令）心似金钿坚，天上人间会相见。临别殷勤重寄词，词中有誓两心知。七月七日长生殿[43]，夜半无人私语时。在天愿作比翼鸟，在地愿为连理枝。天长地久有时尽（又作“会有时”），此恨绵绵无绝期。

【注释】

（1）汉皇：汉家天子。此指唐玄宗李隆基。唐人文学创作常以汉称唐。御宇：驾驭天下。

（2）杨家：蜀州司户杨玄琰，有女杨玉环，自幼由叔父杨玄珪抚养，17 岁被册封为玄宗之子寿王李瑁之妃。22 岁时，玄宗命其出宫为道士，道号太真。27 岁被玄宗册封为贵妃。所谓“养在深闺人未识”，是作者有意为帝王避讳的说法。

（3）六宫：古代皇帝设六宫，正寝（日常处理政务之地）一，燕寝（休息之地）五，合称六宫。六宫粉黛：粉黛本为女性化妆用品，此代指六宫中的女性。

（4）华清池：即华清池温泉，在今陕西省临潼县南的骊山下。唐贞观十八年（644）建汤泉宫，咸亨二年（671）改名温泉宫，天宝六年（747）扩建后改名华清宫。唐玄宗每年冬、春季都到此居住。

（5）云鬓：形容美发如云。金步摇：一种金首饰，上面缀着垂珠之类，走路时摇曳生姿。芙蓉帐：绣着莲花的帐子。

（6）春宵苦短：嫌春宵太短。

（7）专夜：皇帝只和她同宿。

（8）后宫佳丽三千人：汉武帝、元帝时后宫嫔妃有“三千人”。唐太宗时多余的宫女有“数万”，“精简”一次就放出三千名。唐玄宗时宫女有四万。

（9）金屋：指杨贵妃的住所。据《汉武故事》载：汉武帝年幼时曾说，如果能娶表妹阿娇为妻子，就给她造一座金房子住。妆成：打扮好。醉和春：醉态中含着春情。

（10）列土：分封土地。此指杨家人都受了特殊的封赏。杨玉环受封贵妃后，其父追封太尉、齐国公，叔擢升光禄卿，母封凉国夫人，大姐、三姐、八姐分封为韩国夫人、虢国夫人、秦国夫人。宗兄铦、锜、钊（国忠）分封鸿胪犹卿、御史、右丞相。可怜：可爱，值得羡慕。

（11）重生女：陈鸿《长恨歌传》云，当时民谣有“生女勿悲酸，生男勿喜欢”，“男不封侯女作妃，看女却为门上楣”等。

（12）骊宫：即华清宫，因在骊山下，故称“骊宫”。

（13）丝竹：弦乐器和管乐器。

（14）渔阳：郡名，辖今北京市平谷县和河北省的蓟县等地，当时属于平卢、范阳、河东三镇节度使安禄山的辖区。天宝十四载（755）冬，安禄山在范阳起兵叛乱。鼙鼓：

古代骑兵用的小鼓，此借指战争。霓裳羽衣曲：舞曲名，据说为唐开元年间西凉节度使杨敬述所献，经唐玄宗润色并制作歌辞，改用此名。乐曲着意表现虚无缥缈的仙境和仙女形象。天宝后曲调失传。

（15）九重城阙：九重门的京城，此指长安。烟尘生：指发生战事。天宝十五年（756）六月，安禄山破潼关，逼近长安。玄宗带领杨贵妃等出延秋门向西南方向逃走。当时随行护卫并不多，“千乘万骑”是夸大之辞。

（16）翠华：用翠鸟羽毛装饰的旗帜，皇帝仪仗队用。百余里：指到了距长安一百多里的马嵬坡。

（17）六军：泛指禁卫军。当护送唐玄宗的禁卫军行至马嵬坡时，不肯再走，先以谋反为由杀杨国忠，继而请求处死杨贵妃。宛转：形容美人临死前哀怨缠绵的样子。蛾眉：古代美女的代称，此处指杨贵妃。

（18）花钿：用金翠珠宝等制成的花朵形首饰。委地：丢弃在地上。翠翘：像翠鸟长尾一样的头饰。金雀：雀形金钗。玉搔头：玉簪。

（19）黄埃：黄尘。云栈：高入云霄的栈道。萦纡：萦回盘绕。剑阁：又称剑门关，在今四川剑阁县北，是由秦入蜀的要道。此地群山如剑，峭壁中断处，两山对峙如门。诸葛亮相蜀时，凿石驾凌空栈道以通行。

（20）行宫：皇帝外出时的临时住所。

（21）天旋地转：指时局好转。肃宗至德二年（757），郭子仪军收复长安。龙驭：皇帝的车驾。

（22）太液：汉宫中有太液池。未央：汉有未央宫。此皆借指唐长安皇宫。

（23）西宫南内：皇宫之内称为大内。西宫即西内太极宫，南内为兴庆宫。玄宗返京后，初居南内。上元元年（760），权宦李辅国假借肃宗名义，胁迫玄宗迁往西内，并流贬玄宗亲信高力士、陈玄礼等人。

（24）梨园弟子：指玄宗当年训练的乐工舞女。梨园：唐玄宗时宫中教习音乐的机构，曾选“坐部伎”三百人教练歌舞，随时应诏表演，号称“皇帝梨园弟子”。椒房：后妃居住之所，因以花椒和泥抹墙，故称。阿监：宫中的侍从女官。青娥：年轻的宫女。

（25）耿耿：明亮。

（26）鸳鸯瓦：屋顶上俯仰相对合在一起的瓦。翡翠衾：布面绣有翡翠鸟的被子。

（27）经年：年复一年。

（28）临邛：今四川邛崃县。鸿都：东汉都城洛阳的宫门名，这里借指长安。精诚：至诚。致：招来。

（29）排空驭气：即腾云驾雾。

（30）穷：穷尽。碧落：即天空。黄泉：指地下。

（31）绰约：体态轻盈柔美。

（32）太真：杨玉环为道士时的道号。参差：仿佛，差不多。

（33）金阙：黄金装饰的宫殿门楼。玉扃：玉石做的门环。小玉：吴王夫差之女。

双成：传说中西王母的侍女。这里皆借指杨贵妃在仙山的侍女。

（34）九华帐：绣饰华美的帐子。

（35）珠箔：珠帘。银屏：饰银的屏风。迤逦：接连不断地。

（36）袂：衣袖。

（37）寂寞：此指神色黯淡凄楚。阑干：纵横。

（38）凝睇：凝视。

（39）昭阳殿：汉成帝宠妃赵飞燕的寝宫，此借指杨贵妃住过的宫殿。蓬莱：传说中的海上仙山，这里指贵妃在仙山的居所。

（40）人寰：人间。

（41）寄将去：托道士带回。

（42）把金钗、钿盒分成两半，自留一半。

（43）长生殿：在骊山华清宫内，天宝元年造。按“七月”以下六句为作者虚拟之词。陈寅恪在《元白诗笺证稿·长恨歌》中云：“长生殿七夕私誓之为后来增饰之物语，并非当时真确之事实。”“玄宗临幸温汤必在冬季、春初寒冷之时节。今详检两唐书玄宗记无一次于夏日炎暑时幸骊山。”而所谓长生殿者，亦非华清宫之长生殿，而是长安皇宫寝殿之习称。如果真有这样的事，应发生在“飞霜殿”，但此殿不符合爱情的长久与火热，故当改为长生殿。比翼鸟：传说中的鸟名，据说只有一目一翼，雌雄并在一起才能飞。连理枝：两棵树的枝干连在一起。古人常用此二物比喻情侣相爱、永不分离。

井底引银瓶

这首诗为白居易《新乐府》第四十首，原诗序：“止淫奔也。”古代所谓“淫奔”，是指女子未经父母许可，没有举行正式婚礼而私自奔就和男子结合。在封建社会中，淫奔往往是一种自由恋爱的大胆行动，为习俗所不容，为舆论所不许。诗人并不否定封建礼教，但对因自由恋爱而受到迫害的爱情悲剧，则深表同情。

井底引银瓶，银瓶欲上丝绳绝[(1)]。石上磨玉簪，玉簪欲成中央折。瓶沉簪折知奈何？似妾今朝与君别。忆昔在家为女时，人言举动有殊姿。婵娟[(2)]两鬓秋蝉翼，宛转双蛾远山色。笑随戏伴后园中，此时与君未相识。妾弄青梅[(3)]凭短墙，君骑白马傍垂杨。墙头马上遥相顾，一见知君即断肠[(4)]。知君断肠共君语，君指南山松柏树。感君松柏化为心，暗合双鬟[(5)]逐君去。到君家舍五六年，君家大人[(6)]频有言。聘[(7)]则为妻奔是妾，不堪主祀奉苹蘩。终知君家不可住，其奈出门无去处。岂无父母在高堂？亦有亲情满故乡。潜来[(8)]更不通消息，今日悲羞归不得。为君一日恩，误妾百年身[(9)]。寄言痴小[(10)]人家女，慎勿将身轻许人！

【注释】

（1）绝：断。

（2）婵娟：女子美好貌。秋蝉翼：女子的一种发式。宛转：指眉毛细长弯曲的样子。

（3）弄青梅：少女的一种游戏。

（4）断肠：形容思念极深。

（5）暗合双鬟：古时女子成婚后将原先双鬟发式梳在一起成单鬟发式。此言暗合即指私奔。

（6）大人：唐人称父母为大人。

（7）聘：指所谓的明媒正娶。奉蘩；频蘩，是古代家祭祀时的两种祭物。依礼制需由家里正妻持之，妾则不可。

（8）潜来：暗中偷偷地过来。

（9）百年身：终身，一辈子。

（10）痴小：痴情天真而不成熟。

元稹（二首）

连昌宫词

《连昌宫词》是唐代诗人元稹创作的长篇叙事诗。这首诗针砭唐代时政，反对藩镇割据，批判奸相弄权误国，提出所谓“圣君贤卿”的政治理想。它含蓄地揭露了唐玄宗及皇亲骄奢淫逸的生活和外戚的飞扬跋扈，具有一定的历史上的认识意义。此诗是“新乐府”的代表作品之一，也是唐诗中的长诗名篇之一。

连昌宫中满宫竹，岁久无人森似束[(1)]。又有墙头千叶桃，风动落花红蔌蔌[(2)]。宫边老翁为余泣，小年进食曾因入[(3)]。上皇正在望仙楼，太真同凭阑干立[(4)]。楼上楼前尽珠翠，炫转荧煌照天地[(5)]。归来如梦复如痴，何暇备言宫里事[(6)]。初过寒食一百六，店舍无烟宫树绿[(7)]。夜半月高弦索鸣，贺老琵琶定场屋[(8)]。力士传呼觅念奴，念奴潜伴诸郎宿[(9)]。须臾觅得又连催，特敕街中许然烛[(10)]。春娇满眼睡红绡，掠削云鬟旋装束[(11)]。飞上九天歌一声，二十五郎吹管逐[(12)]。逡巡大遍凉州彻，色色龟兹轰录续[(13)]。李谟擫笛傍宫墙，偷得新翻数般曲[(14)]。平明大驾发行宫，万人歌舞涂路中[(15)]。百官队仗避岐薛，杨氏诸姨车斗风[(16)]。明年十月东都破，御路犹存禄山过[(17)]。驱令供顿不敢藏，万姓无声泪潜堕。两京定后六七年，却寻家舍行宫前[(18)]。庄园烧尽有枯井，行宫门闭树宛然[(19)]。尔后相传六皇帝，不到离宫门久闭[(20)]。往来年少说长安，玄武楼成花萼废[(21)]。去年敕使因斫竹，偶值门开暂相逐[(22)]。荆榛栉比塞池塘，狐兔骄痴缘树木[(23)]。舞榭攲倾基尚在，文窗窈窕纱犹绿[(24)]。尘埋粉壁旧花钿，乌啄风筝碎珠玉[(25)]。上皇偏爱临砌花，依然御榻临阶斜。蛇出燕巢盘斗栱，菌生香案正当衙[(26)]。寝殿相连端正楼，太真梳洗楼上头。晨光未出帘影黑，至今反挂珊瑚钩。指似傍人因恸哭，却出宫门泪相续[(27)]。自从此后还闭门，夜夜狐狸上门屋。我闻此语心骨悲，太平谁致乱者谁。翁言野父何分别，耳闻眼见为君说。姚崇宋璟作相公，劝谏上皇言语切[(28)]。燮理阴阳禾黍丰，调和中外无兵戎。长官清平太守好，拣选皆言由相公。开元之末姚宋死，朝廷渐渐由妃子。禄山宫里养作儿，虢国门前闹如市。弄权宰相不记名，依稀忆得杨与李[29]。庙谟颠倒四海摇，五十年来作疮痏[30]。今皇神圣丞相明，诏书才下吴蜀平[31]。官军又取淮西贼，此贼亦除天下宁。年年耕种宫前道，今年不遣子孙耕。老翁此意深望幸，努力庙谋休用兵[32]。

【注释】

（1）森似束：指竹子丛密，如同扎成一束束的。森：森森然，密貌。

（2）千叶桃：碧桃。簌（sù）簌：花纷纷落下貌。

（3）小年：年少时。

（4）上皇、太真：指唐玄宗与杨贵妃。望仙楼，本在华清宫，此是作者的想象。

（5）炫转荧煌：光彩闪烁。

（6）备言：说尽。

（7）寒食：冬至后的一百零六天为寒食节。唐俗在此前后三天禁火。

（8）贺老：指玄宗时以善弹琵琶闻名的一个艺人，名贺怀智。压场屋：即今“压场”意。唐人称戏场为场屋。

（9）诗人自注云：念奴，天宝（742－756）中名娼，善歌。每岁楼下杯醼宴，累日之后，万众喧隘，严安之、韦黄裳辈辟易不能禁，众乐之罢奏。明皇遣高力士大呼于楼上：“欲遣念奴唱歌，分二十五郎吹小管逐，看人能听否？”未尝不悄然奉诏。其为当时所重如此。然而玄宗不欲夺侠游之盛，未尝置在宫禁，或岁幸汤泉，时巡东洛，有司遣从行而已。力士：唐玄宗宠幸的宦官。诸郎：侍卫或其他艺人。

（10）特敕：因禁火，故特许燃烛。

（11）掠削：稍稍理一下。旋装束：马上就装束停当。

（12）九天：宫中。二十五郎：分王李承宁善吹笛，排行二十五。吹管逐：即吹管伴奏意。

（13）逡巡：指节拍舒缓貌。大遍：相当于“一整套（曲子）”的意思。凉州：曲调名。彻：完了，终了。色色龟（qiū）兹：各种龟兹乐曲。轰录续：陆续演奏。

（14）诗人自注云：“玄宗尝于上阳宫夜后按新翻一曲，属明夕正月十五日潜游灯下，忽闻酒楼上有笛奏前夕新曲，大骇之。明日，密遣捕捉笛者诘验之。自云：‘其夕窃于天津桥玩月，闻宫中度曲，遂于桥柱上插谱记之。臣即长安少年善笛者李暮也。’玄宗异而遣之。”厌笛：按笛。

（15）大驾：皇帝的车驾。队仗：仪仗队。

（16）岐薛：指玄宗弟岐王李范、薛王李业。（两人皆死于开元年间不于此时，这是诗人的误记。）杨氏诸姨：指杨贵妃的三个姐姐，分别被玄宗封为韩国、虢国、秦国夫人。斗风：形容车行快。

（17）东都破：指安禄山占洛阳。安于公元 755 年（天宝十四载）旧历十二月占洛阳，此是约言之。过：指安禄山叛军沿途所造成的破坏。供顿：即供应。

（18）两京：指西京长安与东都洛阳。

（19）门：一作阈，指门中小门。

（20）六：应作五。

（21）玄武楼：唐德宗时建。花萼楼：唐玄宗时建。

（22）斫：砍。

（23）栉比：像梳齿一样紧挨在一起。

（24）文窗：雕有花纹的窗子。窈窕：深貌。

（25）花钿：金属花片，妇女饰物。风筝：此指一种檐鸣器。

（26）衙：正门。

（27）指似：同指示。

（28）姚崇、宋璟：皆开元（713－741）年间贤相。燮理：调和。阴阳：代指社会秩序。

（29）杨与李：指杨国忠、李林甫。

（30）庙谟：朝廷大计。疮痏（wěi）：疮疤。

（31）吴蜀平：指平江南的李奇与蜀中的刘辟。

（32）深望幸：深深希望皇帝临幸东都。

田家词

唐朝自安史之乱起，战祸连年不断，繁重的军事开支压得劳动人民伸不起腰、喘不过气来。元稹自幼家贫，并亲眼看到战争给人民、尤其是农民带来的巨大灾难。他在参加制科考试时所写的《才识兼茂明于体用策》中，就鲜明地提出了“息兵革”的主张，认为天下要长治久安，非从“息兵革”入手不可。元稹于公元 810 年（元和五年）被贬斥为江陵士曹参军，公元 814 年（元和九年）再出为通州（今四川达县）司马。他在通州司马任上，仍以置人民于衽席为己任，白居易在诗中称道他：“其心如肺石，动必达穷民。东川八十家，冤愤一言伸。”公元 817 年（元和十二年），他得到刘猛、李余写的古题乐府诗数十首，读后十分感动，于是和作了十九首，把他在江陵、通州的所见所闻一一写进这组古题乐府诗里，《田家词》就是其中的一首，再一次生动形象地表达了他“息兵革”的政治主张。

牛吒吒，田确确。旱块敲牛蹄趵趵，种得官仓珠颗谷。六十年来兵簇簇，月月食粮车辘辘[(1)]。一日官军收海服，驱牛驾车食牛肉。归来收得牛两角，重铸锄犁作斤劚。姑舂妇担去输官，输官不足归卖屋[(2)]。愿官早胜仇早覆，农死有儿牛有犊。誓不遣官军粮不足[(3)]。

【注释】

（1）天久不雨，土地坚硬，牛拉着沉重的犁耙喘着粗气一步一步地爬行着。牛蹄碰击着坚硬的土块，发出“趵趵”的声音。驾牛的农民还嫌牛走得太慢，不断地挥动着鞭子，发出“吒吒”的声音，驱使着，吆喝着。吒吒：农民的叱牛声。确确：土块坚硬的样子。趵趵：牛蹄声。诗的开篇，作者就用两个短句、三组叠字，状形写声，把农民耕地时的那种艰苦、忙碌、急促的情状绘声绘色地凸显在读者的眼前。然而“种得官仓珠颗谷”，农民终年劳累，用血和汗水换来的珍珠般的果实，却尽进了官仓，自己却一无所得。因为“六十年来兵簇簇，月月食粮车辘辘”。六十年来，战争不断，年年月月、日日餐餐，官兵们吃的粮食全由农民供给，并由农民驾车不停地运往前线。自公元 755 年（天宝十四年）安史之乱算起，到公元 817 年（元和十二年），已超过六十年。这六十年间，战争频繁，到贞元、元和间，安史之乱虽已平定，但中央与藩镇之间的战争从未间断。元和十二年，征讨淮西吴元济的战斗正在激烈地进行着，所以说“六十年来兵簇簇”。簇簇：丛集的样子，以兵器的丛集象征战事的频繁。辘辘：车轮声。“月月”“辘辘”象征着农民军输的繁重和急迫。

（2）古代把京城附近方千里之地叫“京畿”，自京畿之外每五百里称作一服，把由近及远的控制区域分别称为“侯服”“甸服”等九服。这里的“海服”泛指临近海边的藩镇割据地区。中唐时期，河北、山东割据反叛的藩镇均在东方沿海一带，对淮西吴元济的征讨也在东方，故曰“收海服”。这一段的意思是说，自从官军征伐藩镇的战争开始以来，朝廷就把农民连人带牛和车以及农具一并征用了。农民驱牛驾车千里迢迢地把粮食运到前线后，结果连牛也被官兵宰杀吃掉了，车被当柴烧了，农民只收得两只牛角而返。但是战争还在没完没了地打下去，新的军输又在等待着他们。农民只得重铸犁锄，重新开始一年的辛勤耕作，收获之后，“姑舂妇担”，运到官仓，终年辛勤劳动所获还交不够，甚至回来连房屋也被迫卖掉买粮纳税。深重的灾难就这样年复一年、周而复始地压在农民的头上，没有尽时。这是对罪恶战争的血泪控诉，是田家痛苦心声的真实描绘。斤劚：泛指农具。

（3）这三句表面上是说：但愿官军早日胜利，以报藩镇叛乱的仇恨，我们不要紧，累死了还有下一代，牛被杀了还有小牛犊，不会让官军的军粮缺少的。实际上应是农民极端愤激之词，背后的意思是说：我们这一代被压榨、折磨死了，下一代还要继续受压榨、折磨；老牛被杀了，小牛还会面临同样的命运，战争一天不停止，农民的沉重灾难就会永无止境地继续下去。愤激之意出以忠厚之辞，耐人寻味。全诗就在田家的这种沉重而痛苦的呻吟中结束了，而农民的深重灾难却延续到整个封建社会，意义极为深远。

韩愈（二首）

左迁至蓝关示侄孙湘[1]

韩愈的《谏佛骨表》是一篇正气凛然的名文。文中说：“今闻陛下令群僧迎佛骨于凤翔，御楼以观，升入大内，又令诸寺递迎供养。——百姓何人，岂合更惜身命？焚香烧指，百十为群，解衣散钱，自朝至暮，转相仿效，惟恐后时。老少奔波，弃其业次。

若不即加禁遏，更历诸寺，必有断骨脔身，以为供养者。伤风败俗，传笑四方，非细事也。——佛如有灵，能作祸祟，凡有殃咎，宜加臣身，上天鉴临，巨不怨悔。”这首诗和这篇文珠联璧合，相得益彰，具有深刻的社会意义。

一封[(2)]朝奏九重天[(3)]，夕贬潮阳[(4)]路八千[(5)]。欲为圣明[(6)]除弊事[(7)]，肯[(8)]将[(9)]衰朽[(10)]惜残年[(11)]！云横秦岭[(12)]家何在？雪拥蓝关马不前。知汝远来应有意，好收吾骨瘴江边[(13)]。

【注释】

（1）据日本藏《又玄集》，此诗题作《贬官潮州出关作》。左迁：贬官。古人以右贵左贱，故称贬官为左迁。蓝关：距长安不远。《地理志》：“京兆府蓝田县有蓝田关。”湘：韩愈的侄孙韩湘，此时 27 岁，尚未登科第，远道赶来从韩愈南迁。后四年，即长庆三年（823），韩湘进士及第，后为大理丞。

（2）元和十四年（819），唐宪宗遣使者迎佛骨入禁中，三日后乃送佛寺。朝臣无谏阻者，韩愈一生致力于兴儒辟佛，时任刑部侍郎，独上《谏佛骨表》谏阻，言辞激切。宪宗大怒，欲置韩愈死地，幸得宰相裴度等力保，方得免死，贬为潮州刺史。此诗即在赴潮州途经蓝关时所作。潮州一作潮阳。旧说潮州距长安八千里。

（3）九重天：皇帝的宫阙，这里代指皇帝。

（4）潮阳：今广东省潮安县。

（5）路八千：形容潮阳离京城非常遥远。

（6）圣明：指圣明天子或圣明的时代。

（7）弊事：政治上的弊端。指迎佛骨事。

（8）肯：岂肯。

（9）将：因。

（10）衰朽：衰弱多病。

（11）惜残年：顾惜晚年的生命。这时韩愈已五十多岁。

（12）秦岭：即终南山。此山山脉连绵，横亘陕西省南部。

（13）瘴江边：充满瘴气（西南地区山林里一种能使人生病的毒气）的韩江边上，指贬所潮阳。

山石[(1)]

《山石》的写作时间历代有不同说法。一般认为写于唐德宗贞元十七年（801）七月韩愈离徐州去洛阳的途中。题目“山石”不是本要专门抒发的内容，而是取首句的头两个字而已。

山石荦确行径微[(2)]，黄昏到寺蝙蝠[(3)]飞。升堂坐阶新雨足[(4)]，芭蕉叶大栀子[(5)]肥。

僧言古壁佛画[6]好，以火来照所见稀[7]。铺床拂席置羹[8]饭，疏粝亦足饱我饥[9]。夜深静卧百虫绝[10]，清月出岭光入扉[11]。天明独去无道路[12]，出入高下穷烟霏[13]。山红涧碧纷烂漫[14]，时见松枥皆十围[15]。当流赤足踏涧石[16]，水声激激风生衣[17]。人生如此[18]自可乐，岂必局束为人鞿[19]。嗟哉吾党二三子[20]，安得至老不更归[21]。

【注释】

（1）山石：这是取诗的首句开头二字为题，乃旧诗标题的常见用法，它与诗的内容无关。

（2）荦确（luòquè）：指山石险峻不平的样子。行径：行下次的路径。微：狭窄。

（3）蝙蝠：哺乳动物，夜间在空中飞翔，捕食蚊、蛾等。这是写山寺黄昏的景象并点明到寺的时间。

（4）升堂：进入寺中厅堂。阶：厅堂前的台阶。新雨：刚下过的雨。

（5）栀子：常绿灌水，夏季开白花，香气浓郁。这两句说：进入厅堂后坐在台阶上，这刚下过的一场雨水该有多么充足；那吸饱了雨水的芭蕉叶子更加硕大，而挺立枝头的栀子花苞也显得特别肥壮。诗人热情地赞美了这山野生机勃勃的动人景象。

（6）佛画：画的佛画像。

（7）稀：依稀，模糊，看不清楚。一作“稀少”解。所见稀：即少见的好画。这两句说：和尚告诉我说，古壁上面的佛像很好，并拿来灯火观看，尚能依稀可见。

（8）置：供。羹（gēng）：菜汤。这里是泛指菜蔬。

（9）疏粝（lì）：糙米饭。这里是指简单的饭食。饱我饥：给我充饥。

（10）百虫绝：一切虫鸣声都没有了。

（11）清月：清朗的月光。出岭：指清月从山岭那边升上来。夜深月出，说明这是下弦月。扉（fēi）：门。光入扉：指月光穿过门户，照射室内。

（12）无道路：指因晨雾迷茫，不辨道路，随意步行的意思。

（13）出入高下：指进进出出于高高低低的山谷径路。霏：氛雾。穷烟霏：空尽云雾，即走遍了云遮雾绕的山径。

（14）山红涧：即山花红艳、涧水清碧。纷：繁盛。烂漫：光彩四射的样子。

（15）枥（lì）：同“栎”，落叶乔木。十围：形容树干非常粗大。两手合抱一周称一围。

（16）当流：对着流水。赤足踏涧石：对着流水就打起赤脚，踏着涧中石头蹚水而过。

（17）风生衣：本是风吹衣动，而诗人却感觉风像是从衣中发出的，所以说“风生衣”。

（18）人生如此：指上面所说的山中赏心乐事。

（19）局束：拘束，不自由的意思。鞿（jī）：马的缰绳。这里作动词用，即牢笼、控制的意思。

（20）吾党二三子：指和自己志趣相合的几个朋友。

（21）安得：怎能。不更归：不再回去了，表示对官场的厌弃。

孟郊（二首）

秋怀·其二

史评孟郊“为诗有理致”“然思苦奇涩”（《新唐书·孟郊传》）。前人评价孟诗，也多嫌其气度窄、格局小。金代元好问说：“东野（孟郊字）穷愁死不休，高天厚地一诗囚。”（《论诗三十首》）这种贬薄态度其实并不公允。倒是讥笑孟诗为“寒虫号”的苏轼说了几句实在话：“我憎孟郊诗，复作孟郊语。饥肠自鸣唤，空壁转饥鼠。诗从肺腑出，出辄愁肺腑。”（《读孟郊诗二首》）孟诗确有狭窄的缺点，但就其抒写穷愁境遇的作品而言，其中有真实动人的成功之作，有其典型意义和艺术特点。这首《秋怀·其二》中，诗人饱含一生的辛酸苦涩，抒写了他晚境的凄凉哀怨，反映出封建制度对人才的摧残和世态人情的冷酷。

秋月颜色冰，老客志气单(1)。冷露滴梦破，峭风梳骨寒(2)。席上印病文，肠中转愁盘(3)。疑虑无所凭，虚听多无端(4)。梧桐枯峥嵘，声响如哀弹(5)。

【注释】

（1）诗从秋月写起，既是兴起，也是比喻寄托。古人客居异乡，一轮明月往往是倾吐乡思的旅伴，“无心可猜”的良友。而此刻，诗人却感觉连秋月竟也是脸色冰冷，寒气森森；与月为伴的“老客”——诗人自己，也已一生壮志消磨殆尽，景况极其不堪。“老客”二字包含着他毕生奔波仕途的失意遭遇，而一个“单”字，更透露着人孤势单、客子畏惧的无限感慨。

（2）此二句形象突出，语言精警，虚实双关，寓意深长。字面明写住房破陋，寒夜难眠；实际上是诗人悲泣梦想的破灭，是为一生壮志、人格被消损的种种往事而感到寒心。这是此二句寓意所在。显然，这两句在语言提炼上是十分引人注目的。例如“滴”字，写露喻泣，使诗人抑郁忍悲之情跃然而出；又如“梳”字，写风喻忆，令读者如见诗人转侧痛心之状，都是妥帖而形象的字眼。

（3）此二句写病和愁。“印病文”喻病卧已久，“转愁盘”谓愁思不断。

（4）此二句说还是不要作无根据的猜想，也不要听没来由的瞎说，纯是自我解慰，是一种无聊而无奈的摆脱。

（5）最后摄取了一人较有诗意的形象，也是诗人自况的形象：取喻于枯桐。桐木是制琴的美材，显然寄托着诗人苦吟一生而穷困一生的失意的悲哀。

游终南山[1]

韩愈在《荐士》诗里说孟郊的诗“横空盘硬语，妥帖力排奡”。“硬语”的“硬”，指字句的坚挺有力。这首《游终南山》在体现这一特点方面很有代表性。沈德潜评此诗“盘空出险语”，又说它与《出峡》诗“上天下天水，出地入地舟”“同一奇险”，也是就这一特点而言的。欣赏这首诗，必须紧扣诗题《游终南山》，切莫忘记那个“游”字。此诗写景除了写终南山之大、之雄伟外，还将视觉和听觉结合起来写终南山之险、之奇，却并未写人。

南山塞天地[2]，日月石上生。高峰夜留景，深谷昼未明[3]。山中人自正，路险心亦平。长风驱松柏，声拂万壑清。到此悔读书，朝朝近浮名[4]。

【注释】

（1）此首当作于贞元七、八年间孟郊赴长安应进士试时，抒写厌恶世俗的情怀。终南山：秦岭山峰之一，在长安南。

（2）塞天地：描写终南山高大雄伟，如充塞天地。

（3）此二句：极言山高谷深。上句自注：“太白峰西，黄昏后见余日。”

（4）浮名：犹虚名，指来长安应进士试。

李贺（二首）

金铜仙人辞汉歌[1]

《金铜仙人辞汉歌》是唐代诗人李贺因病辞职由京赴洛途中所作的一首诗。其时唐王朝国运日衰，藩镇割据，兵祸迭起，民不聊生；而诗人那“唐诸王孙”的贵族之家也早已没落衰微，报国无门，处处碰壁。诗人有感于此，因而借金铜仙人辞汉的史事来抒发兴亡之感、家国之痛和身世之悲。它设想奇特，而又深沉感人；形象鲜明，而又变幻多姿；词句奇峭，而又妥帖绵密，是李贺的代表作品之一。特别是“天若有情天亦老”一句，已成为传诵千古的名句。

茂陵刘郎秋风客[2]，夜闻马嘶晓无迹[3]。画栏桂树悬秋香[4]，三十六宫土花碧[5]。
魏官牵车指千里[6]，东关酸风射眸子[7]。空将汉月出宫门，忆君清泪如铅水[8]。
衰兰送客咸阳道[9]，天若有情天亦老[10]。携盘独出月荒凉，渭城已远波声小[11]。

【注释】

（1）青龙元年：旧本又作九年，然魏青龙无九年，显误。元年亦与史不符，据《三国志·魏书·明帝纪》，公元 237 年（魏青龙五年）旧历三月改元为景初元年，徙长安铜人承露盘即在这一年。王琦注引《三辅黄图》：“神明台，武帝造，上有承露盘，有铜仙人舒掌捧铜盘玉杯以承云表之露，以露和玉屑服之，以求仙道。”《三国志·魏书·明帝纪》裴注引《汉晋春秋》：“帝徙盘，盘拆，声闻数十里，金狄（铜人）或泣，因留于霸城。”

（2）茂陵：汉武帝刘彻的陵墓，在今陕西省兴平县东北。秋风客：犹言悲秋之人。汉武帝曾作《秋风辞》，有句云：“欢乐极兮哀情多，少壮几时兮奈老何？”

（3）传说汉武帝的魂魄出入汉宫，有人曾在夜中听到他坐骑的嘶鸣。

（4）桂树悬秋香：八月景象。

（5）三十六宫：张衡《西京赋》：“离宫别馆三十六所。”土花：青苔。

（6）千里：言长安汉宫到洛阳魏宫路途之远。

（7）东关：车出长安东门，故云东关。酸风：令人心酸落泪之风。

（8）汉月：此指承露盘。君：指汉家君主。

（9）衰兰送客：秋兰已老，故称衰兰。客指铜人。

（10）此句意谓：面对如此兴亡盛衰的变化，天若有情，也会因常常伤感而衰老。

（11）渭城：秦都咸阳，汉改为渭城县，此处代指长安。

雁门太守行[1]

《雁门太守行》原为乐府诗题，中唐诗人李贺用它创作了一首描写战争场面的诗歌。这首诗用浓艳斑驳的色彩描绘悲壮惨烈的战斗场面，奇异的画面准确地表现了特定时间、特定地点的边塞风光和瞬息万变的战争风云。

黑云[2]压城城欲摧[3]，甲光[4]向日[5]金鳞[6]开。
角[7]声满天秋色里，塞上燕脂凝夜紫[8]。
半卷红旗临[9]易水[10]，霜重鼓寒[11]声不起[12]。
报君黄金台[13]上意，提携玉龙[14]为君[15]死。

【注释】

（1）雁门太守行：古乐府曲调名。

（2）黑云：厚厚的乌云。这里指攻城敌军的气势。

（3）摧：摧毁。这句形容敌军兵临城下的紧张气氛和危机形势。

（4）甲光：铠甲迎着太阳闪出的光。甲：指铠甲，战衣。

（5）日：又作月。

（6）金鳞：形容铠甲闪光如金色鱼鳞。金：像金子一样的颜色和光泽。

（7）角：古代军中一种吹奏乐器，多用兽角制成，也是古代军中的号角。

（8）长城附近多紫色泥土，所以叫作“紫塞”。燕脂：胭脂，深红色。这里写夕晖掩映下，塞土有如燕脂凝成，紫色更显得浓艳。

（9）临：靠近。

（10）易水：水名，大清河上源支流，源出今河北省易县，向东南流入大清河。“塞上”一作“塞土”。

（11）霜重鼓寒：天寒霜降，战鼓声沉闷而不响亮。

（12）声不起：形容鼓声低沉、不高扬。

（13）黄金台：故址在今河北省易县东南，相传战国燕昭王所筑，置千金于台上，以招聘人才、招揽隐士。

（14）玉龙：指一种珍贵的宝剑，这里代指剑。

（15）君：君王。

李商隐（二首）

诗以“无题”命篇，是李商隐的创造。这类诗作并非成于一时一地，多数描写爱情，其内容或原因不便明言，或因难用一个恰当的题目表现，所以命为“无题”。其中有的可能别有寄寓，也可能有恋爱本事以为依托，虽有不少学者对此进行考索，但是在没有确凿的证据以证明确有寄托或确依何事之前，主要应该以诗歌形象所构成的意境为依据，把它们作为一般爱情诗对待，这并不妨碍认识它们的艺术价值。

无题·之一

来是空言去绝踪，月斜楼上五更钟。梦为远别啼难唤，书被催成墨未浓。

蜡照半笼金翡翠，麝薰微度绣芙蓉。刘郎(1)已恨蓬山远，更隔蓬山(2)一万重。

无题·之二

飒飒东风细雨来，芙蓉塘外有轻雷。金蟾啮锁烧香入，玉虎牵丝汲井回。

贾氏窥帘韩掾(3)少，宓妃留枕(4)魏王才。春心莫共花争发，一寸相思一寸灰。

【注释】

（1）刘郎：相传东汉明帝永平五年刘晨、阮肇入山采药，迷不得出，遇二女子，邀至家留居半年才还，后人以此典喻艳遇。

（2）蓬山：即蓬莱山，泛指仙境。

（3）韩掾：指韩寿，晋人，司空贾充的僚属，充每在家聚会，贾充女从窗格中偷窥，见其貌美而爱之，与私通，充发觉后乃以妻寿。

（4）宓妃留枕：曹植《洛神赋·序》：“黄初三年，作朝京师，还济洛川。古人有言，斯水之神，名曰宓妃。感宋玉对楚王神女之事，遂作斯赋。”植过洛水时，忽见一女子来，赠所用枕。宓妃：传说中伏羲氏之女。

安定城楼[1]

这是一首政治抒情诗，写于公元 838 年（唐文宗开成三年），时诗人年二十六。安定城即泾州（今甘肃泾川），当时是泾原节度使王茂元的治所。三年前，李商隐仕途受阻，远道投王茂元幕，还被王茂元招为女婿，而在当时的牛李党争中，王茂元属李党。据说李商隐就是因为这一原因，在应博学宏辞科试时受当权的牛党排挤。这首诗就是在应试落选后重回泾州时所作。诗中主要抒写了诗人自己建功立业的志趣、怀才不遇的苦闷和无端受谗的愤慨。它是晚唐时期年轻士子在朋党争斗中不幸遭遇和痛苦心情的真实写照。

迢递[2]高城百尺楼，绿杨枝外尽汀洲[3]。贾生[4]年少虚垂涕，王粲[5]春来更远游。

永忆江湖归白发，欲回天地入扁舟[6]。不知腐鼠成滋味，猜忌鹓雏竟未休[7]。

【注释】

（1）李商隐于开成三年应博学宏词科不中，乃回泾原节度使王茂元幕府，府治在关内道泾州（今甘肃省泾川县北，参《旧唐书·地理志》）。王茂元于大和九年（835）节度泾原，至开成四年犹在泾原。因唐之泾原在隋代为安定郡，故此诗依旧习称“安定城楼”。

（2）迢递：形容楼高而且连续绵延。谢朓《随王鼓吹曲》：“逶迤带绿水，迢递起朱楼。”

（3）汀洲：汀指水边之地，洲是水中之洲渚。此句写登楼所见。

（4）贾生：指西汉人贾谊。《史记·贾生传》：“贾生……年少，颇通诸子百家之书。文帝召以为博士……一岁中至太中大夫。”又《汉书·贾谊传》载，贾谊认为“时事可为痛哭者一，可为流涕者二，可为太息者六”。因此，“数上书陈政事，多所欲匡建”。但文帝并未采纳他的建议。后来他呕血而亡，年仅 33 岁。商隐此时 27 岁，以贾生自比。

（5）王粲：东汉末年人，建安七子之一。《三国志·魏书·王粲传》载：王粲年轻时曾流寓荆州，依附刘表，但并不得志。他曾于春日作《登楼赋》，其中有句云：“虽信美而非吾土兮，曾何足以少留？”李商隐以寄人篱下的王粲自比。

（6）《史记·货殖列传》：春秋时范蠡辅佐越王勾践灭吴后，乘扁舟归隐五湖。李商隐用此事说自己总想着年老时归隐江湖，但必须等到把治理国家的事业完成，功成名就之后才行。

（7）鹓雏是古代传说中一种像凤凰的鸟。《庄子·秋水》：“惠子相梁，庄子往见之。或谓惠子曰：‘庄子来，欲代子相。’于是惠子恐，搜于国中三日三夜。庄子往见之，曰：‘南方有鸟，其名为鹓雏。……发于南海而飞于北海，非梧桐不止，非练实不食，非醴泉不饮。于是鸱得腐鼠，鹓雏过之，仰而视之曰：吓！今子欲以子之梁国而吓我邪？’”李商隐以庄子和鹓雏自比，说自己有高远的心志，并非汲汲于官位利禄之辈，但谗佞之徒却以小人之心度之。

杜牧（二首）

赤壁

这首诗是诗人经过赤壁（今湖北省武昌县西南赤矶山）这个著名的古战场，有感于三国时代的英雄成败而写下的。发生于汉献帝建安十三年（208）十月的赤壁之战，是对三国鼎立的历史形势起着决定性作用的一次重大战役。其结果是孙、刘联军击败了曹军，而三十四岁的孙吴军统帅周瑜乃是这次战役中的风云人物。诗人观赏了古战场的遗物，对赤壁之战发表了独特的看法，认为周瑜胜利于侥幸，同时也抒发了诗人对国家兴亡的慨叹，有情有致。

折戟[(1)]沉沙铁未销[(2)]，自将磨洗认前朝[(3)]。
东风不与周郎[(4)]便，铜雀[(5)]春深锁二乔[(6)]。

【注释】

（1）折戟：指残破的戟（兵器）。
（2）销：锈蚀。
（3）前朝：以前的年代。
（4）周郎：吴国的年青将领周瑜。
（5）铜雀：即铜雀台。
（6）二乔：乔公二女，大乔嫁孙策，小乔嫁周瑜。

过华清宫[(1)]

本题共三首，是杜牧经过骊山华清宫时有感而作。华清宫是唐玄宗开元十一年(723)修建的行宫，玄宗和杨贵妃曾在那里寻欢作乐。后代有许多诗人写过以华清宫为题的咏史诗，而杜牧的这三首诗尤为精妙绝伦，脍炙人口。尤其是第一首诗，通过送荔枝这一典型事件，鞭挞了玄宗与杨贵妃骄奢淫逸的生活，有着见微知著的艺术效果。

长安回望绣成堆[(2)]，山顶千门次第开[(3)]。
一骑红尘妃子笑，无人知是荔枝来[(4)]。

新丰绿树起黄埃[(5)]，数骑渔阳探使回[(6)]。
霓裳一曲千峰上[(7)]，舞破中原始下来[(8)]。

万国[(9)]笙歌醉太平，倚天楼殿月分明。
云中乱拍禄山舞[(10)]，风过重峦下笑声。

【注释】

（1）华清宫：《元和郡县志》：“华清宫在骊山上，开元十一年初置温泉宫。天宝六年改为华清宫。又造长生殿，名为集灵台，以祀神也。”

（2）首句写从长安回望骊山，山如锦绣拥簇。骊山有东绣岭、西绣岭。

（3）千门：夸张之语，言所有山门依次大开，以供送荔枝的马飞驰无阻。

（4）妃子：指杨贵妃。乐史《杨太真外传》：“上曰：‘赏名花，对妃子，焉用旧乐词！’”《新唐书·李贵妃传》：“妃嗜荔枝，必欲生致之，乃置骑传送，走数千里，味未变已至京师。”《唐国史补》：“杨贵妃生于蜀，好食荔枝，南海所生，尤胜蜀者，故每岁飞驰以进。然方暑而熟，经宿则败，后人皆不知之。”按：此诗或为写意之作，意在讽刺玄宗宠妃之事，不可一一求诸史实。在唐代，岭南荔枝无法运到长安一带，故自苏轼即言“此时荔枝自涪州致之，非岭南也”（《通鉴唐纪》注）。而荔枝成熟的季节，玄宗和贵妃必不在骊山。玄宗每年冬十月进驻华清宫，次年春即回长安。故胡仔《苕溪渔隐丛话》云：“词意虽美而失事实。”《程氏考古编》亦辨其谬，近人陈寅恪亦复考证之。

（5）新丰：唐设新丰县，在陕西临潼县东北，离华清宫不远。黄埃：马队奔驰踏起的尘土。

（6）渔阳探使：安禄山任平卢、范阳、河东三镇节度使，伺机谋反。太子和宰相杨国忠屡次奏陈安禄山有反意，玄宗遂派中使璆琳以赐柑为名前去探听虚实。璆琳受安重贿，回来盛赞安忠心，玄宗于是高枕无忧，更加纵情享乐。

（7）霓裳：《霓裳羽衣曲》，开元年间，西凉节度使杨敬述进献印度《婆罗门》舞曲十二遍，唐玄宗亲自改编为《霓裳羽衣曲》。千峰上：指骊山。

（8）舞破中原：指玄宗耽于享乐而误国，导致安史之乱。《唐诗笺注》评此句云：“造句惊人，奇绝！痛绝！”《唐贤小三昧集续集》云：“语带恢谐，妙绝千古。”

（9）万国：指全国。

（10）《旧唐书·安禄山传》载：禄山体肥，重三百三十斤，但却能在唐玄宗面前表演《胡旋舞》，其疾如风。旁边的宫人拍掌击节，因为舞得太快，节拍都乱了。

第六节　宋诗

苏轼（二首）

游金山寺[(1)]

宋神宗熙宁四年（1701），苏轼赴任杭州通判，途径金山，于十一月初三游览了著名古刹金山寺，写作了此诗。诗中描写了江山景物，抒发了作者的思乡之情及仕途不得意的苦闷。诗的风格壮丽，笔势奔放自如，想象奇幻，是记游诗佳作。金山寺：东晋时建，原名泽心寺，唐代始称金山寺。寺宇楼阁倚山而建，形成了楼上有楼，楼处有阁，阁中有亭的精巧建筑，雄伟壮丽，独具特色。

我家江水初发源，宦游直送江入海[(2)]。闻道潮头一丈高，天寒尚有沙痕在[(3)]。
中泠南畔石盘陀[(4)]，古来出没随波涛。试登绝顶望乡国，江南江北青山多。
羁愁畏晚寻归楫[(5)]，山僧苦留看落日。微风万顷靴纹细，断霞半空鱼尾赤[(6)]。
是时江月初生魄[(7)]，二更月落天深黑。江中似有炬火[(8)]明，飞焰照山栖鸟惊。
怅然归卧心莫识，非鬼非人竟何物？江山如此不归山，江神见怪警我顽。
我谢江神岂得已，有田不归如江水[(9)]。

【注释】

（1）金山寺：在今江苏镇江西北的长江边的金山上，宋时山在江心。

（2）古人认为长江的源头是岷山，苏轼的家乡眉山正在岷江边。镇江一带的江面较宽，古称海门，所以说“直送江入海”。

（3）苏轼登寺在冬天，水位下降，所以他写曾听人说长江涨潮时潮头有一丈多高，而岸边沙滩上的浪痕，也令人想见那种情形。

（4）中泠：泉名，在金山西。石盘陀：形容石块巨大。

（5）归楫：从金山回去的船。楫原是船桨，这里以部分代整体。

（6）这两句的意思是：微风吹皱水面，泛起的波纹像靴子上的细纹，落霞映在水里，如金鱼重叠的红鳞。

（7）初生魄：新月初生。苏轼游金山在农历十一月初三，所以这么说。

（8）江中炬火：或指江中能发光的某些水生动物（古人亦曾有记载，如木华《海赋》：“阴火潜然。”曹唐《南游》：“涨海潮生阴火灭。”），或只是月光下诗人看到的幻象。原注：“是夜所见如此。”另有一说“江中炬火”是一不明飞行物，后一句“飞焰照山”才能够解释。

（9）谢：告诉。如江水：古人发誓的一种方式。僖公二十四年，晋公子重耳对子犯说：“所不与舅氏同心者，有如白水！”（《左传》）《晋书·祖逖传》载祖逖“中流击楫而誓曰：‘祖逖不能清中原而复济者，有如大江！’”苏轼认为江中的炬火是江神在向他示警，所以他说，自己如果有了田产而不归隐，就“有如江水”。由此可见，现在未能弃官还乡，实在是不得已的事。

六月二十七日望湖楼醉书[(1)]

这首诗歌中，作者描写了自己在望湖楼上饮酒时所见到的西湖山雨欲来和雨过天晴后的景色。诗人善于渲染气氛，从阴云压近湖面、急雨骤降的壮阔，写到烟消云散、雨过天晴，用笔跌宕起伏又从容不迫，描写天气变化的神速，使人目不暇接，颇有戏剧性场面。尤其是“白雨跳珠乱入船”一句最为传神。作者自己非常欣赏这首诗，他 50 岁时再到杭州，特意又写诗说："还来一醉西湖雨，不见跳珠十五年。"足见他对这首诗的喜爱。

黑云翻墨[(2)]未遮[(3)]山，白雨[(4)]跳珠[(5)]乱入船。
卷地[(6)]风来忽吹散，望湖楼下水如天[(7)]。

【注释】

（1）六月二十七日：指宋神宗熙宁五年（1072）六月二十七日。望湖楼：又名"看经楼"。五代时越王所建。在今杭州西湖边昭庆寺前。醉书：喝醉酒时所写。

（2）翻墨：指黑云笼罩，翻滚如墨。

（3）遮：遮蔽，遮盖。

（4）白雨：雨很大，看过去白花花的。

（5）跳珠：雨水打在船上，溅起的雨滴像乱蹦乱跳的珠子。

（6）卷地：大风翻卷着从地上吹来。

（7）水如天：远远望去，水天一色，连成一片。

陆游（四首）

书愤[(1)]

陆游，南宋著名的爱国诗人，我国文学史上存诗最多的诗人之一。他的诗突出的特点是"多豪丽语，言征战恢复事"，《书愤》就是典型的例子。全诗围绕抗金报国、建功立业的爱国之志，抒写了时光虚掷、壮志成空的悲愤之情。全诗不着一"愤"字而愤蕴其中。

其一

早岁[(2)]那知世事艰，中原北望气如山。楼船[(3)]夜雪瓜洲渡[(4)]，铁马秋风大散关[(5)]。
塞上长城[(6)]空自许[(7)]，镜中衰鬓[(8)]已先斑。出师一表真名世，千载谁堪[(9)]伯仲间[(10)]。

其二

白发萧萧卧泽中，秖凭天地鉴孤忠。厄穷苏武餐毡久，忧愤张巡嚼齿空。
细雨春芜上林苑，颓垣夜月洛阳宫。壮心未与年俱老，死去犹能作鬼雄。

其三

镜里流年两鬓残，寸心自许尚如丹。衰迟罢试戎衣窄，悲愤犹争宝剑寒。
远戍十年临的博，壮图万里战皋兰。关河自古无穷事，谁料如今袖手看！

【注释】

（1）书愤：抒发义愤。书：写。

（2）早岁：早年，年轻时。

（3）楼船：一种大型战船，于三国魏发明。

（4）瓜洲渡：地名，今在镇江对岸，当时是边防重镇。

（5）大散关：在陕西宝鸡县西南，为宋金交界处。

（6）塞上长城：南朝宋时名将檀道济，这里作者用作自比。

（7）空自许：自许落空。

（8）衰鬓：苍老的鬓发。

（9）堪：能够。

（10）伯仲间：兄弟之间。意为相差无己。

金错刀行[1]

陆游生活在民族危机深重的时代。南宋国势衰微，恢复大业屡屡受挫，抗金志士切齿扼腕。陆游年轻时就立下了报国志向，但无由请缨。他在年将五十时获得供职抗金前线的机会，亲自投身到火热的军旅生活中去，大大激发了心中蓄积已久的报国热忱。于是他借金错刀来述怀言志，抒发了誓死抗金、“中国”必胜的壮烈情怀。这种光鉴日月的爱国主义精神，正是中华民族浩然正气的体现，永远具有鼓舞人心、催人奋起的巨大力量。

黄金错刀白玉装[2]，夜穿窗扉出光芒。丈夫五十功未立，提刀独立顾八荒。京华结交尽奇士，意气相期共生死。千年史册耻无名，一片丹心报天子。尔来从军天汉[3]滨，南山晓雪玉嶙峋[4]。呜呼！楚虽三户[5]能亡秦，岂有堂堂中国空无人。

【注释】

（1）这首诗是陆游从军后于乾道九年（1173）任职于嘉州（今四川乐山市）时所作。

（2）刀把和刀鞘镶嵌着黄金、白玉等纹饰的名贵的刀。

（3）天汉：指汉水。

（4）南山：终南山。玉嶙峋：形容山石被雪覆盖，像玉一样洁白又重叠不平。

（5）楚虽三户：战国时秦以狡诈手段骗楚国割让土地，又骗楚怀王入关再割让土地，楚王拒绝，被扣留客死在秦。楚人愤慨，发誓报仇，当时有民谣：“楚虽三户，亡秦必楚。”

第二章 词

第一节　敦煌曲子词

菩萨蛮[1]

枕前发尽千般愿，要休[2]且待青山烂。水面上秤锤浮，直待黄河彻底枯。

白日参辰[3]现，北斗[4]回南面。休即[5]未能休，且待三更见日头。

【注释】

（1）据杨宪益《零墨新笺》考证，《菩萨蛮》为古缅甸曲调，唐玄宗时传入中国，列于教坊曲。变调，四十四字，两仄韵，两平韵。

（2）休：罢休，双方断绝关系。

（3）参辰：星宿名。参星在西方，辰星（即商星）在东方，晚间此出彼灭，不能并见；白天一同隐没，更难觅得。

（4）北斗：星座名，以位置在北、形状如斗而得名。

（5）即：同“则”。

鹊踏枝

叵耐[1]灵鹊多谩语，送喜何曾有凭据？几度[2]飞来活捉取，锁上金笼[3]休共语。

比拟[4]好心来送喜，谁知锁我在金笼里。欲他征夫[5]早归来，腾身[6]却放我向青云里。

【注释】

（1）叵耐：不可忍耐。

（2）几度：几次

（3）金笼：金丝编织的鸟笼，这里指精致的鸟笼。

（4）比拟：本来打算，本想。

（5）征夫：指那个少妇出远门的丈夫。

（6）腾身：跳起身子。

第二节　花间词

温庭筠（二首）

望江南

梳洗罢，独倚望江楼。过尽千帆皆不是，斜晖脉脉水悠悠[1]。肠断白苹洲[2]。

【注释】

（1）斜晖：夕阳发出的光线。脉脉：含情相对的样子。

（2）白苹洲：古代诗词常用白苹洲代指分手的地方。

菩萨蛮

小山重叠金明灭[(1)]，鬓云欲度香腮雪[(2)]。懒起画蛾眉，弄妆[(3)]梳洗迟。

照花前后镜，花面交相映。新帖绣罗襦[(4)]，双双金鹧鸪[(5)]。

【注释】

（1）小山重叠：指眉毛。小山眉为唐明皇造女子十种眉样之一种。小山重叠即指眉晕褪，金明灭：金，指额黄，为六朝以来妇女时尚打扮。金明灭，是指褪了色的额黄有明有暗。

（2）鬓云：指头发。香腮：指面颊。此句说乱发垂在面上。

（3）弄妆：梳妆。

（4）襦：短衣、短袄。

（5）鹧鸪：鸟名，背部、腹部黑白两色相杂，头顶棕色，脚黄色。

韦庄（三首）

菩萨蛮

人人尽说江南好，游人只合江南老[(1)]。春水碧于天，画船听雨眠。

垆边人[(2)]似月，皓腕[(3)]凝霜雪。未老莫还乡，还乡须断肠[(4)]。

【注释】

（1）游人：这里指漂泊江南的人，即作者自谓。合：应当。

（2）垆边：指酒家。垆：旧时酒店用土砌成酒瓮卖酒的地方。

（3）皓腕：洁白的手腕。

（4）须：必定。断肠：形容非常伤心。

谒金门

春雨足，染就一溪新绿。柳外飞来双羽玉[(1)]，弄晴[(2)]相对浴。

楼外翠帘高轴[(3)]，倚偏栏杆几曲。云淡水平烟树簇[(4)]，寸心千里目[(5)]。

【注释】

（1）羽玉：指鸥。玉：形容其羽之洁白。

（2）弄晴：乘晴游乐。晴是“情”的谐音字，有双关意。

（3）轴：尽卷成轴。

（4）簇：丛聚。

（5）“寸心”句：目虽不及而寸心知之。寸心，即心。心之地位，方寸而已，故云。

思帝乡

春日游，杏花吹满头。陌上[1]谁家年少[2]足[3]风流？

妾[4]拟[5]将身嫁与一生休[6]。纵被无情弃，不能羞[7]。

【注释】

（1）陌：田间东西方向的道路，这里泛指野外的道路。陌上：道路之上。

（2）年少：即“少年”，小伙子，青年人。

（3）足：程度副词，很，非常。

（4）妾：古代女子对自己的谦称。

（5）拟：是定、准、必的意思，与“打算”的用法不尽相同，打算，想要。

（6）休：此处指心愿得遂后的罢休、喜悦、欢乐。一生休：一辈子就这样罢了，意思是一生就满足了，这一辈子也就算了，即一生有了依托，一生满足。

（7）不能羞：不会感到害羞后悔，即也不在乎。

第三节　南唐词

李煜（五首）

虞美人[1]

春花秋月何时了[2]？往事知多少！小楼昨夜又东风，故国不堪回首月明中。

雕栏玉砌[3]应犹在，只是朱颜改[4]。问君[5]能有几多愁？恰似一江春水向东流。

【注释】

（1）此调原为唐教坊曲，初咏项羽宠姬虞美人死后地下开出一朵鲜花，因以为名。又名《一江春水》《玉壶水》《巫山十二峰》等。双调，五十六字，上下片各四句，皆为两仄韵转两平韵。

（2）了：了结，完结。

（3）砌：台阶。雕阑玉砌：指远在金陵的南唐故宫。

（4）朱颜改：指所怀念的人已衰老。

（5）君：作者自称。

浪淘沙

帘外雨潺潺[(1)]，春意阑珊[(2)]。罗衾不耐[(3)]五更寒。梦里不知身是客[(4)]，一晌贪欢[(5)]。

独自莫凭栏，无限江山。别时容易见时难。流水落花春去也，天上人间。

【注释】

（1）潺潺：形容雨声。

（2）阑珊：衰残。一作“将阑”。

（3）罗衾：绸被子。不耐：受不了。

（4）身是客：指被拘汴京，形同囚徒。

（5）一晌：一会儿，片刻。贪欢：指贪恋梦境中的欢乐。

相见欢

林花谢[(1)]了春红，太匆匆。无奈朝来寒雨[(2)]晚来风。

胭脂泪[(3)]，相留醉[(4)]，几时重[(5)]。自是人生长恨水长东。

【注释】

（1）谢：凋谢。

（2）无奈朝来寒雨：一作“常恨朝来寒重”。

（3）胭脂泪：原指女子的眼泪，女子脸上搽有胭脂，泪水流经脸颊时沾上胭脂的红色，故云。在这里，胭脂是指林花着雨的鲜艳颜色，指代美好的花。

（4）相留醉：一本作“留人醉”。

（5）几时重：何时再度相会。

清平乐

别来春半[(1)]，触目柔肠[(2)]断。砌下落梅如雪乱[(3)]，拂了一身还满[(4)]。

雁来音信无凭[(5)]，路遥归梦难成[(6)]。离恨恰如春草，更行更远还生[(7)]。

【注释】

（1）春半：即半春，春天的一半。唐代柳宗元《柳州二日》中有句：“宦情羁思共凄凄，春半如秋意转迷。”别来春半：自分别以来，春天已过去一半，说明时光过得很快。

（2）柔肠：原指温柔的心肠，此处指绵软情怀。

（3）砌（qì）下：台阶下。砌：台阶。落梅：指白梅花，开放较晚。全句意思是：台阶下飘落的白梅花犹如雪片纷飞。

（4）拂了一身还满：指把满身的落梅拂去了又落了满身。

（5）无凭：没有凭证，指没有书信。这句话是说鸿雁虽然来了，却没将书信传来。

古代有凭借雁足传递书信的故事，故见雁就联想到了所思之人的音信。

（6）归梦难成：指有家难回。

（7）更行更远：指行程越来越远。更：越。还生：还是生得很多。还：仍然，还是。

相见欢

无言独上西楼，月如钩。寂寞梧桐深院，锁清秋[(1)]。

剪[(2)]不断，理还乱，是离愁[(3)]。别是一般[(4)]滋味，在心头。

【注释】

（1）锁清秋：深深被秋色所笼罩。清秋，一作深秋。

（2）剪：一作翦。

（3）离愁：指去国之愁。

（4）别是一般：另有一种意味。把秋景锁闭在院子里，言外之意是人也被锁在深院中，失去了自由。此句意思是：亡国之君的滋味是痛？是悔？是恨？是怨？连他自己也难以说清，所以只能说别样的滋味。

冯延巳（四首）

谒金门

风乍[(1)]起，吹绉一池春水。闲引[(2)]鸳鸯香径里，手挼[(3)]红杏蕊。

斗鸭[(4)]阑干独倚，碧玉搔头[(5)]斜坠。终日望君君不至，举头闻鹊喜。

【注释】

（1）乍：忽然。

（2）闲引：无聊地逗引着玩。

（3）挼（ruó）：揉搓。

（4）斗鸭：以鸭相斗为欢乐。斗鸭阑和斗鸡台，都是官僚显贵取乐的场所。

（5）碧玉搔头：即碧玉簪。

鹊踏枝[(1)]

谁道闲情抛掷久[(2)]。每到春来，惆怅还依旧。日日花前常病酒[(3)]，敢辞镜里朱颜瘦[(4)]。

河畔青芜堤上柳[(5)]。为问新愁，何事年年有。独立小桥风满袖，平林新月人归后[(6)]。

【注释】

（1）鹊踏枝：词牌名，即“蝶恋花”。清王鹏运《半塘丁稿·鹜翁集》云：“冯正中《鹊踏枝》十四首，郁伊惝恍，义兼比兴。”

（2）闲情：即闲愁、春愁。抛掷：又作“抛弃”。

（3）病酒：饮酒过量引起身体不适。

（4）敢辞：不避、不怕，一作“不辞”。朱颜：这里指红润的脸色。

（5）青芜：青草。芜，丛茂的草。

（6）平林：平原上的树林。新月：阴历每月初出的弯形月亮。

鹊踏枝

梅落繁枝千万片，犹自多情，学雪随风转。昨夜笙歌容易散[1]，酒醒添得愁无限。

楼上春山寒四面，过尽征鸿[2]，暮景烟深浅[3]。一晌[4]凭栏人不见，鲛绡掩泪[5]思量遍。

【注释】

（1）笙（shēng）歌：吹笙唱歌。容易：轻易。

（2）征鸿：远行的大雁。征鸿过尽，昭示着节令的转换。

（3）远处近处，只有浓浓淡淡的烟霭装点着无边的暮色。

（4）一晌：表示时间，有片刻多时二意。

（5）鲛绡（jiāoxiāo）：传说是南海鲛人所织之绡，这里指精美的手帕。掩（yǎn）泪：掩面而泣。

采桑子

花前失却游春侣，独自寻芳。满目悲凉。纵有[1]笙歌[2]亦断肠。

林间戏蝶帘间燕，各自双双。忍[3]更思量，绿树青苔半夕阳。

【注释】

（1）纵有：纵使有。

（2）笙歌：笙代指各种乐器；笙歌即指各种乐器演奏声和歌声。

（3）忍：作“怎忍”解。

第四节　宋词

晏殊（二首）

浣溪沙

一曲新词酒一杯，去年天气旧亭台，夕阳西下几时回？

无可奈何花落去，似曾相识燕归来，小园香径[1]独徘徊。

【注释】

（1）香径：指铺满落花的小路。

蝶恋花

槛菊愁烟兰泣露[(1)]。罗幕轻寒，燕子双飞去。明月不谙离恨苦[(2)]，斜光到晓穿朱户。

昨夜西风凋碧树。独上高楼，望尽天涯路。欲寄彩笺兼尺素[(3)]，山长水阔知何处？

【注释】

（1）槛菊：围栏中的菊花。

（2）谙：熟悉，了解。

（3）彩笺：彩色的精美纸张，代指书信。尺素：古代书写用的尺许长的白色生绢，代指书信。

欧阳修

踏莎行[(1)]

候馆梅残[(2)]，溪桥柳细。草薰风暖摇征辔[(3)]。离愁渐远渐无穷，迢迢不断如春水。

寸寸柔肠，盈盈粉泪。楼高莫近危阑倚。平芜尽处是春山[(4)]，行人更在春山外[(5)]。

【注释】

（1）踏莎（suō）行：词牌名。

（2）候馆：迎宾候客之馆舍。

（3）薰：香气。征辔（pèi）：行人坐骑的缰绳。辔：缰绳。

（4）平芜：平坦开阔的草地。

（5）行人：此指闺中思妇所思之人。

柳永（二首）

雨霖铃

寒蝉凄切[(1)]，对长亭晚[(2)]，骤雨初歇[(3)]。都门帐饮无绪[(4)]，留恋处[(5)]，兰舟催发[(6)]。执手相看泪眼，竟无语凝噎[(7)]。念去去[(8)]，千里烟波，暮霭沉沉楚天阔。　　多情自古伤离别，更那堪，冷落清秋节！今宵酒醒何处？杨柳岸，晓风残月。此去经年[(9)]，应是良辰好景虚设。便纵有千种风情[(10)]，更与何人说？

【注释】

（1）寒蝉：蝉的一种，也叫寒蜩，据说可以叫到深秋。

（2）长亭：古代旅途上供人休息的驿站。

（3）骤雨：阵雨。

（4）都门帐饮：在京城门外搭帐幕设宴送行。

（5）留恋处：依依不舍之时。处，表时间，非表地点。

（6）兰舟：对船的美称。

（7）凝噎：气塞喉中，不能言语，形容极度伤心。

（8）去去：不停远去。

（9）经年：一年又一年。

（10）风情：风流情意。

八声甘州

对潇潇暮雨洒江天[(1)]，一番洗清秋。渐霜风凄紧，关河冷落[(2)]，残照当楼[(3)]。是处红衰翠减[(4)]，苒苒物华休[(5)]。惟有长江水，无语东流。　　不忍登高临远，望故乡渺邈[(6)]，归思难收。叹年来踪迹，何事苦淹留[(7)]？想佳人妆楼颙望[(8)]，误几回，天际识归舟[(9)]？争知我[(10)]，倚阑干处[(11)]，正恁凝愁[(12)]！

【注释】

（1）潇潇：形容雨声很大。

（2）关河：关口和河流。这里泛指山河。

（3）当：对。

（4）是处：处处，到处。红衰翠减：花落叶少。

（5）苒苒：同“荏苒”，指光阴流逝。物华：美好景物。

（6）渺邈：遥远。

（7）淹留：久留。

（8）妆楼：彩楼。颙望：抬头远望。

（9）天际识归舟：语出谢朓《之宣城郡出新林浦向板桥》：“天际识归舟，云中辨江树。”

（10）争：怎。

（11）处：表时间。

（12）恁：如此，这样。凝愁：愁情满怀。

苏轼（四首）

念奴娇·赤壁怀古[1]

大江东去，浪淘尽，千古风流人物[2]。故垒西边[3]，人道是，三国周郎赤壁[4]。乱石穿空[5]，惊涛拍岸，卷起千堆雪[6]。江山如画，一时多少豪杰。　　遥想公瑾当年，小乔初嫁了[7]，雄姿英发[8]。羽扇纶巾[9]，谈笑间，强虏灰飞烟灭[10]。故国神游[11]，多情应笑我[12]，早生华发[13]。人生如梦，一尊还酹江月[14]。

【注释】

（1）赤壁：此指黄州长江北岸的赤鼻矶。或传为三国时周瑜大破曹操处。元丰年间，苏轼因“乌台诗案”被贬黄州，所以有赤壁之游。

（2）风流人物：杰出人物。

（3）故垒：旧时的营垒。

（4）周郎：即周瑜。周瑜字公瑾，二十四岁时为吴国的将军，吴人称之周郎。曹操率大军南下时，他是孙（权）刘（备）联军的主帅，率军大败曹军。

（5）乱石穿空：指石壁陡峭，直插天空。

（6）千堆雪：比喻浪大。

（7）小乔初嫁：暗示周瑜年少得志。小乔，又作小桥。吴国桥玄有两女，均美貌无比，大乔嫁孙策，小乔嫁周瑜。

（8）雄姿英发：气度不凡，风姿潇洒。

（9）羽扇纶巾：描写周瑜的儒将打扮。羽扇，羽毛做成的扇子。纶（guān）巾，丝做的便帽。

（10）强虏：强大的敌人。“强虏”或作“樯橹”。

（11）故国：故地。指赤壁。

（12）多情：富于情感的人。这里指周瑜。应：大概，恐怕。

（13）华发：白发。

（14）酹（lèi）：以酒祭奠。

江城子·乙卯正月二十夜记梦[1]

十年生死两茫茫[2]，不思量，自难忘。千里孤坟[3]，无处话凄凉。纵使相逢应不识，尘满面，鬓如霜。　　夜来幽梦忽还乡。小轩窗，正梳妆。相顾无言，惟有泪千行。料得年年肠断处，明月夜，短松冈[4]。

【注释】

（1）乙卯：宋神宗熙宁八年（1075 年）。苏轼四十岁，时在密州（今山东诸城）太守任上。

（2）十年：苏轼的妻子王弗卒于宋英宗治平二年（1065 年）五月，至此整十年。

（3）千里孤坟：王氏坟在眉州，与苏轼所在地相距数千里。

（4）“料得”三句：写孤坟。唐孟棨《本事诗》载孔氏赠夫张某诗：“欲知肠断处，明月照孤坟。”

水调歌头

丙辰中秋[(1)]，欢饮达旦，大醉，作此篇，兼怀子由[(2)]。

明月几时有？把酒问青天[(3)]。不知天上宫阙[(4)]，今夕是何年[(5)]。我欲乘风归去，又恐琼楼玉宇[(6)]，高处不胜寒[(7)]。起舞弄清影，何似在人间？　　转朱阁[(8)]，低绮户[(9)]，照无眠[(10)]。不应有恨[(11)]，何事长向别时圆[(12)]？人有悲欢离合，月有阴晴圆缺，此事古难全。但愿人长久，千里共婵娟[(13)]。

【注释】

（1）丙辰：宋神宗熙宁九年（1076）。当时苏轼在密州。

（2）子由：苏轼的弟弟苏辙，当时在齐州。

（3）把：持。

（4）天上宫阙：指月宫。

（5）今夕是何年：语本唐传奇《周秦行纪》所载牛僧孺诗：“香风引到大罗天，月地云阶拜洞仙。共道人间惆怅事，不知今夕是何年。”

（6）琼楼玉宇：即上文说到的天上宫阙。

（7）胜（shēng）：经得起。

（8）朱阁：红色的楼阁。对楼阁的美称。

（9）绮户：雕花的门窗。对门窗的美称。

（10）无眠：指难以入睡的人。

（11）有恨：指月亮对人有怨恨。

（12）何事：为何。

（13）婵娟：美好的样子。这里指美好的月光。

定风波

三月七日沙湖道中遇雨[(1)]。雨具先去，同行皆狼狈，余独不觉。已而遂晴，故作此词。

莫听穿林打叶声，何妨吟啸且徐行[(2)]。竹杖芒鞋轻胜马[(3)]，谁怕？一蓑烟雨任平生。　　料峭春风吹酒醒[(4)]，微冷，山头斜照却相迎。回首向来萧瑟处[(5)]，归去，也无风雨也无晴。

【注释】

（1）沙湖：地名，在黄州东南三十里。

(2) 吟啸：吟唱长啸。徐：慢。

(3) 芒鞋：芒草编制的草鞋。

(4) 料峭：微寒。

(5) 向来：刚才，前一会儿。萧瑟处：指遭受风雨袭击之处。

周邦彦

兰陵王·柳

柳阴直[(1)]，烟里丝丝弄碧[(2)]。隋堤上[(3)]，曾见几番，拂水飘绵送行色？登临望故国[(4)]，谁识京华倦客[(5)]？长亭路[(6)]，年来岁去，应折柔条过千尺[(7)]。　闲寻旧踪迹。又酒趁哀弦[(8)]，灯照离席。梨花榆火催寒食[(9)]。愁一箭风快[(10)]，半篙波暖[(11)]，回头迢递便数驿[(12)]，望人在天北[(13)]。　凄恻[(14)]，恨堆积。渐别浦萦回[(15)]，津堠岑寂[(16)]，斜阳冉冉春无极[(17)]。念月榭携手[(18)]，露桥闻笛[(19)]。沉思前事，似梦里，泪暗滴。

【注释】

(1) 柳阴直：众多的柳树阴影连成了一条直线，暗示春光明媚。

(2) 弄碧：柳枝炫耀着碧色。

(3) 隋堤：隋炀帝开汴河，两岸种柳，故称。

(4) 故国：旧游之地。

(5) 京华：京城。倦客：作者自指。

(6) 长亭路：指路途。故代在路上设亭供人休息，故云长亭路。

(7) 说明送别的人很多。古代有折柳送别的习俗。

(8) 酒趁哀弦：酒席上伴奏着哀伤的音乐。

(9) 点明送别的时间是在梨花盛开、寒食节将至的时候。榆火、寒食，古代自冬至后一百五日为寒食节，再后二日为清明节。寒食节前后三日禁火不举炊。到清明节时，才取榆柳做柴举炊，谓之换新火。

(10) 一箭风快：风吹船行，快速如箭。

(11) 半篙波暖：意思是水淹没了船篙的一半。

(12) 迢递：遥远。驿：驿站。

(13) 人：指送别的人。

(14) 凄恻：伤心。

(15) 别浦萦回：送别之处水波回绕。浦，水边。

(16) 津堠（hòu）：渡口码头上供守望、休息的地方。岑寂：沉寂。

(17) 冉冉：缓慢。

(18) 月榭：月下的台榭。榭：台上建的高屋。

(19) 露桥：被露水打湿的桥。

李清照（三首）

醉花阴

薄雾浓云愁永昼[(1)]，瑞脑消金兽[(2)]。佳节又重阳[(3)]，玉枕纱橱[(4)]，半夜凉初透。东篱把酒黄昏后，有暗香盈袖。莫道不消魂[(5)]，帘卷西风[(6)]，人比黄花瘦[(7)]。

【注释】

（1）永昼：漫长的白天。

（2）瑞脑：香料。金兽：兽形的铜香炉。

（3）重阳：即重阳节，农历的九月九日。

（4）玉枕；对枕头的美称。纱橱：蚊帐。

（5）消魂：感伤，忧伤。

（6）西风：秋风。

（7）黄花：指菊花。

一剪梅

红藕香残玉簟秋[(1)]。轻解罗裳[(2)]，独上兰舟[(3)]。云中谁寄锦书来[(4)]？雁字回时[(5)]，月满西楼。　　花自飘零水自流。一种相思，两处闲愁。此情无计可消除，才下眉头，却上心头[(6)]。

【注释】

（1）红藕香残：指荷花已凋谢，夏去秋来。玉簟（diàn）：对席子的美称。

（2）罗裳：罗衣。实际是泛指衣服。

（3）兰舟：对船的美称。

（4）传说大雁能替人传送书信，故有此说。锦书，对书信的美称。

（5）雁字：大雁结伴飞行时，一般总排队成“一”或“人”字形。回时：指大雁南飞过冬。

（6）却：又。

声声慢

寻寻觅觅，冷冷清清，凄凄惨惨戚戚[(1)]。乍暖还寒时候[(2)]，最难将息[(3)]。三杯两盏淡酒，怎敌他晚来风急？雁过也，正伤心，却是旧时相识。　　满地黄花堆积。憔悴损[(4)]，如今有谁堪摘？守着窗儿，独自怎生得黑[(5)]？梧桐更兼细雨，到黄昏点点滴滴。这次第[(6)]，怎一个愁字了得！

【注释】

（1）戚戚：伤心忧愁。

（2）乍暖还寒：天气转暖，但仍有寒气。

（3）将息：保养休息。

（4）损：表示程度极高。

（5）怎生：怎么，怎样。

（6）次第：情形，情况。

辛弃疾（三首）

菩萨蛮·书江西造口壁[1]

郁孤台下清江水[2]，中间多少行人泪。西北望长安[3]，可怜无数山[4]。　青山遮不住，毕竟东流去。江晚正愁予，山深闻鹧鸪[5]。

【注释】

（1）造口：在今江西万安县西南。

（2）郁孤台：在今江西赣州市西南。清江：赣江与袁江合流处称为清江。

（3）长安：这里指北宋首都汴京。

（4）可怜：可叹。

（5）鹧鸪：因叫声凄凉，似“行不得也，哥哥”，故在宋词中往往用来渲染悲凉气氛。

南乡子·登京口北固亭有怀[1]

何处望神州[2]？满眼风光北固楼。千古兴亡多少事？悠悠[3]。不尽长江滚滚流[4]。

年少万兜鍪[5]，坐断东南战未休[6]。天下英雄谁敌手？曹刘[7]。生子当如孙仲谋[8]。

【注释】

（1）京口：今江苏镇江市。北固亭：在镇江北固山上。

（2）神州：指中原。

（3）悠悠：遥远，长久的样子。

（4）语本杜甫《登高》：“无边落木萧萧下，不尽长江滚滚来。”

（5）孙权年少时就握有重兵。兜鍪（móu）：头盔，这里指代士兵。

（6）坐断：占据。

（7）《三国志·蜀先主传》载，曹操曾对刘备说：“今天下英雄唯使君（指刘备）与操耳，本初（袁绍）之徒不足数也。”

（8）《三国志·吴主传》裴松之注引《吴历》：“（曹）公见舟船、器仗、军伍整肃，喟然叹曰：‘生子当如孙仲谋（孙权）。’刘景升（刘表）父子若鸡豚耳。”

青玉案·元夕[1]

东风夜放花千树[2]，更吹落星如雨。宝马雕车香满路。凤箫声动[3]，玉壶光转[4]，一夜鱼龙舞[5]。　　蛾儿雪柳黄金缕[6]，笑语盈盈暗香去[7]。众里寻他千百度，蓦然回首[8]，那人却在灯火阑珊处[9]。

【注释】

（1）元夕：元宵之夜。

（2）比喻花灯很多。

（3）凤箫：即排箫，因形状似凤，故名。

（4）玉壶：玉雕的灯。

（5）鱼龙：都是指灯的形状。

（6）蛾儿、雪柳、黄金缕：都是女子头上的饰物。

（7）盈盈：美好的样子。

（8）蓦（mò）然：猛然，突然。

（9）阑珊：零落稀疏。

姜夔

扬州慢

淳熙丙申至日[1]，予过维扬[2]。夜雪初霁，荠麦弥望[3]。入其城，则四顾萧条，寒水自碧。暮色渐起，戍角悲吟。予怀怆然，感慨今昔，因自度此曲。千岩老人以为有黍离之悲也[4]。

淮左名都[5]，竹西佳处[6]，解鞍少驻初程[7]。过春风十里[8]，尽荠麦青青。自胡马窥江去后[9]，废池乔木，犹厌言兵。渐黄昏，清角吹寒，都在空城。

杜郎俊赏[10]，算而今重到须惊。纵豆蔻词工[11]，青楼梦好[12]，难赋深情[13]。二十四桥仍在[14]，波心荡，冷月无声。念桥边红药[15]，年年知为谁生？

【注释】

（1）丙申：宋孝宗淳熙三年（1176年）。

（2）维扬：扬州的别名。

（3）荠麦：荠菜和麦子，一说，野生的麦子。

（4）千岩老人：萧德藻，字东夫，晚年居湖州，自号千岩老人。姜夔曾跟他学诗，做了他的侄女婿。《黍离》：《诗经·王风》有《黍离》篇，据说是周平王东迁后，周大夫经过西周故都，见西周镐京的故宫长满了禾黍，悼念周室衰微，彷徨不忍去，因作此诗。首句为“彼黍离离”，故以名篇。后人常用“黍离之悲”，表现故国之思、亡国之哀。

（5）淮左名都：指扬州。宋在苏北和江淮设淮南东路和淮南西路，淮南东路又称淮左，首府即扬州。

（6）竹西：扬州城东一亭名，景色清幽。

（7）少：稍。

（8）春风十里：借指昔日扬州的繁华。唐杜牧《赠别》：“娉娉袅袅十三余，豆蔻梢头二月初。春风十里扬州路，卷上珠帘总不如。”这首诗也就是下文的“豆蔻词”。

（9）胡马窥江：指金兵南下侵犯扬州。宋高宗建炎三年和绍兴三十一年，金兵两次侵犯扬州。

（10）杜郎：指晚唐诗人杜牡。俊赏：喜欢游赏。言外之意是说只喜欢玩，对时事不关心。

（11）豆蔻词：见本词注（8）。

（12）青楼梦：杜牧《遣怀》：“十年一觉扬州梦，赢得青楼薄幸名。”

（13）难赋深情：意思是写不出深清之作。

（14）二十四桥：在扬州西郊，传说有二十四美人吹箫于此。杜牧有诗云：“二十四桥明月夜，玉人何处教吹箫。”

（15）桥边红药：二十四桥又名红药桥，桥边生红芍药。

第五节　金元明清词

元好问

摸鱼儿[(1)]

问世间情是何物，直教生死相许？天南地北双飞客，老翅几回寒暑。欢乐趣，离别苦，就中更有痴儿女。君应有语，渺万里层云，千山暮雪，只影向谁去？　横汾路[(2)]，寂寞当年箫鼓[(3)]，荒烟依旧平楚。招魂楚些何嗟及[(4)]，山鬼暗啼风雨[(5)]。天也妒，未信与，莺儿燕子俱黄土。千秋万古，为留待骚人，狂歌痛饮，来访雁丘处。

【注释】

（1）摸鱼儿：双调一百一十六字，有摸鱼子、安庆摸、买陂塘、陂塘柳等别名。

（2）横汾路：汾河岸，当年汉武帝巡幸处，帝王游幸欢乐的地方。

（3）箫鼓：用排箫与建鼓合奏，一般也用作仪仗音乐，有时乐工可以坐在鼓车中演奏。这里借指当年的喧嚣热闹。

（4）楚些：楚辞招魂中多以“些”为句末助词，如“魂兮归来，南方不可以止些”。后以楚些为楚辞或招魂的代称。“何嗟及”即嗟何及。

（5）山鬼暗啼风雨：出自《楚辞·九歌·山鬼》“杳冥冥兮羌昼晦，东风飘兮神灵雨。”山鬼，是楚人祭祀巫山女神的乐歌。全诗叙写了一位美丽、善良的山中女神与她所思恋的人相约会，然而却一直不得相见的故事。

纳兰性德

长相思[(1)]

山一程，水一程[(2)]，身向榆关[(3)]那畔[(4)]行，夜深千帐灯[(5)]。

风一更，雪一更[(6)]，聒[(7)]碎乡心梦不成，故园[(8)]无此声[(9)]。

【注释】

（1）长相思：词牌名，又名“吴山青”“山渐青”“相思令”“长思仙”“越山青”等。双调三十六字，前后段各四句三平韵一叠韵。

（2）山一程，水一程：即山长水远。程：道路、路程。

（3）榆（yú）关：今山海关，在今河北秦皇岛东北。

（4）那畔：山海关的另一边，指身处关外。

（5）千帐灯：皇帝出巡临时住宿的行帐的灯火，千帐言军营之多。

（6）风一更，雪一更：言整夜风雪交加也。更：旧时一夜分五更，每更大约两小时。

（7）聒（guō）：声音嘈杂，这里指风雪声。

（8）故园：故乡，这里指北京。

（9）此声：指风雪交加的声音。

第三章　曲

窦娥冤[1]（节选）

关汉卿

（第三折）

（外扮监斩官上[2]，云）下官监斩官是也。今日处决犯人，着做公的把住巷口，休放往来人闲走。

（净扮公人[3]，鼓三通，锣三下科），（刽子磨旗[4]、提刀、押正旦带枷上[5]。刽子云）行动些[6]，行动些，监斩官去法场上多时了。

（正旦唱）

【正宫·端正好】没来由犯王法，不提防遭刑宪，叫声屈动地惊天。顷刻间游魂先赴森罗殿，怎不将天地也生埋怨。

【滚绣球】有日月朝暮悬，有鬼神掌著生死权。天地也只合把清浊分辨，可怎生糊突了盗跖颜渊[7]。为善的受贫穷更命短，造恶的享富贵又寿延。天地也，做得个怕硬欺软，却元来也这般顺水推船[8]。地也，你不分好歹何为地！天也，你错勘贤愚枉做天[9]！哎，只落得两泪涟涟。

（刽子云）快行动些，误了时辰也。

（正旦唱）

【倘秀才】则被这枷纽的我左侧右偏，人拥的我前合后偃[10]。我窦娥向哥哥行有句言[11]。

（刽子云）你有甚么话说？

（正旦唱）前街里去心怀恨，后街里去死无冤，休推辞路远。

（刽子云）你如今到法场上面，有甚么亲眷要见的，可教他过来见你一面也好。

（正旦唱）

【叨叨令】可怜我孤身只影无亲眷，则落的吞声忍气空嗟怨。

（刽子云）难道你爷娘家也没的？

（正旦云）止有个爹爹，十三年前上朝取应去了[12]，至今杳无音信。

（唱）早已是十年多不睹爹爹面。

（刽子云）你适才要我往后街里去，是什么主意？

（正旦唱）怕则怕前街里被我婆婆见。

（刽子云）你的性命也顾不得，怕他见怎的？

（正旦云）俺婆婆若见我披枷带锁赴法场餐刀去呵[13]，

（唱）枉将他气杀也么哥[14]，枉将他气杀也么哥。告哥哥，临危好与人行方便。

（卜儿哭上科，云）天哪，兀的不是我媳妇儿[15]！

（刽子云）婆子靠后。

（正旦云）既是俺婆婆来了，叫他来，待我嘱付他几句话咱[16]。

（刽子云）那婆子，近前来，你媳妇要嘱付你话哩。

（卜儿云）孩儿，痛杀我也。

（正旦云）婆婆，那张驴儿把毒药放在羊肚儿汤里，实指望药死了你，要霸占我为妻。不想婆婆让与他老子吃，倒把他老子药死了。我怕连累婆婆，屈招了药死公公，今日赴法场典刑[17]。婆婆，此后遇着冬时年节，月一十五，有瀽不了的浆水饭[18]，瀽半碗儿与我吃；烧不了的纸钱，与窦娥烧一陌儿[19]。则是看你死的孩儿面上。（唱）

【快活三】念窦娥葫芦提当罪愆[20]，念窦娥身首不完全，念窦娥从前已往干家缘[21]；婆婆也，你只看窦娥少爷无娘面。

【鲍老儿】念窦娥服侍婆婆这几年，遇时节将碗凉浆奠；你去那受刑法尸骸上烈些纸钱[22]，只当把你亡化的孩儿荐[23]。

（卜儿哭科，云）孩儿放心，这个老身都记得。天哪，兀的不痛杀我也。

（正旦唱）婆婆也，再也不要啼啼哭哭，烦烦恼恼，怨气冲天。这都是我做窦娥的没时没运，不明不暗，负屈衔冤。

（刽子做喝科，云）兀那婆子靠后，时辰到了也。

（正旦跪科）

（刽子开枷科）

（正旦云）窦娥告监斩大人，有一事肯依窦娥，便死而无怨。

（监斩官云）你有什么事？你说。

（正旦云）要一领净席[24]，等我窦娥站立，又要丈二白练[25]，挂在旗枪上[26]。若是我窦娥委实冤枉，刀过处头落，一腔热血休半点儿沾在地下，都飞在白练上者[27]。

（监斩官云）这个就依你，打甚么不紧[28]。

（刽子做取席科，站科，又取白练挂旗上科）

（正旦唱）

【耍孩儿】不是我窦娥罚下这等无头愿[29]，委实的冤情不浅。若没些儿灵圣与世人传[30]，也不见得湛湛青天[31]。我不要半星热血红尘洒，都只在八尺旗枪素练悬。等他四下里皆瞧见，这就是咱苌弘化碧[32]，望帝啼鹃[33]。

（刽子云）你还有甚的说话，此时不对监斩大人说，几时说那？

（正旦再跪科，云）大人，如今是三伏天道[34]，若窦娥委实冤枉，身死之后，天降三尺瑞雪，遮掩了窦娥尸首。

（监斩官云）这等三伏天道，你便有冲天的怨气，也召不得一片雪来，可不胡说！

（正旦唱）

【二煞】你道是暑气暄[35]，不是那下雪天；岂不闻飞霜六月因邹衍[36]？若果有一腔怨气喷如火，定要感得六出冰花滚似锦[37]，免着我尸骸现；要什么素车白马[38]，断送出古陌荒阡[39]？

（正旦再跪科，云）大人，我窦娥死的委实冤枉，从今以后，着这楚州亢旱三年[40]。

（监斩官云）打嘴！那有这等说话！

（正旦唱）

【一煞】你道是天公不可期，人心不可怜，不知皇天也肯从人愿。做甚么三年不见甘霖降？也只为东海曾经孝妇冤[41]。如今轮到你山阳县。这都是官吏每无心正法[42]，使百姓有口难言。

（刽子做磨旗科，云）怎么这一会儿天色阴了也？

（内做风科，刽子云）好冷风也！

（正旦唱）

【煞尾】浮云为我阴，悲风为我旋，三桩儿誓愿明题遍[43]。

（做哭科，云）婆婆也，直等待雪飞六月，亢旱三年呵。

（唱）那其间才把你个屈死的冤魂这窦娥显。

（刽子做开刀，正旦倒科）

（监斩官惊云）呀，真个下雪了，有这等异事！

（刽子云）我也道平日杀人，满地都是鲜血，这个窦娥的血，都飞在那丈二白练上，并无半点落地，委实奇怪。

（监斩官云）这死罪必有冤枉，早两桩儿应验了，不知亢旱三年的说话，准也不准？且看后来如何。左右，也不必等待雪晴，便与我抬他尸首，还了那蔡婆婆去罢。

（众应科，抬尸下）

【注释】

（1）窦娥冤：全称《感天动地窦娥冤》。

（2）外：即外末，元杂剧中的男性角色。

（3）净：元杂剧中角色之一。

（4）刽子：刽子手。磨旗：摇旗。

（5）正旦：元杂剧中的女主角。这里指窦娥。

（6）行动些：快点。

（7）怎生：怎么。糊突：糊涂，分不清。盗跖：春秋时的大盗，在历史上被看作坏人的代表。颜渊：孔子的学生，在历史上被看作贤人的代表。

（8）元来：原来。

（9）戡：判定。

（10）偃：倒。

（11）哥哥行（háng）：哥哥那里。行：宋元人特有的说法，放在人称名词之后，有轻微的指代意味。

（12）取应：指参加科举考试。

（13）餐刀：杀头的委婉说法。

（14）也么哥：元杂剧中常用的感叹词。

（15）兀的：这个。

（16）咱：语气词。

（17）典刑：受刑。

（18）瀽（jiǎn）：倒，倾。

（19）一陌儿：一百个纸钱。陌：古代一百钱的总称。

（20）葫芦提：糊里糊涂，不明不白。罪愆：罪过。

（21）干家缘：做家务。

（22）烈：烧。

（23）荐：祭奠。

（24）一领：一张。

（25）白练：白色绸缎。

（26）旗枪：旗杆顶上的枪头，代指旗子。

（27）者：语气词。

（28）打甚么不紧：没什么要紧。

（29）无头愿：指被杀头的誓愿。

（30）灵圣：指怪异之事。

（31）湛湛：明亮透彻。

（32）苌弘化碧：传说苌弘是周灵王时的忠臣，被冤杀三年后，他的血成了青绿色的玉石。

（33）望帝啼鹃：传说周末蜀主杜宇，号望帝，被逼传位给臣子后，化成杜鹃，日夜悲啼。

（34）三伏天道：三伏天气。三伏，即初伏、中伏、末伏，是一年中最热的季节。

（35）暄：热。

（36）飞霜六月因邹衍：传说战国时燕国的邹衍蒙冤，六月天竟下霜。

（37）六出冰花：因冰花多为六瓣，故以指雪。

（38）素车白马：古代送葬时乘坐的车马。

（39）断送：这里指送葬。

（40）亢旱：大旱。

（41）东海曾经孝妇冤：东海有一寡妇，孝敬婆婆，后来婆婆上吊自杀，其女控告寡妇害死婆婆。官府不察真情，将寡妇论斩。临死，寡妇说，如是冤枉，血将缘竹而上。后来果如其言，并大旱三年。

（42）每：们。

（43）明题遍：全说了出来。

琵琶记[1]（节选）

高　明

糟糠自厌[2]

（旦上，唱）

【山坡羊】乱荒荒不丰稔的年岁，远迢迢不回来的夫婿。急煎煎不耐烦的二亲，软怯怯不济事的孤身已[3]。苦！衣尽典，寸丝不挂体。几番要卖了奴身已，争奈没主公婆，教谁看取[4]？（合）思之，虚飘飘命怎期？难捱，实丕丕灾共危[5]。

【前腔】滴溜溜难穷尽的珠泪，乱纷纷难宽解的愁绪。骨崖崖难扶持的病体[6]，战兢兢难捱过的时和岁。这糠，我待不吃你呵，教奴怎忍饥？我待吃你呵，教奴怎么吃？思量起来，不如奴先死，图得不知他亲死时。（合前）思之，虚飘飘命怎期？难捱，实丕丕灾共危。

奴家早上安排些饭与公婆，非不欲买些鲑菜[7]，争奈无钱可买。不想婆婆抵死埋怨，只道奴家背地自吃了甚么。不知奴家吃的却是米膜皮糠，吃时不敢教他知道，只得回避。便做他埋怨杀我，我也不分说。苦！这糠粃怎的吃得下。（吃吐介，唱）

【孝顺歌】呕得我肝肠痛，珠泪垂，喉咙尚兀自牢嘎住。糠那！遭砻被舂杵[8]，筛你簸扬你，吃尽控持[9]。好似奴家身狼狈，千辛万苦曾经历。苦人吃着苦味，两苦相逢，可知道欲吞不去。

（外、净潜上[10]，探觑介，旦唱）

【前腔】糠和米本是两倚依，谁人簸扬你作两处飞。一贱与一贵，好似奴家与夫婿，终无见期。丈夫，你便是米呵，米在他方没寻处。奴便是糠呵，怎的把糠救得人饥馁？好似儿夫出去，怎的叫奴供给得公婆甘旨？

（外、净潜下介，旦唱）

【前腔】思量我生无益，死又值甚的！不如忍饥为了怨鬼。只一件，公婆年纪老，靠着奴家相依倚，只得苟活片时。片时苟活虽容易，到底日久也难相聚。漫把糠来相比，这糠呵，尚兀自有人吃，奴家的骨头，知他埋在何处？

【注释】

（1）琵琶记：高明的代表作，作品写蔡伯喈婚后两月，在父亲的督促下，去京城赴试。其妻赵五娘在家侍奉公婆，遇到天旱，只得吃糠咽菜。公婆死后，她卖唱乞讨，赴京寻夫。蔡伯喈中了状元后，被皇帝强行要求做了牛丞相的女婿。他往家捎的信件钱物，又被骗子骗去。后妻贤慧，虽愿同他回乡探亲，但被牛丞相阻止。蔡伯喈在街上拾到赵五娘遗失的公婆画像，夫妻才得见面。蔡伯喈上表辞官，要与两个妻子一同回家扫墓。牛丞相奏知皇帝后，都受感动，加官封赠，皆大欢喜。

（2）厌：饱。

（3）孤身已：孤身一人。

（4）看取：照看，照料。

（5）实丕丕：实实在在。

（6）骨崖崖：瘦骨嶙峋的样子。

（7）鲑菜：鱼菜的总称。鲑：鱼的一种。

（8）砻（lóng）：磨碾。

（9）吃尽控持：受尽折磨。

（10）外、净：这里指的是赵五娘的公公、婆婆这两个角色。潜：悄悄地。

西厢记（节选）

王实甫

第三本第二折

（夫人长老上，云）今日送张生赴京，就十里长亭，安排下筵席。我和长老先行，不见张生小姐来到。

（旦、末、红同上，旦云）今日送张生上朝取应去[(1)]，早是离人伤感，况值那暮秋天气，好烦恼人也呵！“悲欢聚散一杯酒，南北东西万里程。”（旦唱）

[正宫·端正好]碧云天，黄花地，西风紧。北雁南飞。晓来谁染霜林醉？总是离人泪。

[滚绣球]恨相见得迟，怨归去得疾。柳丝长玉骢难系[(2)]，恨不倩疏林挂住斜晖[(3)]。马儿迍迍的行，车儿快快的随，却告了相思回避，破题儿又早别离[(4)]。听得道一声去也，松了金钏[(5)]；遥望见十里长亭，减了玉肌。此恨谁知？

（红云）姐姐今日怎么不打扮？（旦云）你那知我的心里呵？（旦唱）

[叨叨令]见安排着车儿、马儿，不由人熬熬煎煎的气；有甚么心情花儿靥儿[(6)]，打扮得娇娇滴滴的媚；准备着被儿、枕儿，则索昏昏沉沉的睡；从今后衫儿、袖儿，都揾湿做重重迭迭的泪[(7)]。兀的不闷杀人也么哥！兀的不闷杀人也么哥！久已后书儿信儿，索与我凄凄惶惶的寄[(8)]。

（做到，见夫人科）（夫人云）张生和长老坐，小姐这壁坐，红娘将酒来。张生，你向前来，是自家亲眷，不要回避。俺今日将莺莺与你，到京师休辱没了俺孩儿，挣揣一个状元回来者[(9)]。（末云）小生托夫人余荫，凭着胸中之才，视官如拾芥耳[(10)]。（洁云）[(11)]夫人主见不差，张生不是落后的人。（把酒了，坐）[旦长吁科]（唱）

[脱布衫]下西风黄叶纷飞，染寒烟衰草萋迷。酒席上斜签着坐的，蹙愁眉死临侵地[(12)]。

[小梁州]我见他阁泪汪汪不敢垂，恐怕人知；猛然见了把头低，长吁气，推整素罗衣[(13)]。

[幺篇]虽然久后成佳配，奈时间怎不悲啼[(14)]。意似痴，心如醉，昨宵今日，清减了小腰围。

（夫人云）小姐把盏者！（红递酒，旦把盏长吁科，云）请吃酒！（旦唱）

[上小楼]合欢未已，离愁相继。想着俺前暮私情，昨夜成亲，今日别离。我谂知[15]这几日相思滋味，却原来此别离情更增十倍。

[幺篇]年少呵轻远别，情薄呵易弃掷。全不想腿儿相挨，脸儿相偎，手儿相携。你与俺崔相国做女婿，妻荣夫贵，但得一个并头莲，煞强如状元及第[16]。

（夫人云）红娘把盏者！（红把酒科）（旦唱）

[满庭芳]供食太急，须臾对面，顷刻别离[17]。若不是酒席间子母每当回避，有心待与他举案齐眉[18]。虽然是厮守得一时半刻，也合着俺夫妻每共桌而食。眼底空留意，寻思起就里，险化做望夫石[19]。

（红云）姐姐不曾吃早饭，饮一口儿汤水。（旦云）红娘，甚么汤水咽得下！

[快活三]将来的酒共食，尝着似土和泥。假若便是土和泥，也有些土气息、泥滋味。

[朝天子]煖溶溶玉醅，白泠泠似水，多半是相思泪[20]。眼面前茶饭怕不待要吃，恨塞满愁肠胃。蜗角虚名，蝇头微利，拆鸳鸯在两下里[21]。一个这壁，一个那壁，一递一声长吁气。

（夫人云）辆起车儿[22]，俺先回去，小姐随后和红娘来。（下）（末辞洁科）（洁云）此一行别无话儿，贫僧准备买登科录看，做亲的茶饭少不得贫僧的[23]。先生在意，鞍马上保重者！从今经忏无心礼，专听春雷第一声[24]。（下）（旦唱）

[四边静]霎时间杯盘狼藉，车儿投东，马儿向西，两意徘徊，落日山横翠。知他今宵宿在那里？在梦也难寻觅。

张生，此一行得官不得官，疾便回来。（末云）小生这一去白夺一个状元，正是“青霄有路终须到，金榜无名誓不归[25]”。（旦云）君行别无所谓，口占一绝，为君送行：“弃掷今何在，当时且自亲。还将旧来意，怜取眼前人[26]。”（末云）小姐之意差矣，张珙更敢怜谁？谨赓一绝[27]，以剖寸心：“人生长远别，孰与最关亲？不遇知音者，谁怜长叹人？”[旦唱]

[耍孩儿]淋漓襟袖啼红泪，比司马青衫更湿[28]。伯劳东去燕西飞，未登程先问归期[29]。虽然眼底人千里，且尽生前酒一杯[30]。未饮心先醉，眼中流血，心内成灰。

[五煞]到京师服水土，趁程途节饮食，顺时自保揣身体[31]。荒村雨露宜眠早，野店风霜要起迟！鞍马秋风里，最难调护，最要扶持。

[四煞]这忧愁诉与谁？相思只自知，老天不管人憔悴。泪添九曲黄河溢，恨压三峰华岳低[32]。到晚来闷把西楼倚，见了些夕阳古道，衰柳长堤。

[三煞]笑吟吟一处来，哭啼啼独自归。归家若到罗帏里，昨宵个绣衾香暖留春住，今夜个翠被生寒有梦知。留恋你别无意，见据鞍上马，阁不住泪眼愁眉[33]。

（末云）有甚言语嘱咐小生咱？（旦唱）

[二煞]你休忧文齐福不齐，我则怕你停妻再娶妻[34]。休要“一春鱼雁无消息[35]”。我这里“青鸾有信频须寄[36]”，你却休“金榜无名誓不归”。此一节君须记：若见了那异乡花草，再休似此处栖迟[37]。

（末云）再谁似小姐？小生又生此念？（旦唱）

[一煞]青山隔送行，疏林不做美，淡烟暮霭相遮蔽。夕阳古道无人语，禾黍秋风听马嘶。我为甚么懒上车儿内，来时甚急，去后何迟？

（红云）夫人去好一会，姐姐，咱家去！（旦唱）

[收尾]四围山色中，一鞭残照里。遍人间烦恼填胸臆，量这些大小车儿如何载得起（38）？

（旦、红下）（末云）仆童赶早行一程儿，早寻个宿处。泪随流水急，愁逐野云飞。（下）

【注释】

（1）上朝：上都，这里指京城。取应：应试。

（2）玉骢（cōng）：马的美称。

（3）倩：请、使。此句的意思是：恨不能使斜阳一直挂在疏林上。

（4）迍（zhūn）迍：行动迟缓的样子。“却告”句的意思是：相思刚刚结束。破题儿：开始，起头。

（5）松了金钏：因人消瘦，手镯松落。

（6）靥（yè）儿：靥，古代妇女点搽面部的装饰。

（7）则索：只须。揾（wèn）：揩拭。

（8）索：必须。凄凄惶惶：急急忙忙。

（9）挣揣：努力争取。

（10）芥：小草。如拾芥：就像捡小草一样容易。

（11）洁：元杂剧中称和尚为洁郎，简称“洁”。

（12）斜签着坐的：侧着身子坐的。蹙：皱起。死临侵：无精打采、发呆的样子。

（13）阁：同“搁”。阁泪：眼泪含在眼睛里。推：推托。

（14）奈时间：无奈眼前这时候。

（15）谂（shěn）知：熟知。

（16）煞：极度。

（17）须臾：片刻。

（18）举案齐眉：东汉梁鸿与妻孟光，感情融洽。每食，孟光总是举案齐眉，以示尊敬。案：食器。

（19）就里：内情。望夫石：相传有一妇人天天望夫归来，后来竟变成了石头，人们称之为“望夫石”。

（20）玉醅（péi）：美酒之称。

（21）蜗角虚名：《庄子·则阳》篇载，有两个建于蜗角左右角的国家，常常因为争地而厮杀。这里以蜗角形容虚名的微不足道。

（22）辆起：套上。

（23）登科录：科举考试后登载录取者的名单。

（24）经忏：指念经礼忏之事。

（25）青霄：高空，比喻科举中第。

（26）眼前人：指新欢。

（27）赓（gēng）：续、酬和。剖：表白。

（28）红泪：王嘉《拾遗记》载，魏文帝时，薛灵云被选入宫中，与父母告别时，她以玉唾壶承泪，壶即现红色，不久泪凝如血。后多以“红泪”泛称女子眼泪。司马青衫：白居易《琵琶行》：“座中泣下谁最多，江州司马青衫湿。”

（29）伯劳：鸟名。

（30）眼底：眼前。

（31）趁程途：赶路程。保揣：保护、爱惜。

（32）三峰华岳：指西岳华山的三个著名高峰——莲花峰、毛女峰、松桧峰。

（33）阁不住：忍不住。

（34）文齐福不齐：有才气而无福气。

（35）一春鱼雁无消息：借用了秦观《鹧鸪天》中的“一春鱼鸟无消息”一句，意思是一去没有音讯。

（36）青鸾：神话传说中为西王母报信的神鸟。

（37）异乡花草：指他乡女子。栖迟：留恋。

（38）这些大小车子：这样大的小车子。

牡丹亭（节选）

汤显祖

[绕池游]（旦上）梦回莺啭，乱煞年光遍[1]。人立小庭深院。（贴）炷尽沉烟，抛残绣线，恁今春关情似去年[2]？

[乌夜啼]“（旦）晓来望断梅关[3]，宿妆残[4]。（贴）你侧著宜春髻子恰凭阑[5]。（旦）剪不断，理还乱[6]，闷无端。（贴）已分付催花莺燕借春看。”（旦）春香，可曾叫人扫除花径？（贴）分付了。（旦）取镜台衣服来。（贴取镜台衣服上）“云髻罢梳还对镜，罗衣欲换更添香。”[7]镜台衣服在此。

[步步娇]（旦）袅晴丝吹来闲庭院[8]，摇漾春如线[9]。停半晌、整花钿。没揣菱花[10]，偷人半面，迤逗的彩云偏[11]。（行介）步香闺怎便把全身现！

（贴）今日穿插的好。

[醉扶归]（旦）你道翠生生出落的裙衫儿茜[12]，艳晶晶花簪八宝填[13]，可知我常一生儿爱好是天然[14]。恰三春好处无人见[15]。不堤防沉鱼落雁鸟惊喧[16]，则怕的羞花闭月花愁颤。

（贴）早茶时了，请行。（行介）你看：画廊金粉半零星，池馆苍苔一片青。踏草怕泥新绣袜，惜花疼煞小金铃[17]。（旦）不到园林，怎知春色如许！

[皂罗袍]原来姹紫嫣红开遍，似这般都付与断井颓垣[18]。良辰美景奈何天，赏心乐事谁家院[19]！恁般景致，我老爷和奶奶再不提起。（合）朝飞暮卷，云霞翠轩；雨丝风片，烟波画船——锦屏人忒看的这韶光贱[20]！（贴）是花都放了[21]，那牡丹还早。

[好姐姐]（旦）遍青山啼红了杜鹃，荼蘼外烟丝醉软[22]。春香呵，牡丹虽好，他春归怎占的先！（贴）成对儿莺燕呵。（合）闲凝眄[23]，生生燕语明如剪，呖呖莺歌溜的圆。

（旦）去罢。（贴）这园子委是观之不足也[24]。（旦）提他怎的！（行介）

[隔尾]观之不足由他缱[25]，便赏遍了十二亭台是枉然。到不如兴尽回家闲过遣。

【注释】

（1）乱煞年光遍：缭乱的春光到处都是。

（2）关情：牵动人的情怀。似：胜似，胜过。

（3）梅关：即大庾岭，在本剧故事发生地点江西省南安府（大庾）的南面。

（4）宿妆：隔夜的残妆。

（5）宜春髻子：相传立春那天，妇女剪彩绸作燕子状，戴在髻上，上贴“宜春”二字。见《荆楚几时记》。

（6）剪不断，理还乱：南唐后主李煜诩《相见欢》中的两句。

（7）“罗衣欲换更添香”两句：薛逢诗《宫词》中的两句，见《全唐诗》卷二十。

（8）袅：细长的。晴丝：游丝、飞丝，也即后文所说的烟丝，虫类所吐的丝缕，常在空中飘游。在春天晴朗的日子最易看见。

（9）摇漾春如线：春光如晴丝一般摇荡撩人。

（10）没揣：不意，蓦然。菱花，镜子。古时用铜镜，背面所铸花纹一般为菱花，因此称菱花镜，或用菱花作镜子的代称。

（11）迤逗的彩云偏：迤逗，引惹，挑逗。彩云，头发的代称。全句的意思是：想不到镜子（拟人化）偷偷地照见了她，害得她羞答答地把发卷也弄歪了。这几句写出一个少女的含情脉脉的微妙心理，她是连看见镜子里的自己的影子也有些不好意思的。

（12）翠生生，极言彩色鲜艳。出落的，显出，衬托出。茜，茜红色。

（13）花簪八宝填：镶嵌着多种宝石的簪子。

（14）爱好：犹言爱美。《紫箫记》十一出《懒画眉》：“道你绿鬓乌纱映画罗。”系丫环赞李十郎词，下接十郎云：“小生从来带一种爱好的性子。”用法相同。现浙江还有这样的方言。天然：天性使然。

（15）三春好处：比喻自己的青春美貌。

（16）不堤防一句：极言貌美。堤：同“提”。

（17）惜花疼煞小金铃：《开元天宝遗事》：“天宝初，宁王……于后园中纫红丝为绳，密缀金铃，掣于花梢之上。每有鸟鹊翔集，则令园吏掣铃索以惊之。盖惜花之故也。”

疼：为惜花常常掣铃，连小金铃都被拉得疼煞了。这是夸大的描写。

（18）断井：废弃了的井。颓垣：倒了的墙。

（19）谁家：哪一家。一说作“甚么”解，见张相《诗词曲语辞汇释·谁家条》。全句本谢灵运《拟魏太子邺中集诗序》：“天下良辰美景赏心乐事，四者难并。”

（20）锦屏人：深闺中人，这里指杜丽娘。

（21）是：凡是、所有的。

（22）荼蘼（mí）：花名，晚春时开放。

（23）凝眄（miàn）：眼睛紧盯着。

（24）观之不足：看不厌。

（25）缱：留恋、牵绾。

第四章 文

第一节　先秦散文

寡人之于国也

梁惠王[(1)]曰："寡人之于国也，尽心焉耳矣[(2)]。河内凶[(3)]，则移其民于河东，移其粟于河内；河东凶亦然。察邻国之政，无如寡人之用心者。邻国之民不加少，寡人之民不加多[(4)]，何也？"

孟子对曰："王好战，请以战喻[(5)]。填然鼓之[(6)]，兵刃既接，弃甲曳兵而走。或百步而后止，或五十步而后止[(7)]。以五十步笑百步，则何如？"

曰："不可，直不百步耳，是亦走也。"

曰："王如知此，则无望民之多于邻国也。"

"不违农时，谷不可胜食也；数罟不入洿池，鱼鳖不可胜食也[(8)]；斧斤以时入山林，材木不可胜用也。谷与鱼鳖不可胜食，材木不可胜用，是使民养生丧死无憾也[(9)]。养生丧死无憾，王道之始也[(10)]。"

"五亩之宅，树之以桑[(11)]，五十者可以衣帛矣。鸡豚狗彘之畜[(12)]，无失其时，七十者可以食肉矣。百亩之田，勿夺其时，数口之家，可以无饥矣；谨庠序之教[(13)]，申之以孝悌之义，颁白者不负戴于道路矣[(14)]。七十者衣帛食肉，黎民不饥不寒，然而不王者，未之有也。"

"狗彘食人食而不知检[(15)]，涂有饿莩而不知发，人死，则曰：'非我也，岁也。'是何异于刺人而杀之，曰'非我也，兵也'？王无罪岁，斯天下之民至焉[(17)]。"

【注释】

（1）梁惠王：战国时期魏国的国君，姓魏，名罃。魏国都城在大梁，今河南省开封市西北，所以魏惠王又称梁惠王。

（2）焉耳矣：焉、耳、矣都是句末助词，重叠使用，加重语气。

（3）凶：谷物收成不好，荒年。

（4）加少：更少。加多：更多。加：副词，更、再。

（5）请以战喻：让我用打仗来做比喻。请：有"请允许我"的意思。

（6）填：拟声词，模拟鼓声。鼓之：敲起鼓来，发动进攻。古人击鼓进攻，鸣锣退兵。鼓：动词。之：没有实在意义的衬字。

（7）曳：拖着。走：跑，这里指逃跑。或：有的人。以：凭着，借口。笑：耻笑，讥笑。

（8）不可胜食：吃不完。胜：尽。数罟不入洿池：这是为了防止破坏鱼的生长和繁殖。数：密。罟：网。洿池：池塘，水塘。

（9）养生：供养活着的人。丧死：为死了的人办丧事。憾：遗憾。

（10）王道：以仁义治天下，这是儒家的政治主张。与当时诸侯奉行的以武力统一天下的“霸道”相对。

（11）五亩：先秦时五亩约合21世纪一亩二分多。树：种植。

（12）豚：小猪。彘：猪。畜：畜养，饲养。

（13）谨：谨慎，这里指认真从事。庠序：古代的乡学。庠（xiáng）：设在党中的学校。序：设在遂中的学校。教：教化。

（14）申：反复陈述。孝悌：敬爱父母和兄长。义：道理。颁白：头发花白。颁，通“斑”。负：背负着东西。戴：头顶着东西。

（15）食人食：前一个“食”，动词，吃；后一个“食”，名词，指食物。检：检点，制止、约束。

（16）涂：通“途”，道路。饿莩：饿死的人。莩（piǎo）：同“殍”。发：指打开粮仓，赈济百姓。

（17）岁：年岁、年成。罪：归咎，归罪。斯：则、那么。

逍遥游（节选）

北冥有鱼，其名为鲲。鲲之大，不知其几千里也。化而为鸟，其名为鹏。鹏之背，不知其几千里也。怒而飞，其翼若垂天之云。是鸟也，海运则将徙于南冥。南冥者，天池也。齐谐者[(1)]，志怪者也。谐之言曰：“鹏之徙于南冥也，水击三千里，抟扶摇而上者九万里，去以六月息者也。”野马也[(2)]，尘埃也，生物之以息相吹也。天之苍苍，其正色邪？其远而无所至极邪？其视下也，亦若是则已矣。且夫水之积也不厚，则其负大舟也无力。覆杯水于坳堂之上，则芥为之舟，置杯焉则胶，水浅而舟大也。风之积也不厚，则其负大翼也无力。故九万里，则风斯在下矣，而后乃今培风[(3)]；背负青天而莫之夭阏者[(4)]，而后乃今将图南。蜩与学鸠笑之曰[(5)]：“我决起而飞，抢榆枋。时则不至，而控于地而已矣，奚以之九万里而南为？”适莽苍者，三飡而反，腹犹果然；适百里者，宿舂粮；适千里者，三月聚粮。之二虫，又何知！小知不及大知，小年不及大年。奚以知其然也？朝菌不知晦朔，蟪蛄不知春秋，此小年也。楚之南有冥灵者[(6)]，以五百岁为春，五百岁为秋；上古有大椿者，以八千岁为春，八千岁为秋，此大年也。而彭祖乃今以久特闻[(7)]，众人匹之，不亦悲乎！

汤之问棘也是已[(8)]：穷发之北，有冥海者，天池也。有鱼焉，其广数千里，未有知其修者，其名为鲲。有鸟焉，其名为鹏，背若泰山，翼若垂天之云；传扶摇羊角而上者九万里[(9)]，绝云气，负青天，然后图南，且适南冥也。斥鴳笑之曰[(10)]：“彼且奚适也！我腾跃而上，不过数仞而下，翱翔蓬蒿之间，此亦飞之至也。而彼且奚适也。”此小大之辨也。

故夫知效一官，行比一乡，德合一君，而征一国者，其自视也，亦若此矣。而宋荣子犹然[(11)]笑之。且举世誉之而不加劝，举世非之而不加沮[(12)]，定[(13)]乎内外[(13)]之分，辩乎荣辱之境，斯已矣。彼其于世，未数数然[(14)]也。虽然，犹有未树也。夫列子御风而行，泠然善也，旬[15]有五日而后反。彼于致福者，未数数然也。此虽免乎行，犹有所待者也。若夫乘天地之正，而御六气之辩[16]，以游无穷者，彼且恶[17]乎待哉？故曰：至人无己[18]，神人无功[19]，圣人无名[20]。

【注释】

（1）齐谐：一说人名，一说书名。

（2）野马：月光中夹杂尘埃的游气。

（3）培风：乘风。

（4）夭阏（è）：阻塞。

（5）蜩（tiáo）：蝉。学鸠：斑鸠。

（6）冥灵：大木名。

（7）彭祖：相传姓篯名铿，唐尧的臣子，封于彭城，历虞夏至商，七百余岁。久特：独能长久，指长寿。

（8）汤：商朝开国君主。棘：相传为商汤时的大夫。

（9）羊角：羊角风，即旋风。

（10）斥鴳：小鸟。

（11）犹然：喜笑的样子。犹：通“繇”，喜。

（12）非：责难，批评。沮（jǔ）：沮丧。

（13）定：认清。内外：这里分别指自身和身外之物。在庄子看来，自主的精神是内在的，荣誉和非难都是外在的，而只有自主的精神才是重要的、可贵的。

（14）数（shuò）数然：汲汲然，指急迫用世、谋求名利、拼命追求的样子。

（15）旬：十天。

（16）御六气之辩：驾驭六气的变化。御：驾驭、把握。六气：指阴、阳、风、雨、晦、明。辩：通“变”，变化的意思。

（17）恶（wū）：何，什么。

（18）至人：庄子认为修养最高的人。下文“神人”“圣人”义相近。无己：清除外物与自我的界限，达到忘掉自己的境界，即物我不分。

（19）神人：这里指精神世界完全能超脱于物外的人。无功：无作为，故无功利。

（20）圣人：这里指思想修养臻于完美的人。无名：不追求名誉地位，不立名。

第二节　秦汉散文

司马迁（二篇）

鸿门宴

章邯使人见项羽，欲约。项羽召军吏谋曰：“粮少，欲听其约。”军吏皆曰：“善。”

项羽乃与期洹水南殷虚上[1]。已盟，章邯见项羽而流涕，为言赵高。项羽乃立章邯为雍王，置楚军中。使长史欣为上将军，将秦军为前行。

到新安。诸侯吏卒异时故谣使屯戍过秦中，秦中吏卒遇之多无状，及秦军降诸侯，诸侯吏卒乘胜多奴虏使之，轻折辱秦吏卒。秦吏卒多窃言曰："章将军等诈吾属降诸侯，今能入关破秦，大善；即不能，诸侯虏吾属而东，秦必尽诛吾父母妻子。"诸将微闻其计，以告项羽。项羽乃召黥布、蒲将军计曰："秦吏卒尚众，其心不服，至关中不听，事必危，不如击杀之，而独与章邯、长史欣、都尉翳入秦。"于是楚军夜击翳秦卒二十馀万人新安城南。

行略定秦地。函谷关有兵守关，不得入。又闻沛公已破咸阳。项羽大怒，使当阳君等击关。项羽遂入，至于戏西[2]。沛公军霸上[3]，未得与项羽相见。沛公左司马曹无伤使人言于项羽曰："沛公欲王关中，使子婴为相，珍宝尽有之。"项羽大怒，曰："旦日飨士卒，为击破沛公军！"当是时，项羽兵四十万，在新丰鸿门[4]；沛公兵十万，在霸上。范增说项羽曰："沛公居山东时[5]，贪于财货，好美姬。今入关，财物无所取，妇女无所幸，此其志不在小。吾令人望其气，皆为龙虎，成五采，此天子气也。急击勿失！"

楚左尹项伯者，项羽季父也，素善留侯张良。张良是时从沛公，项伯乃夜驰之沛公军，私见张良，具告以事，欲呼张良与俱去。曰："毋从俱死也。"张良曰："臣为韩王送沛公，沛公今事有急，亡去不义，不可不语。"良乃入，具告沛公。沛公大惊，曰："为之奈何？"张良曰："谁为大王为此计者？"曰："鲰生说我曰：'距关，毋内诸侯，秦地可尽王也。'故听之。" 良曰："料大王士卒足以当项王乎？"沛公默然，曰："固不如也，且为之奈何？"张良曰："请往谓项伯，言沛公不敢背项王也。"沛公曰："君安与项伯有故？"张良曰："秦时与臣游，项伯杀人，臣活之。今事有急，故幸来告良。"沛公曰："孰与君少长？"良曰："长于臣。"沛公曰："君为我呼入，吾得兄事之。"张良出，要项伯。项伯即入见沛公。沛公奉卮酒为寿，约为婚姻。曰："吾入关，秋毫不敢有所近，籍吏民，封府库，而待将军。所以遣将守关者，备他盗之出入与非常也。日夜望将军至，岂敢反乎！愿伯具言臣之不敢倍德也[6]。"项伯许诺，谓沛公曰："旦日不可不蚤自来谢项王！"沛公曰："诺。"于是项伯复夜去，至军中，具以沛公言报项王。因言曰："沛公不先破关中，公岂敢入乎？今人有大功而击之，不义也。不如因善遇之。"项王许诺。

沛公旦日从百余骑来见项王，至鸿门，谢曰："臣与将军戮力而攻秦，将军战河北，臣战河南，然不自意能先入关破秦，得复见将军于此。今者有小人之言，令将军与臣有郤[7]。"项王曰："此沛公左司马曹无伤言之，不然，籍何以至此。"项王即日因留沛公与饮。项王、项伯东向坐，亚父南向坐[8]。亚父者，范增也。沛公北向坐，张良西向侍。范增数目项王，举所佩玉玦以示之者三，项王默然不应。范增起，出召项庄，谓曰："君王为人不忍，若入前为寿，寿毕，请以剑舞，因击沛公于坐，杀之。不者，若属皆且为所虏。"庄则入为寿。寿毕，曰："君王与沛公饮，军中无以为乐，请以剑舞。"项王曰："诺。"项庄拔剑起舞，项伯亦拔剑起舞，常以身翼蔽沛公，庄不得击。于是张良至军门，见樊哙。樊哙曰："今日之事何如？"良曰："甚急！今者项庄拔剑舞，其意常在沛公也。"哙曰："此迫矣！臣请入，与之同命！"哙即带剑拥盾入军门。交戟之卫士欲止不内，樊哙侧其盾以撞，卫士仆地，哙遂入，披帷西向立，瞋目视项王，头发上指，目眦尽裂。项王按剑而跽曰："客何为者？"张良曰："沛公之参乘樊哙者也。"项王曰："壮士！赐之卮酒！"则与斗卮酒。哙拜谢，起，立而饮之。项王曰："赐之彘肩！"则与一生彘肩。樊哙覆其盾于地，加彘肩上，拔剑切而啖之。项王曰："壮士！能复饮乎？"樊哙曰："臣死且不避，卮酒安足辞！

夫秦王有虎狼之心，杀人如不能举，刑人如恐不胜，天下皆叛之。怀王与诸将约曰：'先破秦入咸阳者王之。'今沛公先破秦入咸阳，毫毛不敢有所近，封闭宫室，还军霸上，以待大王来。故遣将守关者，备他盗出入与非常也。劳苦而功高如此，未有封侯之赏，而听细说，欲诛有功之人。此亡秦之续耳，窃为大王不取也！"项王未有以应，曰："坐！"樊哙从良坐。坐须臾，沛公起如厕，因招樊哙出。

沛公已出，项王使都尉陈平召沛公。沛公曰："今者出，未辞也，为之奈何？"樊哙曰："大行不顾细谨，大礼不辞小让。如今人方为刀俎，我为鱼肉，何辞为！"于是遂去。乃令张良留谢。良问曰："大王来何操[9]？"曰："我持白璧一双，欲献项王；玉斗一双，欲与亚父。会其怒，不敢献。公为我献之。"张良曰："谨诺。"当是时，项王军在鸿门下，沛公军在霸上，相去四十里。沛公则置车骑，脱身独骑，与樊哙、夏侯婴、靳强、纪信等四人持剑盾步走，从郦山下，道芒阳间行[10]。沛公谓张良曰："从此道至吾军，不过二十里耳。度我至军中，公乃入。"沛公已去，间至军中，张良入谢，曰："沛公不胜杯杓，不能辞。谨使臣良奉白璧一双，再拜献大王足下；玉斗一双，再拜奉大将军足下。"项王曰："沛公安在？"良曰："闻大王有意督过之，脱身独去，已至军矣。"项王则受璧，置之坐上。亚父受玉斗，置之地，拔剑撞而破之，曰："唉！竖子不足与谋！夺项王天下者，必沛公也，吾属今为之虏矣！"沛公至军，立诛杀曹无伤。

居数日，项羽引兵西屠咸阳，杀秦降王子婴；烧秦宫室，火三月不灭；收其货宝妇女而东。人或说项王曰："关中阻山河，四塞地，肥饶，可都以霸。"项王见秦宫室皆以烧残破，又心怀思欲东归，曰："'富贵不归故乡，如衣绣夜行。'谁知之者？"说者曰："人言楚人沐猴而冠耳，果然。"项王闻之，烹说者。

【注释】

（1）洹水：即安阳河，在今河南安阳。

（2）戏西：戏水之西，在今陕西临潼之东。

（3）霸上：即陕西霸水之西白鹿原。

（4）新丰鸿门：在今陕西临潼之东。

（5）山东：指河南崤山以东地区。

（6）倍德：即背德，指忘恩负义。

（7）有郤（xì）：有隙，有裂痕。

（8）亚父：项羽对范增的尊称。

（9）何操：指带什么礼物。

（10）芒阳：秦县名，汉改名霸陵，在今西安市东。

报任少卿书

太史公牛马走司马迁再拜言，少卿足下[(1)]：曩者辱赐书，教以慎于接物，推贤进士为务，意气勤勤恳恳。若望仆不相师用，而流俗人之言。仆非敢如此也。仆虽罢驽，亦尝侧闻长者之遗风矣。顾自以为身残处秽[(2)]，动而见尤，欲益反损，是以独郁悒而与谁语。谚曰："谁为为之？孰令听之？"盖钟子期死，伯牙终身不复鼓琴。何则？士为知己者用，女为悦己者容。若仆大质已亏缺矣，虽才怀随和[(3)]，行若由夷[(4)]，终不可以为荣，适足以见笑而自点耳。书辞宜答，会东从上来[(5)]，又迫贱事，相见日浅，卒卒无须臾之闲，得竭至意。今少卿抱不测之罪，涉旬月，迫季冬，仆又薄从上雍[(6)]，恐卒然不可为讳[(7)]。是仆终已不得舒愤懑以晓左右，则长逝者魂魄私恨无穷。请略陈固陋。阙然久不报，幸勿为过。

仆闻之：修身者，智之符也；爱施者，仁之端也；取与者，义之表也；耻辱者，勇之决也；立名者，行之极也。士有此五者，然后可以托于世，而列于君子之林矣。故祸莫憯于欲利，悲莫痛于伤心，行莫丑于辱先，诟莫大于宫刑。刑徐之人，无所比数，非一世也，所从来远矣。昔卫灵公与雍渠同载[(8)]，孔子适陈；商鞅因景监见[(9)]，赵良寒心；同子参乘[(10)]，袁丝变色：自古而耻之。夫以中才之人，事有关于宦竖，莫不伤气，而况于慷慨之士乎？如今朝廷虽乏人，奈何令刀锯之馀，荐天下豪俊哉！仆赖先人绪业，得待罪辇毂下，二十徐年矣。所以自惟，上之不能纳忠效信？有奇策才力之誉，自结明主；次之又不能拾遗补阙，招贤进能，显岩穴之士；外之又不能备行伍，攻城野战，有斩将搴旗之功；下之不能积日累劳，取尊官厚禄，以为宗族交游光宠。四者无一遂，苟合取容，无所短长之效，可见于此矣。向者仆尝厕下大夫之列，陪外廷末议。不以此时引纲维[(11)]，尽思虑，今已亏形为扫除之隶，在阘茸之中[(12)]，乃欲仰首伸眉，论列是非，不亦轻朝廷，羞当世之士邪？嗟乎！嗟乎！如仆，尚何言哉！尚何言哉！

且事本末未易明也。仆少负不羁之才，长无乡曲之誉。主上幸以先人之故，使得奏薄技，出入周卫之中。仆以为戴盆何以望天，故绝宾客之知，忘室家之业，日夜思竭其不肖之才力，务一心营职，以求亲媚于主上。而事乃有大谬不然者！夫仆与李陵俱居门下[(13)]，素非能相善也。趣舍异路，未尝衔杯酒，接殷勤之馀欢。然仆观其为人，自守奇士：事亲孝，与士信，临财廉，取与义，分别有让，恭俭下人，常思奋不顾身以徇国家之急。其素所蓄积也，仆以为有国士之风。夫人臣出万死不顾一生之计，赴公家之难，斯已奇矣。今举事一不当，而全躯保妻子之臣，随而媒蘖其短，仆诚私心痛之。且李陵提步卒不满五千，深践戎马之地，足历王庭，垂饵虎口，横挑强胡，仰亿万之师，与单于连战十有馀日，所杀过当。虏救死扶伤不给，旃裘之君长咸震怖。乃悉征其左右贤王，举引弓之民，一国共攻而围之。转斗千里，矢尽道穷，救兵不至，士卒死伤如积。然陵一呼劳军，士无不起躬流涕，沫血饮泣，更张空弮，冒白刃，北向争死敌者。陵未没时，使有来报，汉公卿王侯皆奉觞上寿。后数日，陵败书闻，主上为之食不甘味，听朝不怡。大臣忧惧，不知所出。仆窃不自料其卑贱，见主上惨怆怛悼，诚欲效其款款之愚。以为李陵素与士大夫绝甘分少，能得人死力，虽古之名将，不能过也。身虽陷败，彼观其意，且欲得其当而报于汉。事已无可奈何，其所摧败，功亦足以暴于天下矣。仆怀欲陈之，而未有路。适会召问，即以此指，推言陵之功。欲以广主上之意，塞睚眦之辞。未能尽明，明主不晓，以为仆沮贰师，而为李陵游说，遂下于理[14]。拳拳之忠，终不能自列，因为诬上，卒从吏议。家贫，货赂不足以自赎；交游莫救，左右亲近不为一言。身非木石，独与法吏为伍，深幽囹圄之中，谁可告愬者！此正少卿所亲见，仆行事岂不然邪？李陵既生降，隤其家声，而仆又佴之蚕室[15]，重为天下观笑。悲夫！悲夫！事未易一二为俗人言也。

仆之先非有剖符丹书之功，文史星历，近乎卜祝之间，固主上所戏弄，倡优畜之，流俗之所轻也。假令仆伏法受诛，若九牛亡一毛，与蝼蚁何以异？而世又不与能死节者，特以为智穷罪极，不能自免，卒就死耳。何也？素所自树立使然也。人固有一死，或重于太山，或轻于鸿毛，用之所趋异也。太上不辱先，其次不辱身，其次不辱理色[16]，其次不辱辞令，其次诎体受辱，其次易服受辱，其次关木索、被箠楚受辱，其次剔毛发、婴金铁受辱，其次毁肌肤、断肢体受辱，最下腐刑极矣！传曰："刑不上大夫。"此言士节不可不勉励也。猛虎在深山，百兽震恐，及在槛穽之中，摇尾而求食，积威约之渐也。故士有画地为牢，势不可入，削木为吏，议不可对，定计于鲜也。今交手足，受木索，暴肌肤，受榜箠，幽于圜墙之中。当此之时，见狱吏则头枪地，视徒隶则心惕息。何者？积威约之势也。及已至是，言不辱者，所谓强颜耳，曷足贵乎？且西伯，伯也，拘于羑里[17]；李斯，相也，具于五刑；淮阴，王也，受械于陈；彭越、张敖，南面称孤，系狱抵罪；绛侯诛诸吕，权倾五伯，囚于请室[18]；魏其，大将也，衣赭衣，关三木[19]；季布为朱家钳奴；灌夫受辱于居室[20]。此人皆身至王侯将相，声闻邻国，及罪至罔加，不能引决自裁，在尘埃之中。古今一体，安在其不辱也？由此言之，勇怯，势也；强弱，形也。审矣，何足怪乎？夫人不能早自裁绳墨之外，以稍陵迟，至于鞭箠之间，乃欲引节，斯不亦远乎！古人所以重施刑于大夫者，殆为此也。夫人情莫不贪生恶死，念父母，顾妻子。至激于义理者不然，乃有所不得已也。今仆不幸，早失父母，无兄弟之亲，独身孤立，少卿视仆于妻子何如哉？且勇者不必死节，怯夫慕义，何处不勉焉！仆虽怯懦，欲苟活，亦颇识去就之分矣，何至自沉溺缧绁之辱哉！且夫臧获婢妾，犹能引决，况仆之不得已乎？所以隐忍苟活，幽于粪土之中而不辞者，恨私心有所不尽，鄙陋没世，而文采不表于后世也。

古者富贵而名摩灭，不可胜记，唯倜傥非常之人称焉。盖文王拘而演《周易》；仲尼厄而作《春秋》；屈原放逐，乃赋《离骚》；左丘失明，厥有《国语》；孙子膑脚，兵法修列；不韦迁蜀，世传《吕览》；韩非囚秦，《说难》《孤愤》；《诗》三百篇，大底圣贤发愤之所为作也。此人皆意有所郁结，不得通其道，故述往事，思来者。乃如左丘无目，孙子断足，终不可用，退而论书策，以舒其愤，思垂空文以自见。仆窃不逊，近自托于无能之辞，网罗天下放失旧闻，略考其行事，综其终始，稽其成败兴坏之纪，上计轩辕，下至于兹，为十表，本纪十二，书八章，世家三十，列传七十，凡百三十篇。亦欲以究天人之际，通古今之变，成一家之言。草创未就，会遭此祸。惜其不成，是以就极刑而无愠色。仆诚已著此书，藏诸名山，传之其人，通邑大部，则仆偿前辱之责，虽万被戮，岂有悔哉！然此可为智者道，难为俗人言也！

且负下未易居，下流多谤议。仆以口语遇遭此祸，重为乡党所笑，以污辱先人，亦何面目复上父母丘墓乎？虽累百世，垢弥甚耳！是以肠一日而九回，居则忽忽若有所亡，出则不知所如往。每念斯耻，汗未尝不发背沾衣也！身直为闺阁之臣，宁得自引深藏于岩穴邪？故且从俗浮沉，与时俯仰，以通其狂惑。今少卿乃教以推贤进士，无乃与仆私心刺谬乎？今虽欲自雕琢，曼辞以自饰，无益，于俗不信，适足取辱耳。要之，死日然后是非乃定。书不能悉意，略陈固陋。谨再拜。

【注释】

（1）少卿：任少卿。任安字少卿，荥阳人，曾为大将军卫青舍人。

（2）身残处秽：指受过宫刑，名受污秽。

（3）随和：指随侯之珠与和氏之璧。

（4）由夷：指德行如许由与伯夷。

（5）东从上来：随从皇帝东来。

（6）薄从上雍：迫近随皇帝去雍地的日期。

（7）不可为讳：指任安可能被处死刑。

（8）卫灵公与雍渠同载：卫灵公与夫人南子出游，以宦者雍渠为参乘。孔子恶之，故去卫适陈。

（9）景监：秦孝公宠信的宦官。由其引荐，商鞅才得见秦孝公。其僚友赵良为之寒心。

（10）同子：指宦官赵谈。赵谈名与司马迁父亲同名，故称“同子”。宦官赵谈参乘，郎中袁丝（盎）伏车前谏曰：“奈何与刀锯之馀共载？”以上三例，说明宦者之卑下，为人所耻。

（11）纲维：国家法令。

（12）阘茸（tàróng）：指下贱的人。

（13）李陵：汉名将李广的孙子。善骑射，率兵入匈奴，矢尽援绝，被浮而降。司马迁对他表示同情，故获罪。

（14）下于理：下于大理，由刑庭审处。

（15）佴之蚕室：放置密不通风的屋室。蚕室：受宫刑者居处。

（16）理色：颜色。

（17）羑（yǒu）里：在今河南汤阴一带。商纣王曾拘西伯（周文王）于羑里。

（18）请室：官署特设的监狱。绛侯周勃曾囚于请室。

（19）关三木：加于颈、手、足的刑具。

（20）居室：少府下属官署，后改名保宫。

第三节　魏晋南北朝散文

王粲

登楼赋

登兹楼以四望兮[(1)]，聊暇日以销忧。览斯宇之所处兮，实显敞而寡仇。挟清漳之通浦兮[(2)]，倚曲沮之长洲；背坟衍之广陆兮，临皋隰之沃流。北弥陶牧[(3)]，西接昭丘[(4)]；华实蔽野，黍稷盈畴。虽信美而非吾土兮，曾何足以少留？

遭纷浊而迁逝兮，漫逾纪以迄今。情眷眷而怀归兮，孰忧思之可任？凭轩槛以遥望兮，向北风而开襟。平原远而极目兮，蔽荆山之高岑。路逶迤而修迥兮，川既漾而济深。悲旧乡之壅隔兮，涕横坠而弗禁。昔尼父之在陈兮，有“归欤”之叹音[(5)]。钟仪幽而楚奏兮[(6)]，庄舄显而越吟[(7)]。人情同于怀土兮，岂穷达而异心？

惟日月之逾迈兮，俟河清其未极。冀王道之一平兮，假高衢而骋力。惧匏瓜之徒悬兮[(8)]，畏井渫之莫食[(9)]。步栖迟以徙倚兮，白日忽其将匿。风萧瑟而并兴兮，天惨惨而无色。兽狂顾以求群兮，鸟相鸣而举翼。原野阒其无人兮，征夫行而未息。心凄怆以感发兮，意忉怛而憯恻。循阶除而下降兮，气交愤于胸臆。夜参半而不寐兮，怅盘桓以反侧。

【注释】

（1）兹楼：指荆州当阳城楼。当阳，今属湖北。

（2）清漳：指漳水。源出荆山，流经当阳。

（3）陶牧：陶朱公范蠡墓地。

（4）昭丘：楚昭王坟墓。

（5）“昔尼父”二句：孔子厄于陈蔡，有“归欤”之叹，见《论语・公冶长》。尼父：孔子字仲尼，世称尼父。

（6）钟仪：楚国乐官，为郑所俘，献于晋国。晋侯命操奏，于是奏楚调。

（7）越人庄舄居楚，时作越吟，不忘故国。

（8）匏瓜之徒悬：孔子曰：“吾岂匏瓜也哉，焉能系而不食？”（《论语・阳货》）意谓不能不为世所用。

（9）井渫之莫食：《周易・井卦》：“井渫不食，为我心恻。”井渫：井水。

王羲之

兰亭集序

永和九年[1]，岁在癸丑，暮春之初，会于会稽山阴之兰亭，修褉事也[2]。群贤毕至，少长咸集。此地有崇山峻岭，茂林修竹，又有清流激湍，映带左右。引以为流觞曲水[3]，列坐其次，虽无丝竹管弦之盛，一觞一咏，亦足以畅叙幽情。是日也，天朗气清，惠风和畅。仰观宇宙之大，俯察品类之盛，所以游目骋怀，足以极视听之娱，信可乐也。

夫人之相与，俯仰一世。或取诸怀抱，悟言一室之内；或因寄所托，放浪形骸之外。虽趣舍万殊[4]，静躁不同，当其欣于所遇，暂得于己，快然自足，不知老之将至[5]。及其所之既倦，情随事迁，感慨系之矣。向之所欣，俯仰之间，已为陈迹，犹不能不以之兴怀。况修短随化，终期于尽。古人云："死生亦大矣[6]！"岂不痛哉！

每览昔人兴感之由，若合一契，未尝不临文嗟悼，不能喻之于怀。固知一死生为虚诞[7]，齐彭殇为妄作[8]。后之视今，亦犹今之视昔，悲乎！故列叙时人，录其所述。虽世殊事异，所以兴怀，其致一也。后之览者，亦将有感于斯文。

【注释】

（1）永和九年：公元 353 年。永和：晋穆帝年号。

（2）修褉：古时上巳日（三月三日）于水边嬉戏，拔邪求福，称修褉。

（3）流觞曲水：浮杯曲水之中，杯止谁前，即引杯饮酒。是一种劝酒方式。

（4）趣舍：即取舍。

（5）不知老之将至：语出《论语·述而》："其为人也，发愤忘食，乐以忘忧，不知老之将至云尔。"

（6）死生亦大矣：语出《庄子·德充符》。

（7）一死生：《庄子·德充符》："以死生为一条。"

（8）彭殇：彭祖与殇子。彭祖长寿，殇子夭折。《庄子·齐物论》："莫寿于殇子，而彭祖为夭。"

陶渊明（二篇）

桃花源记

晋太元中[1]，武陵人捕鱼为业[2]。缘溪行，忘路之远近，忽逢桃花林。夹岸数百步，中无杂树，芳草鲜美，落英缤纷。渔人甚异之[3]，复前行，欲穷其林。

林尽水源，便得一山。山有小口，仿佛若有光，便舍船，从口入。初极狭，才通人。复行数十步，豁然开朗[4]。土地平旷，屋舍俨然，有良田美池桑竹之属，阡陌交通，鸡犬相闻。其中往来种作，男女衣着，悉如外人。黄发垂髫[5]，并怡然自乐。见渔人，乃大惊，问所从来。具答之。便要还家，设酒杀鸡作食。村中闻有此人，咸来问讯。自云先世避秦时乱，率妻子邑人来此绝境，不复出焉，遂与外人间隔。问今是何世，乃不知有汉，无论魏晋。此人一一为具言所闻，皆叹惋。馀人各复延至[6]其家，皆出酒食。停数日辞去，此中人语云：不足为外人道也。

既出，得其船，便扶向路，处处志之。及郡下，诣太守说如此。太守即遣人随其往，寻向所志，遂迷，不复得路。南阳刘子骥[7]，高尚士也，闻之，欣然规往[8]。未果，寻病终，后遂无问津者[9]。

【注释】

（1）太元：东晋孝武帝年号（376－396）。

（2）武陵：今湖南常德一带。

（3）异之：即“以之为异”，对见到的景象感到诧异。异：意动用法，形作动，以……为异，对……感到惊异，认为……是奇异的。之：代词，指见到的景象。

（4）豁然开朗：形容由狭窄幽暗突然变得开阔明亮的样子。然：……的样子。豁然：形容开阔的样子。开朗：开阔明亮。

（5）黄发垂髫：指老人和小孩。黄发：古时认为老人头发由白转黄是长寿的象征，这指老人。垂髫：古时小孩不扎结头发，头发下垂，这里指小孩子。髫：小孩垂下的短发。

（6）延至：邀请到。延：邀请。至：到。

（7）刘子骥：名驎之，南阳人，晋时隐士，好游山修道。

（8）规往：计划前往。规：计划，打算。

（9）问津：问路，这里是探访、访求的意思。津：本义渡口。

五柳先生传

先生不知何许人也，亦不详其姓字。宅边有五柳树，因以为号焉。闲静少言，不慕荣利。好读书，不求甚解；每有会意，便欣然忘食。性嗜酒，家贫不能常得。亲旧知其如此[1]，或置酒而招之。造饮辄尽，期在必醉；既醉而退，曾不吝情去留[2]。环堵萧然[3]，不蔽风日，短褐穿结[4]，箪瓢屡空[5]，晏如也[6]。常著文章自娱，颇示己志。忘怀得失，以此自终。

赞曰：黔娄之妻有言[8]：“不戚戚于贫贱，不汲汲于富贵。”其言兹若人之俦乎？酬觞赋诗，以乐其志。无怀氏之民欤？葛天氏之民欤[9]？

【注释】

（1）亲旧：亲戚朋友。旧：这里指旧交、旧友。如此：像这样，指上文所说的“性嗜酒，家贫不能常得”。

（2）曾不吝情去留：五柳先生态度率真，来了就喝酒，喝完就走。曾不：竟不。

吝情：舍不得。去留：意思是离开。

（3）环堵萧然：简陋的居室里空空荡荡。环堵：周围都是土墙，形容居室简陋。堵：墙壁。萧然：空寂的样子。

（4）短褐穿结：粗布短衣上打了个补丁。短褐：粗布短衣。穿结：指衣服破烂。穿：破。结：缝补。

（5）箪瓢屡空：形容贫困，难以吃饱。箪：盛饭的圆形竹器。瓢：饮水用具。屡：经常。

（6）晏如：安然自若的样子。

（7）赞：传记结尾的评论性文字。

（8）黔娄：战国时期齐稷下先生，齐国有名的隐士和著名的道家学，无意仕途，屡次辞去诸侯聘请。他死后，曾子前去吊丧，黔娄的妻子称赞黔娄“甘天下之淡味，安天下之卑位，不戚戚于贫贱，不汲汲于富贵。求仁而得仁，求义而得义。”戚戚：忧愁的样子。汲汲：极力营求的样子、心情急切的样子。

（9）“无怀氏”二句：无怀氏与葛天氏，皆传说中上古帝王。其民老死不相往来，不化而自行。见《路史·禅通记》。

第四节　唐代散文

韩愈（二首）

送孟东野序

大凡物不得其平则鸣。草木之无声，风挠之鸣。水之无声，风荡之鸣。其跃也，或激之；其趋也，或梗之；其沸也，或炙之。金石之无声，或击之鸣。人之于言也亦然，有不得已者而后言。其歌也有思，其哭也有怀。凡出乎口而为声者，其皆有弗平者乎！

乐也者，郁于中而泄于外者也，择其善鸣者而假之鸣。金、石、丝、竹、匏、土、革、木八者，物之善鸣者也。维天之于时也亦然，择其善鸣者而假之鸣。是故以鸟鸣春，以雷鸣夏，以虫鸣秋，以风鸣冬。四时之相推敚，其必有不得其平者乎？

其于人也亦然。人声之精者为言，文辞之于言，又其精也，尤择其善鸣者而假之鸣。其在唐、虞，咎陶、禹[(1)]，其善鸣者也，而假以鸣。夔弗能以文辞鸣[(2)]，又自假于《韶》以鸣。夏之时，五子以其歌鸣[(3)]。伊尹鸣殷[(4)]，周公鸣周[(5)]。凡载于《诗》《书》六艺，皆鸣之善者也。周之衰，孔子之徒鸣之，其声大而远。《传》曰：“天将以夫子为木铎。”其弗信矣乎？其末也，庄周以其荒唐之辞鸣。楚，大国也，其亡也，以屈原鸣。臧孙辰、孟轲、荀卿，以道鸣者也。杨朱、墨翟、管夷吾、晏婴、老聃、申不害、韩非、昚到、田骈、邹衍、尸佼、孙武、张仪、苏秦之属，皆以其术鸣。秦之兴，李斯鸣之。汉之时，司马迁、相如、扬雄，最其善鸣者也。其下魏、晋氏，鸣者不及于古，然亦未尝绝也。

就其善者，其声清以浮，其节数以急，其辞淫以哀，其志弛以肆，其为言也，乱杂而无章。天将丑其德，莫之顾邪？何为乎不鸣其善鸣者也？

唐之有天下，陈子昂、苏源明、元结、李白、杜甫、李观，皆以其所能鸣。其存而在下者，孟郊东野，始以其诗鸣。其高出魏、晋，不懈而及于古；其他浸淫乎汉氏矣。从吾游者，李翱、张籍其尤也。三子者之鸣信善矣。抑不知天将和其声而使鸣国家之盛邪？抑将穷饿其身、思愁其心肠而使自鸣其不幸邪？三子者之命，则悬乎天矣。其在上也奚以喜？其在下也奚以悲？东野之役于江南也，有若不释然者，故吾道其命于天者以解之。

【注释】

（1）咎陶（gāoyáo）：一作皋陶，又作咎繇，虞舜的臣，掌司法，造律立狱。禹：传说中夏朝的开国之君，原为舜臣，治水有功。

（2）夔（kuí）：舜时的乐官。制《韶》乐。

（3）五子：太康的五个弟弟。怨太康失夏国，作歌述夏禹的警戒。

（4）伊尹：名挚，殷代的贤相，放逐商汤之孙太甲，使其反省，及其悔悟，复接回治国。

（5）周公：名旦，周武王姬发之弟。武王死后，辅佐成王。

祭十二郎文

年月日，季父愈闻汝丧之七日，乃能衔哀致诚，使建中远具时羞之奠[(1)]，告汝十二郎之灵[(2)]：呜呼！吾少孤，及长，不省所怙，惟兄嫂是依。中年，兄殁南方，吾与汝俱幼，从嫂归葬河阳[(3)]；既又与汝就食江南，零丁孤苦，未尝一日相离也。吾上有三兄，皆不幸早世。承先人后者，在孙惟汝，在子惟吾，两世一身，形单影只。嫂尝抚汝指吾而言曰："韩氏两世，惟此而已！"汝时尤小，当不复记忆；吾时虽能记忆，亦未知其言之悲也。

吾年十九，始来京城。其后四年，而归视汝。又四年，吾往河阳省坟墓，遇汝从嫂丧来葬。又二年，吾佐董丞相于汴州[(4)]，汝来省吾，止一岁，请归取其孥。明年，丞相薨，吾去汴州，汝不果来。是年，吾佐戎徐州，使取汝者始行，吾又罢去，汝又不果来。吾念汝从于东，东亦客也，不可以久；图久远者，莫如西归，将成家而致汝。呜呼！孰谓汝遽去吾而殁乎！吾与汝俱少年，以为虽暂相别，终当久相与处，故舍汝而旅食京师，以求斗斛之禄。诚知其如此，虽万乘之公相，吾不以一日辍汝而就也！

去年，孟东野往[(5)]，吾书与汝曰："吾年未四十，而视茫茫，而发苍苍，而齿牙动摇。念诸父与诸兄，皆康强而早世，如吾之衰者，其能久存乎？吾不可去，汝不肯来；恐旦暮死，而汝抱无涯之戚也。"孰谓少者殁而长者存，强者夭而病者全乎？呜呼！其信然邪？其梦邪？其传之非其真邪？信也，吾兄之盛德而夭其嗣乎？汝之纯明而不克蒙其泽乎？少者强者而夭殁，长者衰者而存全乎？未可以为信也。梦也，传之非其真也？

东野之书，耿兰之报[6]，何为而在吾侧也？呜呼！其信然矣！吾兄之盛德而夭其嗣矣！汝之纯明宜业其家者，不克蒙其泽矣！所谓天者诚难测，而神者诚难明矣！所谓理者不可推，而寿者不可知矣！虽然，吾自今年来，苍苍者或化而为白矣，动摇者或脱而落矣，毛血日益衰，志气日益微，几何不从汝而死也！死而有知，其几何离？其无知，悲不几时，而不悲者无穷期矣！汝之子始十岁，吾之子始五岁，少而强者不可保，如此孩提者，又可冀其成立邪？呜呼哀哉！呜呼哀哉！

汝去年书云："比得软脚病，往往而剧。"吾曰："是疾也，江南之人，常常有之。"未始以为忧也。呜呼！其竟以此而殒其生乎？抑别有疾而至斯乎？汝之书，六月十七日也。东野云：汝殁以六月二日。耿兰之报无月日。盖东野之使者，不知问家人以月比如耿兰之报，不知当言月日。东野与吾书，乃问使者，使者妄称以应之耳。其然乎？其不然乎？

今吾使建中祭汝，吊汝之孤与汝之乳母，彼有食可守以待终丧，则待终丧而取以来；如不能守以终丧，则遂取以来；其徐奴婢，并令守汝丧。吾力能改葬，终葬汝于先人之兆[7]，然后惟其所愿。

呜呼！汝病吾不知时，汝殁吾不知日，生不能相养以共居，殁不得抚汝以尽哀，敛不凭其棺，窆不临其穴。吾行负神明而使汝夭，不孝不慈，而不得与汝相养以生，相守以死；一在天之涯，一在地之角，生而影不与吾形相依，死而魂不与吾梦相接，吾实为之，其又何尤！彼苍者天，曷其有极！自今已往，吾其无意于人世矣！当求数顷之田，于伊颍之上，以待徐年。教吾子与汝子，幸其成；长吾女与汝女，待其嫁，如此而已！

呜呼！言有穷而情不可终，汝其知也邪？其不知也邪？呜呼哀哉！尚飨！

【注释】

（1）建中：韩愈家的仆人。

（2）十二郎：韩老成，排行第十二，称十二郎。

（3）河阳：在今河南孟县西，韩氏祖坟所在地。

（4）董丞相：指董晋。德宗贞元十二年七月，董晋以检校尚书左仆射同中书门下平章事，任宣武军节度使、汴、宋、亳、颍等州观察使。时韩愈任节度推官。汴州：治所在今河南开封。

（5）孟东野：孟郊。韩愈的好友。

（6）耿兰：当是韩老成家仆。

（7）兆：指墓。

柳宗元（二首）

种树郭橐驼传

郭橐驼，不知始何名。病瘘，隆然伏行，有类橐驼者，故乡人号之"驼"。驼闻之，曰："甚善。名我固当。"因舍其名，亦自谓橐驼云。其乡曰丰乐乡，在长安西。驼业种树。凡长安豪富人为观游及卖果者，皆争迎取养。视驼所种树，或移徙，无不活；且硕茂，早实以善。他植者虽窥伺效慕，莫能如也。

有问之，对曰："橐驼非能使木寿且孳也，能顺木之天，以致其性焉尔。凡植木之性，其本欲舒，其培欲平，其土欲故，其筑欲密。既然已，勿动勿虑，去不复顾。其莳也若子，其置也若弃。则其天者全，而其性得矣。故吾不害其长而已，非有能硕茂之也；不抑耗其实而已，非有能早而蕃之也。他植者则不然。根拳而土易，其培之也，若不过焉则不及。苟有能反是者，则又爱之太恩，忧之太勤。旦视而暮抚，已去而复顾。甚者爪其肤以验其生枯，摇其木以观其疏密，而木之性日以离矣。虽曰爱之，其实害之；虽曰忧之，其实雠之，故不我若也；吾又何能为哉？"

问者曰："以子之道，移之官理，可乎？"驼曰："我知种树而已，理非吾业也。然吾居乡，见长人者好烦其令，若甚怜焉，而卒以祸。旦暮吏来而呼曰：'官命促尔耕，勖尔植，督尔获，早缫而绪，早织而缕，字而幼孩，遂而鸡以劳吏者，且不得暇，又何以蕃吾生而安吾性耶？故病且怠，若是，则与吾业者，其亦有类乎？"

问者曰："嘻，不亦善夫！吾问养树，得养人术。"

传其事，以为官戒。

小石潭记

从小丘[(1)]西行百二十步，隔篁竹，闻水声，如鸣珮环[(2)]，心乐之。伐竹取道，下见小潭，水尤清冽。全石以为底，近岸卷石底以出[(3)]，为坻，为屿，为嵁，为岩[(4)]。青树翠蔓，蒙络摇缀，参差披拂[(5)]。

潭中鱼可百许头[(6)]，皆若空游无所依[(7)]。日光下澈，影布石上[(8)]，佁然不动，俶尔远逝，往来翕忽[(9)]，似与游者相乐。

潭西南而望，斗折蛇行[(10)]，明灭可见。其岸势犬牙差互[(11)]，不可知其源。

坐潭上，四面竹树环合，寂寥无人，凄神寒骨，悄怆幽邃[(12)]。以其境过清，不可久居，乃记之而去。

同游者吴武陵、龚古、余弟宗玄[(13)]；隶而从者，崔氏二小生[(14)]，曰恕己，曰奉壹。

【注释】

（1）小丘：柳宗元在永州住的城内东山法华寺对河的西山的山口往西北方再行二百步便到达钴鉧潭，钴鉧潭西二十五步即为小丘，详见西山八记（又名永州八记或永州九记）的首三篇。

（2）如鸣佩环：好像人身上佩戴的玉佩、玉环相碰发出的声音。

（3）近岸卷石底以出：靠近岸的地方，石底有些部分翻卷过来露出水面。

（4）为坻，为屿，为嵁，为岩：成为坻、屿、嵁、岩等不同的形状。坻：水中高地。屿：小岛。嵁：不平的岩石。

（5）蒙络摇缀，参差披拂：意思是（树枝藤蔓）遮掩缠绕，摇动连结，参差不齐，随风飘拂。

（6）可百许头：大约有一百来条。可：大约。许：表示数目不确定。

（7）皆若空游无所依：都好像在空中游动，什么依靠都没有（水已清澈得像看不到似的）。

（8）日光下澈，影布石上：阳光直射到水底，鱼的影子映在石上。

（9）佁然不动：（鱼影）呆呆地停在那儿一动也不动。佁然：呆呆的样子。俶尔远逝：忽然间向远处游去了。俶尔：忽然。往来翕忽：来来往往轻快敏捷。翕忽：轻快敏捷的样子。

（10）斗折蛇行，明灭可见：（溪水）曲曲折折，（望过去）忽隐忽现，一段看得见，一段又看不见。斗折：像北斗七星那样曲折。蛇行：像蛇爬行那样。明灭：或现或隐。

（11）犬牙差互：像狗的牙齿那样互相交错。

（12）凄神寒骨，悄怆幽邃：感到心神凄凉，寒气透骨，寂静极了，幽深极了。悄怆：忧伤的样子。

（13）吴武陵：信州（在今江西上饶西北）人，唐元和二年进士，柳宗元朋友。龚古：或作"龚右"，不详其人。宗玄：柳宗元从弟。

（14）崔氏二小生：姓崔的两位年轻人——一为崔恕己，一为崔奉壹。

第五节　宋代散文

王禹偁

黄州新建小竹楼记

黄冈[1]之地多竹，大者如椽[2]，竹工破之，刳[3]去其节，用代陶瓦[4]。比屋皆然，以其价廉而工省也。

子城[5]西北隅，雉堞圮毁[6]，蓁莽[7]荒秽，因作小楼二间，与月波楼[8]通。远吞[9]山光，平挹江濑，幽阒辽夐[10]，不可具状。夏宜急雨，有瀑布声；冬宜密雪，有碎玉声；宜鼓琴，琴调和畅；宜咏诗，诗韵清绝；宜围棋，子声丁丁[11]然；宜投壶[12]，矢声铮铮然；皆竹楼之所助也。

公退[13]之暇，被鹤氅衣，戴华阳巾[14]，手执《周易》一卷，焚香默坐，消遣世虑。江山之外，第[15]见风帆沙鸟，烟云竹树而已。待其酒力醒，茶烟歇，送夕阳，迎素月，亦谪居之胜概[16]也。

彼齐云、落星[17]，高则高矣；井干、丽谯[18]，华则华矣；止于贮妓女，藏歌舞，非骚人[19]之事，吾所不取。

吾闻竹工云，竹之为瓦，仅十稔[20]。若重覆之，得二十稔。噫，吾以至道乙未岁，自翰林出滁上，丙申移广陵[21]；丁酉又入西掖，戊戌岁除日有齐安之命，己亥闰三月到郡。四年之间，奔走不暇，未知明年又在何处，岂惧竹楼之易朽乎！后之人与我同志，嗣而葺之，庶斯楼之不朽也[22]！

咸平二年八月十五日记。

【注释】

（1）黄冈：地名，在今湖北省黄冈县。

（2）椽（chuán）：椽子，架在屋顶承受屋瓦的木条。

（3）刳（kū）：削剔，挖空。

（4）陶瓦：用泥烧制的瓦。

（5）子城：城门外用于防护的半圆形城墙。

（6）雉堞（dié）圮（pǐ）毁：城上的矮墙倒塌毁坏。雉堞：城上的矮墙。圮毁：倒塌毁坏。

（7）榛（zhēn）莽（mǎng）：丛生的树木和草。

（8）月波楼：黄州的一座城楼。

（9）吞：文章指望见。

（10）挹（yì）：汲取，文章指望见。濑（lài）：沙滩上的流水。幽阒（qù）辽敻（xiòng）：幽静辽阔。幽阒：清幽静寂。敻：远、辽阔。

（11）丁（zhēng）丁：形容棋子敲击棋盘时发出的清脆悠远之声。

（12）投壶：古人宴饮时的一种游戏。该游戏以矢投壶中，投中次数多者为胜，胜者斟酒使败者饮。

（13）公退：办完公事，退下休息。

（14）鹤氅（chǎng）衣：用鸟羽制的披风。华阳巾：道士所戴的头巾。

（15）第：但，只。

（16）谪（zhé）：封建王朝官吏降职或远调。胜概：美好的生活状况。胜：美好的。概：状况，文章指生活状况。

（17）齐云、落星：均为古代名楼。

（18）井干、丽谯（qiáo）：均为古代名楼。

（19）骚（sāo）人：屈原曾作《离骚》，故后人称诗人为“骚人”，亦指风雅之士。

（20）稔（rěn）：谷子一熟叫作一稔，引申指一年。

（21）至道乙未岁，自翰林出滁上：宋太宗至道元年（995年），作者因讪谤朝廷罪由翰林学士贬至滁州。出：贬往。

（22）嗣（sì）而葺（qì）之：继我之意而常常修缮它。嗣：接续、继承。葺：修整。庶（shù）：表示期待或可能。

范仲淹

岳阳楼记

庆历四年春[1]，滕子京谪守巴陵郡[2]。越明年，政通人和，百废具兴，乃重修岳阳楼，增其旧制，刻唐贤今人诗赋于其上，属予作文以记之。

予观夫巴陵胜状[3]，在洞庭一湖。衔远山，吞长江，浩浩汤汤，横无际涯；朝晖夕阴，气象万千。此则岳阳楼之大观也。前人之述备矣。然则北通巫峡，南极潇湘[4]。迁客骚人，多会于此[5]，览物之情，得无异乎[6]？

若夫淫雨霏霏，连月不开，阴风怒号，浊浪排空，日星隐曜，山岳潜形，商旅不行，樯倾揖摧[7]，薄暮冥冥[8]，虎啸猿啼。登斯楼也，则有去国怀乡，忧谗畏讥，满目萧然，感极而悲者矣。

至若春和景明[9]，波澜不惊，上下天光，一碧万顷，沙鸥翔集，锦鳞游泳[10]，岸芷汀兰，郁郁青青。而或长烟一空，皓月千里，浮光跃金，静影沉璧，渔歌互答，此乐何极。登斯楼也，则有心旷神怡，宠辱偕忘，把酒临风，其喜洋洋者矣。

嗟夫！予尝求古仁人之心，或异二者之为，何哉？不以物喜，不以己悲。居庙堂之高则忧其民，处江湖之远则忧其君。是进亦忧，退亦忧。然则何时而乐耶？其必曰“先天下之忧而忧，后天下之乐而乐”乎！

噫，微斯人，吾谁与归！时六年九月十五日。

【注释】

（1）庆历四年：公元 1044 年。庆历：北宋仁宗赵祯年号。

（2）滕子京：滕宗谅，字子京，河南人，与范仲淹同年进士，时知岳州。巴陵郡：宋为岳州。

（3）予观夫巴陵胜状：夫，指示代词，相当于“那”。胜状：胜景，好景色。

（4）南极潇湘：南面直到潇水、湘水。潇水是湘水的支流。湘水流入洞庭湖。南：向南。

（5）迁客：被贬谪流迁的人。骚人：诗人。战国时屈原作《离骚》，因此后人也称诗人为骚人。多：大多。会：聚集。于：在。此：这里。

（6）览物之情，得无异乎：饱览这里景色时的感想，恐怕会有所不同吧。览：观看，欣赏。物：景物。之情：情感。得无：恐怕，是不是。异：差别，不同。

（7）樯倾楫摧：桅杆倒下，船桨折断。樯：桅杆。楫：船桨。倾：倒下。摧：折断。

（8）薄暮冥冥：傍晚天色昏暗。薄：迫近。冥冥：昏暗的样子。

（9）至若春和景明：如果到了春天气候和暖，阳光普照。至若：至于。

（10）沙鸥翔集，锦鳞游泳：沙鸥时而飞翔时而停歇，美丽的鱼在水中游来游去。沙鸥，沙洲上的鸥鸟。翔集：时而飞翔，时而停歇。集：栖止，鸟停息在树上。锦鳞：

指美丽的鱼。鳞：代指鱼。

欧阳修（二篇）

秋声赋

欧阳子[(1)]方夜读书，闻有声自西南来者。悚然而听之，曰："异哉！"初淅沥以萧飒[(2)]，忽奔腾而砰湃，如波涛夜惊，风雨骤至。其触于物也，鏦鏦铮铮，金铁皆鸣；又如赴敌之兵，衔枚[(3)]疾走，不闻号令，但闻人马之行声。予谓童子："此何声也？汝出视之。"童子曰："星月皎洁，明河[(4)]在天，四无人声，声在树间。"

予曰："噫嘻悲哉！此秋声也，胡为而来哉？盖夫秋之为状[(5)]也：其色惨淡，烟霏云敛；其容清明，天高日晶；其气栗冽，砭人肌骨；其意萧条，山川寂寥。故其为声也，凄凄切切，呼号愤发。丰草绿缛而争茂，佳木葱茏而可悦；草拂之而色变，木遭之而叶脱；其所以摧败零落者，乃其一气之徐烈。夫秋，刑官也，于时为阴；又兵象也，于行用金；是谓天地之义气，常以肃杀而为心。天之于物，春生秋实。故其在乐也，商声主西方之音，夷则为七月之律。商，伤也，物既老而悲伤；夷，戮也，物过盛而当杀。

"嗟乎！草木无情，有时[(6)]飘零。人为动物，惟物之灵，百忧感其心，万事劳其形，有动于中，必摇其精。而况思其力之所不及，忧其智之所不能，宜其渥然丹者为槁木，黟然黑者为星星[(7)]。奈何非金石之质，欲与草木而争荣。念谁为之戕贼，亦何恨乎秋声！"

童子莫对，垂头而睡。但闻四壁虫声唧唧，如助予之叹息。

【注释】

（1）欧阳子：作者自称。

（2）初淅沥以萧飒：起初是淅淅沥沥的细雨带着萧飒的风声。淅沥：形容轻微的声音如风声、雨声、落叶声等。以：表并列，而。萧飒：形容风吹树木的声音。

（3）衔枚：古时行军或袭击敌军时，让士兵衔枚以防出声。枚：形似竹筷，衔于口中，两端有带，系于脖上。

（4）明河：天河。

（5）秋之为状：秋天所表现出来的意气容貌。状：情状，指下文所说的"其色""其容""其气""其意"。

（6）有时：有固定时限。

（7）星星：鬓发花白的样子。

醉翁亭记

环滁皆山也[(1)]。其西南诸峰，林壑[(2)]尤美。望之蔚然而深秀者，琅琊也[(3)]。山行六七里，渐闻水声潺潺，而泻出于两峰之间者，酿泉[(4)]也。峰回路转，有亭翼然[(5)]临于泉上者，醉翁亭也。作亭者谁？山之僧智仙也。名之者谁？太守自谓也[6]。太守与客来饮于此，饮少辄醉，而年又最高，故自号曰醉翁也。醉翁之意不在酒[7]，在乎山水之间也。山水之乐，得[8]之心而寓之酒也。

若夫日出而林霏开，云归而岩穴暝，晦明变化者，山间之朝暮也。野芳发而幽香，佳木秀而繁阴，风霜高洁，水落而石出者，山间之四时也。朝而往，暮而归，四时之景不同，而乐亦无穷也。

至于负者歌于途，行者休于树，前者呼，后者应，伛偻提携，往来而不绝者，滁人游也。临溪而渔，溪深而鱼肥，酿泉为酒，泉香而酒洌，山肴野蔌，杂然而前陈者，太守宴也。宴酣之乐，非丝非竹[9]，射[10]者中，弈者胜，觥筹交错[11]，起坐而喧哗者，众宾欢也。苍颜白发，颓然乎其间者[12]，太守醉也。

已而夕阳在山，人影散乱，太守归而宾客从也。树林阴翳，鸣声上下，游人去而禽鸟乐也。然而禽鸟知山林之乐，而不知人之乐；人知从太守游而乐，而不知太守之乐其乐也。醉能同其乐，醒能述以文者[13]，太守也。太守谓谁？庐陵欧阳修也[14]。

【注释】

（1）滁：滁州，今属安徽，时作者为滁州守。

（2）壑：山谷。

（3）蔚然而深秀者，琅琊也：树木茂盛，又幽深又秀丽的，是琅琊山。蔚然：草木茂盛的样子。

（4）酿泉：泉的名字。因水清可以酿酒，故名。

（5）翼然：像鸟张开翅膀一样。然：的样子。

（6）名：名词作动词，命名。自谓：自称，用自己的别号来命名。

（7）意：这里指情趣。“醉翁之意不在酒”后来用以比喻本意不在此而另有目的。

（8）得：领会。

（9）丝：琴、瑟之类的弦乐器。竹：箫、笛之类的管乐器。非丝非竹：不在于琴弦管箫。

（10）射：这里指投壶，宴饮时的一种游戏，把箭向壶里投，投中多的为胜，负者照规定的杯数喝酒。

（11）觥筹交错：酒杯和酒筹交互错杂，形容喝酒尽欢的样子。

（12）颓然乎其间：醉醺醺地坐在众人中间。颓然，原意是精神不振的样子，这里形容醉态，倒下的样子。

（13）醉能同其乐，醒能述以文者：醉了能够同大家一起欢乐，醒了能够用文章记述这乐事的人。

（14）庐陵：庐陵郡，就是吉州（今江西省吉安市），欧阳修先世为庐陵大族。

王安石

答司马谏议书

某启[1]：昨日蒙教，窃以为与君实游处相好之日久[2]，而议事每不合，所操之术多异故也。虽欲强聒[3]，终必不蒙见察，故略上报，不复一一自辩。重念蒙君实视遇厚，于反复不宜卤莽，故今具道所以[4]，冀君实或见恕也。

盖儒者所重，尤在于名实[5]。名实已明，而天下之理得矣。今君实所以见教者，以为侵官、生事、征利、拒谏，以致天下怨谤也。某则以谓：受命于人主，议法度而修之于朝廷，以授之于有司，不为侵官；举先王之政，以兴利除弊，不为生事；为天下理财，不为征利；辟邪说，难壬人[6]，不为拒谏。至于怨诽之多，则固前知其如此也。

人习于苟且非一日，士大夫多以不恤国事、同俗自媚于众为善。上乃欲变此，而某不量敌之众寡，欲出力助上以抗之，则众何为而不汹汹然？盘庚之迁，胥怨者民也[7]，非特朝廷士大夫而已。盘庚不罪怨者，亦不改其度。盖度义而后动，是而不见可悔故也。如君实责我以在位久，未能助上大有为，以膏泽[8]斯民，则某知罪矣；如曰今日当一切不事事，守前所为而已，则非某之所敢知[9]。无由会晤，不任区区向往之至[10]。

【注释】

（1）某：自称。启：写信说明事情。

（2）君实：司马光的字，宋代著名史学家。古人写信称对方的字以示尊敬。游处：同游共处，即同事交往的意思。

（3）强聒：硬在耳边啰嗦，强作解说。聒：语声嘈杂。

（4）具道：详细说明。所以：原委。

（5）儒者：这里泛指一般封建士大夫。名实：名义和实际。

（6）辟邪说：驳斥错误的言论。辟，驳斥，排除。难：责难。壬人：佞人，指巧辩谄媚之人。

（7）盘庚：商朝中期的一个君主。商朝原来建都在黄河以北的奄（今山东曲阜），常有水灾。为了摆脱政治上的困境和自然灾害，盘庚即位后，决定迁都到殷（今河南安阳西北）。这一决定曾遭到全国上下的怨恨反对。后来，盘庚发表文告说服了他们，完成了迁都计划。事见《尚书·盘庚》。胥怨：全都抱怨。胥：皆。

（8）膏泽：施加恩惠，这里用作动词。

（9）守前所为：墨守前人的作法。所敢知：愿意领教的。知：领教。

（10）不任区区向往之至：意谓私心不胜仰慕。这是旧时写信的客套语。不任：不胜，受不住，形容情意的深重。区区：小，这里指自己，自谦词。向往：仰慕。

苏轼（二篇）

前赤壁赋

壬戌之秋[1]，七月既望，苏子与客泛舟游于赤壁之下[2]。清风徐来，水波不兴。举酒属客，诵明月之诗，歌窈窕之章。少焉，月出于东山之上，徘徊于斗牛之间。白露横江，水光接天。纵一苇之所如，凌万顷之茫然[3]。浩浩乎如冯虚御风[4]，而不知其所止；飘飘乎如遗世独立，羽化而登仙。

于是饮酒乐甚，扣舷而歌之。歌曰："桂棹兮兰桨，击空明兮溯流光[5]。渺渺兮予怀[6]，望美人[7]兮天一方。"客有吹洞萧者、倚歌而和之。其声呜呜然，如怨如慕，如泣如诉，余音袅袅，不绝如缕，舞幽壑之潜蛟，泣孤舟之嫠妇[8]。

苏子愀然，正襟危坐而问客曰："何为其然也？"

客曰："'月明星稀，乌鹊南飞'，此非曹孟德之诗乎？西望夏口，东望武昌，山川相缪，郁乎苍苍，此非孟德之困于周郎者乎？方其破荆州，下江陵，顺流而东也，舳舻千里，旌旗蔽空，酾酒临江，横槊赋诗，固一世之雄也，而今安在哉！况吾与子渔樵于江渚之上，侣鱼虾而友麋鹿[9]。驾一叶之扁舟，举匏樽以相属。寄蜉蝣于天地，渺沧海之一粟。哀吾生之须臾，羡长江之无穷。挟飞仙以遨游，抱明月而长终。知不可乎骤得，托遗响于悲风。"

苏子曰："客亦知夫水与月乎？逝者如斯，而未尝往也；盈虚者如彼，而卒莫消长也。盖将自其变者而观之，则天地曾不能以一瞬；自其不变者而观之，则物与我皆无尽也，而又何羡乎！且夫天地之间，物各有主，苟非吾之所有，虽一毫而莫取。惟江上之清风，与山间之明月，耳得之而为声，目遇之而成色；取之无禁，用之不竭。是造物者之无尽藏[10]也，而吾与子之所共适。"

客喜而笑，洗盏更酌。肴核既尽[11]，杯盘狼籍。相与枕藉乎舟中，不知东方之既白[12]。

【注释】

（1）壬戌：宋神宗元丰五年（1082）。时苏轼被贬为黄州团练副使。

（2）既：过了。望：农历十五日。"既望"指农历十六日。赤壁：此指黄州赤壁。吴蜀破曹之赤壁为蒲圻赤壁。

（3）纵一苇之所如，凌万顷之茫然：任凭小船在宽广的江面上飘荡。纵：任凭。一苇：像一片苇叶那么小的船，比喻极小的船。如：往，去。凌：越过。万顷：形容江面极为宽阔。茫然：旷远的样子。

（4）冯虚御风：（像长出羽翼一样）驾风凌空飞行。冯：同"凭"，乘。虚：太空。御：驾御（驭）。

（5）击空明兮溯流光：船桨拍打着月光浮动的清澈的水，溯流而上。溯：逆流而上。空明、流光：指月光浮动清澈的江水。

（6）渺渺兮予怀：主谓倒装。我的心思飘得很远很远。渺渺：悠远的样子。

（7）美人：此为苏轼借鉴的屈原的文体。用美人代指君主。古诗文多以指自己所怀念向往的人。

（8）幽壑：这里指深渊。舞幽壑之潜蛟：使深谷的蛟龙感动得起舞。泣孤舟之嫠妇：使孤舟上的寡妇伤心哭泣。嫠：孤居的妇女，在这里指寡妇。

（9）侣鱼虾而友麋鹿：以鱼虾为伴侣，以麋鹿为友。侣：以……为伴侣，这里是名词的意动用法。麋：鹿的一种。

（10）无尽藏：佛家语，指无穷无尽的宝藏。共食：共享。苏轼手中《赤壁赋》作“共食”，明代以后多“共适”。

（11）肴核既尽：荤菜和果品。既：已经。

（12）既白：已经显出白色（指天明了）。

记承天寺夜游

元丰六年十月十二日夜[(1)]，解衣欲睡，月色入户，欣然起行。念无与为乐者[(2)]，遂至承天寺寻张怀民[(3)]。怀民亦未寝，相与步于中庭[(4)]。庭下如积水空明，水中藻、荇[(5)]交横，盖竹柏影也[(6)]。何夜无月？何处无竹柏？但少闲人如吾两人者耳[(7)]！

【注释】

（1）元丰：宋神宗年号。元丰六年：公元1083年，当时作者被贬黄州已经四年。

（2）念无与为乐者：想到没有和我一起游乐的人。念：想到。无与为乐者：没有可以共同交谈（游乐或赏月）的人。者：……的人。

（3）张怀民：或说即张梦得，作者的朋友，清河人，元丰六年谪黄州，寓居承天寺。

（4）相与步于中庭：（我们）一同在庭院中散步。相与：共同，一同。步：散步。于：在。中庭：庭院里。

（5）藻：藻类植物。荇：荇菜。藻、荇：泛指生长在水中的绿色植物，这里借指月色下的竹柏影。

（6）盖：承接上文，解释原因，表示肯定，相当于“大概”，这里解释为“原来是”。也：句末语气词，表判断。盖……也：原来是。

（7）但少闲人如吾两人者耳：只是很少有像我们两个这样的闲人罢了。但：只（是），仅仅。闲人：闲散的人。这里是指不汲汲于名利而能从容流连光景的人。耳：语气词，“罢了”。

第六节 明清散文

袁枚

祭妹文

乾隆丁亥冬[1]，葬三妹素文于上元之羊山[2]，而奠以文曰：

呜呼！汝生于浙，而葬于斯，离吾乡七百里矣；当时虽觭梦幻想，宁知此为归骨所耶？

汝以一念之贞[3]，遇人仳离[4]，致孤危托落，虽命之所存，天实为之；然而累汝至此者，未尝非予之过也。予幼从先生授经，汝差肩而坐，爱听古人节义事；一旦长成，遽躬蹈之。呜呼！使汝不识《诗》《书》，或未必艰贞若是。予捉蟋蟀，汝奋臂出其间；岁寒虫僵，同临其穴。今予殓汝葬汝，而当日之情形，憬然赴目。予九岁，憩书斋，汝梳双髻，披单缣来，温《缁衣》一章[5]；适先生奓户入[6]，闻两童子音琅琅然，不觉莞尔，连呼"则则"，此七月望日事也。汝在九原[7]，当分明记之。予弱冠粤行，汝掎裳悲恸。逾三年，予披宫锦还家，汝从东厢扶案出，一家瞠视而笑，不记语从何起，大概说长安登科、函使报信迟早云尔。凡此琐琐，虽为陈迹，然我一日未死，则一日不能忘。旧事填膺，思之凄梗，如影历历，逼取便逝。悔当时不将緊婗情状[8]，罗缕记存；然而汝已不在人间，则虽年光倒流，儿时可再，而亦无与为证印者矣。

汝之义绝高氏而归也，堂上阿奶[9]，仗汝扶持；家中文墨，眣汝办治。尝谓女流中最少明经义、谙雅故者。汝嫂非不婉嫕[10]，而于此微缺然。故自汝归后，虽为汝悲，实为予喜。予又长汝四岁，或人间长者先亡，可将身后托汝；而不谓汝之先予以去也。前年予病，汝终宵刺探，减一分则喜，增一分则忧。后虽小差，犹尚殗殜[11]，无所娱遣；汝来床前，为说稗官野史可喜可愕之事，聊资一欢。呜呼！今而后，吾将再病，教从何处呼汝耶？汝之疾也，予信医言无害，远吊扬州；汝又虑戚吾心，阻人走报；及至绵惙极[12]，阿奶问："望兄归否？"强应曰："诺。"已予先一日梦汝来诀，心知不祥，飞舟渡江，果予以未时还家，而汝以辰时气绝；四支犹温，一目未瞑，盖犹忍死待予也。呜呼痛哉！早知诀汝，则予岂肯远游？即游，亦尚有几许心中言要汝知闻，共汝筹画也。而今已矣！除吾死外，当无见期。吾又不知何日死，可以见汝；而死后之有知无知，与得见不得见，又卒难明也。然则抱此无涯之憾，天乎人乎！而竟已乎！

汝之诗，吾已付梓；汝之女，吾已代嫁；汝之生平，吾已作传；惟汝之窀穸[13]，尚未谋耳。先茔在杭，江广河深，势难归葬，故请母命而宁汝于斯，便祭扫也。其傍，葬汝女阿印；其下两冢：一为阿爷侍者朱氏[14]，一为阿兄侍者陶氏。羊山旷渺，南望原隰，西望栖霞[15]，风雨晨昏，羁魂有伴，当不孤寂。所怜者，吾自戊寅年读汝哭侄诗后，至今无男；两女牙牙，生汝死后，才周晬。予虽亲在未敢言老[16]，而齿危发秃，暗里自知；知在人间，尚复几日？阿品远官河南[17]，亦无子女，九族无可继者。汝死我葬，我死谁埋？汝倘有灵，可能告我？

呜呼！生前既不可想，身后又不可知；哭汝既不闻汝言，奠汝又不见汝食。纸灰飞扬，朔风野大，阿兄归矣，犹屡屡回头望汝也。呜呼哀哉！呜呼哀哉！

【注释】

（1）乾隆丁亥：即乾隆三十六年（1767）。

（2）素文：袁素文，名机，字素文。袁枚三妹。上元：今江苏南京。羊山：在南京市东。

（3）一念之贞：以贞之一念。袁素文周岁时即由父许配如皋高家。高家儿子品德败坏，自愿解除婚约。素文因守“从一而终”的贞节观念，仍嫁高家，备受苦楚。官判离婚。

（4）仳离：《诗经·王风·中谷有蓷》：“有女仳离。”旧特指妇女被弃离去。

（5）缁衣：《诗经·郑风》篇名。

（6）奓（zhà）户：开门。

（7）九原：山名，在山西新蜂县北。晋卿大夫葬于此，后因称墓地为九原。

（8）嫛婗（yīní）：婴儿，指儿时。

（9）堂上阿奶：指袁氏兄妹之母章氏。

（10）婉嫕（yì）：温柔和顺。

（11）殗殜：病情不太严重。

（12）绵惙：病危。

（13）窀穸（zhūnxī）：墓穴。

（14）阿爷：指袁氏兄妹之父袁滨。侍者：此指妾。

（15）栖霞：山名，在南京之东。

（16）亲在未敢言老：《礼记·坊记》：“父母在，不称老。”

（17）阿品：袁树，小名阿品，字东芗，袁枚堂弟。

张岱

湖心亭看雪(1)

崇祯五年十二月(2)，余住西湖。大雪三日，湖中人鸟声俱绝(3)。

是日更定矣(4)，余拏一小舟(5)，拥毳衣炉火(6)，独往湖心亭看雪。雾凇沆砀(7)，天与云、与山、与水，上下一白(8)。湖上影子，惟长堤一痕(9)、湖心亭一点、与余舟一芥(10)，舟中人两三粒而已(11)。

到亭上，有两人铺毡对坐(12)，一童子烧酒(13)，炉正沸(14)。见余大喜，曰：“湖中焉得更有此人(15)？”拉余同饮(16)。余强饮三大白而别(17)。问其姓氏，是金陵人，客此(18)。

及下船，舟子喃喃曰[19]：“莫说相公痴[20]，更有痴似[21]相公者！”

【注释】

（1）湖心亭：杭州西湖的湖心亭，在外湖中央一个小小的绿洲上，与三潭印月、阮公墩鼎足相对，成一个品字形。从前叫湖心寺，明弘治间被毁，明嘉靖三十一年（1552年）重建，后又再修。

（2）崇祯五年：为公元1632年。崇祯：明思宗朱由检的年号。

（3）俱：都。绝：无。

（4）是日：这一天。更定：亦叫定更。古时一夜分五更，每更两小时。更定是一更开始，即晚上八时开始。

（5）拏（ná）：牵引，划动。

（6）拥毳（cuì）衣炉火：穿着皮衣拥着炉火。毳：鸟兽的细毛。

（7）雾凇：寒夜雾气。沆砀（hàngdàng）：白茫茫一片。

（8）上下一白：上上下下全白。一白：全白。一：全或都，一概。

（9）长堤：此指西湖里白堤。

（10）一芥：比喻舟极细小。芥：小草。

（11）粒：谷粒。

（12）毡（zhān）：毛毯。

（13）烧酒：烫酒，温酒。

（14）炉：烫酒的器具。

（15）此人：这样的人，指作者。

（16）拉：邀请。

（17）三大白：即三大杯。大白：酒杯名。

（18）客此：旅居在此。

（19）舟子：船夫。喃喃：小声自语，嘀咕。

（20）相公：原指宰相，后为尊称。

（21）似：超过，胜过。

郑燮

板桥自叙

板桥居士，姓郑氏，名曼，扬州兴化人。兴化有三郑氏，其一为“铁郑”，其一为“糖郑”，其一为“板桥郑”。居士自喜其名，故天下咸称为郑板桥云。板桥外王父汪氏，名翊文，奇才博学，隐居不仕。生女一人，端严聪慧特绝，即板桥之母也。板桥文学性分，得外家气居多。父立庵先生[1]，以文章品行为士先。教授生徒数百辈，皆成就。板桥幼随其父学，无他师也。幼时殊无异人处，少长，虽长大，貌寝陋，人咸易之。又好大言，自负太过，漫骂无择。诸先辈皆侧目，戒勿与往来。然读书能自刻苦，自愤激，自竖立，不苟同俗，深自屈曲委蛇，由浅入深，由卑及高，由迩达远，以赴古人之奥区，以自畅其性情才力之所不尽。人咸谓板桥读书善记，不知非善记，乃善诵耳。板桥每读一书，必千百遍。舟中、马上、被底，或当食忘匕著，或对客不听其语，并自忘其所语，皆记书默诵也。书有弗记者乎？

平生不治经学，爱读史书以及诗文词集、传奇说簿之类，靡不览究。有时说经，亦爱其斑驳陆离，五色炫烂，以文章之法论经，非“六经”本根也。

酷嗜山水。又好色，尤多馀桃口齿及椒风弄儿之戏(2)。然自知老且丑，此辈利吾金币来耳。有一言于与外政，即叱去之，未尝为所迷惑。好山水，未能远迹。其所经历，亦不尽游趣。乾隆十三年，大驾东巡(3)，燮为书画史，治顿所，卧泰山绝顶四十馀日，亦足豪矣。

所刻诗钞、词钞、道情十首、与舍弟书十六通，行于世，善书法，自号“六分半书”。又以馀闲作为兰竹，凡王公大人、卿士大夫、骚人词伯、山中老僧、黄冠炼客，得其一片纸、只字书，皆珍惜藏庋。然板桥从不借诸人以为名。惟同邑李鲜复堂相友善(4)。复堂起家孝廉，以画事为内廷供奉，康熙朝，名噪京师及江淮湖海，无不望慕叹羡。是时板桥方应童子试，无所知名。后二十年，以诗词文字与之比并齐声。索画者，必口复堂；索诗、字、文者，必口板桥。且愧且幸，得与前贤埒也。李以滕县令罢去。板桥，康熙秀才，雍正壬子举人，乾隆丙辰进士。初为范县令，继调潍县。乾隆己巳，时年五十有七。

板桥诗文，自出己意，理必归于圣贤，文必切于日用。或有自云高古而几唐宋者，板桥辄呵恶之，曰：“吾文若传，便是清诗清文；若不传，将并不能为清诗清文也，何必侈言前古哉？”明清两朝，以制艺取士，虽有奇才异能，必从此出，乃为正途。其理愈求而愈精，其法愈求而愈密。鞭心入微，才力与学力俱无可恃，庶几弹丸脱手时乎？若漫不经心，置身甲乙榜之外，辄曰：“我是古学。”天下人未必许之，只合自许而已。老不得志，仰借于人，有何得意？

贾、董、匡、刘之作(5)，引绳墨，切事情。至若韩信登坛之对，孔明隆中之语，则又切之切者也。理学之执持纲纪，只合闲时用着，忙时用不着。板桥十六通家书，绝不谈天说地，而日用家常，颇有言近指远之处。

板桥非闭户读书者，长游于古松、荒寺、平沙、远水、峭壁、墟墓之间。然无之非读书也。求精求当，当则粗者皆精，不当则精者皆粗。思之，思之，鬼神通之！

板桥又记，时年已五十八矣。

【注释】

（1）立庵先生：郑之本，字立庵，号梦阳，郑燮之父。

（2）馀桃口齿：春秋卫灵公宠大夫弥子瑕。弥以吃馀之桃献灵公，灵公乐之。见《韩非子・说难》。椒风弄儿：汉椒风宫中，帝王嬉狎儿童，指男风。

（3）大驾东巡：指乾隆十三年（1748），清高宗弘历东巡泰山事。

（4）李复堂：字宗扬，号复堂，又号懊道人，兴化人。宫廷画师，擅花卉虫鸟，为扬州八怪之一。

（5）贾、董、匡、刘：指西汉政论家贾谊、哲学家董仲舒、经学家匡衡、文学家刘向。

第五章　小说

第一节　上古神话

女娲补天

往古之时，四极废，九州裂[(1)]，天不兼覆，地不周载；火爁炎而不灭，水浩洋而不息[(2)]；猛兽食颛民，鸷鸟攫老弱[(3)]。于是女娲炼五色石以补苍天，断鳌足以立四极，杀黑龙以济冀州，积芦灰以止淫水。苍天补，四极正；淫水涸，冀州平[(4)]；狡虫死[(5)]，颛民生。

【注释】

（1）四极：天的四方极远之处。传说天的四方有支撑的柱子。九州：古称中国为赤县神州，神州之内有九州，之外又有九州，故九州在文中泛指大地。

（2）滥炎：火势蔓延的样子。浩洋：水势浩大的样子。

（3）颛民：颛为善良之意，故颛民为善良的百姓。鸷鸟：猛禽。

（4）冀州：泛指中国。

（5）狡虫：凶猛的鸟兽，即上文的猛兽、鸷鸟。

【翻译】

远古之时，支撑天地四方的四根柱子坍塌了，大地开裂；天不能普遍覆盖万物，地不能全面地容载万物；火势蔓延而不能熄灭，水势浩大而不能停止；凶猛的野兽吃掉善良的百姓，凶猛的禽鸟用爪子抓取老人和小孩。于是，女娲冶炼五色石来修补苍天，砍断海中巨龟的脚来做撑起四方的柱子，杀死黑龙来拯救中国，用芦灰来堵塞洪水。天空被修补了，天地四方的柱子重新竖立了起来，洪水退去，中国的大地上恢复了平静；凶猛的鸟兽都死了，善良的百姓存活下来。

夸父逐日

夸父与日逐走[(1)]，入日[(2)]。渴，欲得饮，饮于河、渭[(3)]；河、渭不足，北饮大泽[(4)]。未至[(5)]，道渴而死[(6)]。弃其[(7)]杖，化为邓林[(8)]。

【注释】

（1）逐：角逐。逐走：竞跑，赛跑。

（2）入日：追赶到太阳落下的地方。

（3）于：到。河、渭：黄河和渭水。

（4）不足：不够。北：向北。大泽：大湖，传说其大横纵千里，在雁门山山北。

（5）至：到。

（6）道：名词作状语，在半路上。而：表因果。道渴而死：在半路因口渴而死。

（7）其：代词（代夸父）。

（8）邓林：桃林。

【翻译】

夸父与太阳竞跑，追赶到太阳落下的地方。他很渴，想要喝水，就到黄河、渭水边喝水，黄河、渭水的水不够他喝，就到北方的大湖去喝水。还没有到达目的地，就在路上因口渴而死了。夸父丢弃的手杖化作了一片桃林。

第二节　魏晋南北朝小说

搜神记（三篇）

《搜神记》为东晋初年史学家干宝编撰，全书凡二十卷，共有大小故事454个。作者在《自序》中称："及其著述，亦足以发明神道之不诬也。"就是想通过搜集前人著述及传说故事，证明鬼神确实存在。故《搜神记》所叙多为神灵怪异之事，也有不少民间传说和神话故事，主角有鬼，也有妖怪和神仙，杂糅佛道。文章设想奇幻，极富浪漫主义色彩。

紫玉[1]

吴王夫差小女[2]，名曰紫玉，年十八，才貌俱美。童子韩重[3]，年十九，有道术。女悦之，私交信问，许为之妻。重学于齐鲁之间，临去，属其父母，使求婚。王怒，不与女。玉结气死[4]，葬阊门之外[5]。三年重归，诘其父母[6]，父母曰："王大怒，玉结气死，已葬矣。"

重哭泣哀恸，具牲币[7]，往吊于墓前。玉魂从墓出，见重，流涕谓曰："昔尔行之后，令二亲从王相求，度必克从大愿[8]。不图别后[9]，遭命奈何！"玉乃左顾宛颈而歌曰[10]："南山有乌，北山张罗。乌既高飞，罗将奈何！意欲从君，谗言孔多[11]。悲结生疾，没命黄垆[12]。命之不造[13]，冤如之何！羽族之长，名曰凤凰。一日失雄，三年感伤。虽有众鸟，不为匹双。故见鄙姿，逢君辉光。身远心近，何当暂忘[14]。"歌毕，歔欷流涕[15]，要重还冢[16]。重曰："死生异路，惧有尤愆[17]，不敢承命[18]。"玉曰："死生异路，吾亦知之。然今一别，永无后期。子将畏我为鬼而祸子乎[19]？欲诚所奉[20]，宁不相信[21]？"重感其言，送之还冢。玉与之饮宴，留三日三夜，尽夫妇之礼。临出，取径寸明珠以送重，曰："既毁其名，又绝其愿，复何言哉！时节自爱[22]。若至吾家，致敬大王。"

重既出，遂诣王，自说其事。王大怒曰："吾女既死，而重造讹言，以玷秽亡灵[23]。此不过发冢取物，托以鬼神。"趣收重[24]。重走脱，至玉墓所诉之。玉曰："无忧。今归白王。”王妆梳，忽见玉，惊愕悲喜，问曰：“尔缘何生？”玉跪而言曰：“昔诸生韩重来求玉[25]，大王不许。玉名毁义绝，自致身亡。重从远还，闻玉已死，故赍牲币[26]，诣冢吊唁。感其笃终[27]，辄与相见，因以珠遗之。不为发冢，愿勿推治[28]。”夫人闻之，出而抱之，玉如烟然。

【注释】

（1）本篇写吴王小女紫玉与书生韩重相恋，遭吴王拒绝，紫玉悲闷而死，后显灵与韩重成婚。凄婉哀伤。题目有的作《吴王小女》。

（2）夫差：春秋末吴国国君，公元前 495 年至公元前 473 年在位。

（3）童子：未成年的男子。指未满二十岁。

（4）结气：愁闷郁结。

（5）阊（chāng）门：吴国国都姑苏城（今江苏省苏州市）西门。

（6）诘：询问。

（7）牲币：指猪羊、缯帛等祭品。

（8）度（duó）：猜想。克从大愿：能实现与韩重结合的愿望。克：能够。

（9）不图：不料。

（10）宛：宛转伸动，轻扬。

（11）孔：太，甚。

（12）黄垆（lú）：黄泉。

（13）不造：不幸。

（14）何当：何时。

（15）歔欷（xūxī）：哭泣时抽噎。

（16）要（yāo）：通“邀”。

（17）尤愆（qiān）：罪过。

（18）承命：遵命。

（19）将：或许。

（20）诚：竭诚。所奉：所愿侍奉之人。

（21）宁：难道。

（22）时节自爱：四季之中自我保重。

（23）玷（diàn）秽亡灵：玷污死者。

（24）趣：通“促”，催促。收：逮捕。

（25）诸生：儒生。

（26）赍（jī）：携带。

（27）笃终：忠于情感、始终不变。笃，忠诚。

（28）推治：追究治罪。

韩凭妻[1]

宋康王舍人韩凭[2]，娶妻何氏，美。康王夺之。凭怨，王囚之，论为城旦[3]。妻密遗凭书，缪其辞曰[4]：“其雨淫淫[5]，河大水深，日出当心[6]。”既而，王得其书，以示左右，左右莫解其意。臣苏贺对曰：“其雨淫淫，言愁且思也；河大水深，不得往来也；日出当心，心有死志也。”俄而凭乃自杀[7]。

其妻乃阴腐其衣[8]。王与之登台，妻遂自投台[9]；左右揽之衣[10]，不中手而死[11]。遗书于带曰[12]：“王利其生，妾利其死，愿以尸骨，赐凭合葬！”

王怒，弗听，使里人埋之[13]，冢相望也。王曰：“尔夫妇相爱不已，若能使冢合则吾弗阻也。”宿昔之间，便有大梓木生于二冢之端，旬日而大盈抱[14]。屈体相就[15]，根交于下，枝错于上[16]。又有鸳鸯雌雄各一，恒栖树上，晨夕不去，交颈悲鸣，音声感人。宋人哀之，遂号其木曰想思树。想思之名，起于此也。南人谓此禽即韩凭夫妇之精魂。

今睢阳有韩凭城[17]。其歌谣至今犹存[18]。

【注释】

（1）本篇选自《搜神记》卷十一，写韩凭夫妇坚贞不渝的爱情及其反抗精神。作者赞扬了韩凭妻不慕富贵、不畏强暴的美德，同时，对统治者强夺人妻的罪行进行了揭露。

（2）宋康王：名偃，战国末年宋国国君，耽于酒色，在位47年。舍人：官职名。战国时及汉初，王公大臣左右皆有舍人，类似门客。

（3）论：定罪。城旦：一种苦刑，受刑者白天防备敌寇，夜晚筑城。

（4）缪：同“缭”。缪其辞：使语句的含义隐晦曲折。

（5）淫淫：久雨不止的样子。这里比喻愁思的深长。

（6）当：正照着。此句说对着太阳发誓，表示决心自杀。

（7）俄而：不久。

（8）阴腐其衣：暗地里使自己的衣服腐蚀。

（9）投台：从高台跳下自杀。

（10）揽：拉。

（11）不中手：经不住手拉。因已“阴腐其衣”故。

（12）遗书：留言。带：衣带。

（13）里人：韩凭夫妇同里之人。

（14）盈抱：双臂搂不住。盈：超过。

（15）屈体相就：指树的枝干弯曲相靠拢。就：靠近。

（16）错：交错。

（17）睢阳：宋的国都，今河南省商丘市。

（18）歌谣：《彤管集》："韩凭为宋康王舍人，妻何氏美，王欲之，捕舍人筑青陵之台。何氏作《乌鹊歌》以见志：'南山有乌，北山张罗，乌自高飞，罗当奈何！''乌鹊双飞，不乐凤凰；妾是庶人，不乐宋王。'遂自缢。"所说歌谣，可能是就这一类而言。

宋定伯捉鬼

南阳宋定伯，年少时，夜行逢鬼。问曰："谁？"鬼曰："鬼也。"鬼曰："汝复谁？"定伯诳之，言："我亦鬼。"鬼问："欲至何所？"答曰："欲至宛市。"鬼言："我亦欲至宛市。"遂行数里。

鬼言："步行太亟，可共递相担[1]也。"定伯曰："大善。"鬼便先担定伯数里。鬼言："卿太重，将非鬼也？"定伯言："我新鬼，故身重耳。"定伯因复担鬼，鬼略无重。如是再三。定伯复言："我新死，不知鬼悉何所畏忌？"鬼答言："惟不喜人唾。"于是共行。道遇水，定伯令鬼先渡，听之，了然无声音。定伯自渡，漕漼作声。鬼复言："何以作声？"定伯曰："新死，不习渡水故耳，勿怪吾也。"

行欲至宛市，定伯便担鬼著肩上，急执之。鬼大呼，声咋咋然[2]，索下，不复听之。径至宛市中。下着地，化为一羊，便卖之。恐其变化，唾之。得钱千五百，乃去。

于时石崇言：定伯卖鬼，得钱千五百文。

【注释】

（1）共递相担：两人交替地背着。

（2）咋咋：惊叫的声音。

世说新语

南北朝时期记述后汉至南朝刘宋人物的遗闻逸事的杂史。刘宋宗室临川王刘义庆（403－444）撰，梁刘峻（字孝标）注。全书原八卷，刘孝标注本分为十卷，今传本皆作三卷，分为德行、言语等三十六门，记述自汉末到刘宋时名士贵族的遗闻逸事，主要为有关人物评论、清谈玄言和机智应对的故事。

言语第二

孔融被收[1]，中外[2]惶怖。时融儿大者九岁，小者八岁，二儿故[3]琢钉戏，了无遽容[4]。融谓使者曰："冀罪止于身[5]，二儿可得全[6]不？"儿徐进[7]曰："大人岂见覆巢之下复有完卵乎[8]？"寻[9]亦收至。

【注释】

（1）孔融被收：这里指孔融被曹操逮捕一事。

（2）中外：朝廷内外。

（3）故：依旧，与往常一样。琢钉戏：一种小孩玩的游戏。

（4）了无遽容：一点也没有恐惧的神色。了：全。

（5）冀：希望。身：自身，自己。

（6）全：保全。

（7）徐进：从容上言。

（8）大人：对父亲的尊称。覆巢：倾覆的鸟巢。完卵：完好的卵。这句比喻主体倾覆，依附之物不能幸免，一定要受到株连。

（9）寻；不久。

钟毓、钟会少有令誉[(1)]，年十三，魏文帝闻之，语其父钟繇[(2)]曰："可令二子来。"于是敕[(3)]见。毓面有汗，帝曰："卿[(4)]面何以汗？"毓对曰："战战惶惶[(5)]，汗出如浆。"复问会："卿何以不汗？"对曰："战战栗栗，汗不敢出。"

【注释】

（1）钟毓（？—263）：字稚叔，钟繇长子，机捷谈笑，有乃父之风。年十四为散骑侍郎。钟会（225—264）：钟毓弟，字士季。少有令名，精通名理，著有《道论》二十篇，并被封侯。后与蜀将姜维谋反，事泄，为其部将所杀。令誉：美好的声誉。

（2）钟繇：字元常，汉末官至尚书仆射。后仕魏历任大理、相国、太傅。史称"钟太傅"。善书法。

（3）敕：皇帝的命令。

（4）卿：君称臣下之词。此处为爱称。

（5）战战惶惶：惊恐的样子。下文"战战栗栗"，义同。按：钟毓和钟会的对答都各自押韵，充分表现了他们年少聪慧，应对机捷。

钟毓兄弟小时，值父昼寝。因共偷服药酒。其父时觉，且托寐[(1)]以观之。毓拜而后饮，会饮而不拜。既而问毓何以拜，毓曰："酒以成礼[(2)]，不敢不拜。"又问会何以不拜，会曰："偷本非礼，所以不拜[(3)]。"

【注释】

（1）托寐：假装睡着了。

（2）酒以成礼：酒是用来举行各种礼仪活动的。古代举行祭拜、婚、丧等礼节都要用酒，故云"酒以成礼"。

（3）本则所记与《言语》第四则所记孔融二子父眠盗酒内容略同，也许是同一件事的传说人物各异。

雅量第六

夏侯太初[(1)]尝倚柱作书，时大雨，霹雳[(2)]破所倚柱，衣服焦然[(3)]，神色无变，书亦如故[4]。宾客左右皆跌荡不得住[5]。

【注释】

（1）夏侯太初：夏侯玄，字太初。作书：写字。

（2）霹雳：响雷，迅雷。破柱：震破了柱子。

（3）焦然：烧焦了的样子。

（4）书亦如故：依然照旧写字。

（5）“宾客”句：宾客和随从都跌跌撞撞，站立不稳。

容止第十四

魏武[1]将见匈奴使。自以形陋，不足雄[2]远国，使崔季珪[3]代，帝自捉刀立床头。既毕，令间谍问曰：“魏王何如？”匈奴使答曰：“魏王雅望非常，然床头捉刀人，此乃英雄也。”魏武闻之，追杀此使[4]。

【注释】

（1）魏武：曹操。按：下文的帝、魏王都是指曹操，因为他生前封魏王，谥号是武，曹丕登帝后，追尊他为武帝。

（2）雄：称雄；显示威严。

（3）崔季珪：崔琰，字季珪，在曹操手下任职。他仪表堂堂，很威严。而据刘孝标注引（魏氏春秋）说，曹操却是“姿貌短小”。

（4）“魏武”句：曹操认为匈奴使已经识破了他的野心和做法，所以把使臣杀了。按：此说不大可信。

任诞第二十三

刘伶恒纵酒放达[1]，或脱衣裸形在屋中。人见讥之，伶曰：“我以天地为栋宇[2]，屋室为裈[3]，诸君何以入我裈中？”

【注释】

（1）恒：经常。放达：放纵。

（2）栋宇：房屋。

（3）裈：有裆的裤子。

阮籍嫂尝还家[1]，籍见与别[2]。或讥之[3]。籍曰：“礼岂为我辈设也[4]！”

【注释】

（1）还家：回娘家。

（2）籍见与别：阮籍和她道别。
（3）或讥之：有人责备他。或：有人。
（4）“礼岂”句：礼法难道是为我们这类人所制定的吗？

阮公邻家妇[1]，有美色，当垆酤酒[2]。阮与王安丰常从妇饮酒，阮醉，便眠其妇侧。夫始殊疑之[3]，伺察，终无他意[4]。

【注释】

（1）邻家妇：邻人之妻。
（2）当垆酤酒：在酒店里卖酒。垆：酒店前安放酒瓮的土台。酤酒：卖酒。
（3）夫始殊疑之：妇人的丈夫起初十分怀疑他。
（4）伺察：侦观，探察。他意：其他的企图。

第三节　唐代传奇

霍小玉传

作者蒋防，生卒年不详。字子徵，一作子微。义兴（今江苏宜兴）人。本篇写陇西李益与妓女霍小玉的爱情悲剧。李益初与霍小玉相恋，同居多日。得官后，聘表妹卢氏，与小玉断绝。小玉日夜思念成疾，后得知李益负约，愤恨欲绝。忽有“豪士”挟持李益至小玉家中，小玉誓言死后必为厉鬼报复。李益娶卢氏后，因猜忌休妻，“至于三娶，率皆如初焉”。作者同情霍小玉的悲惨命运，谴责李益的负心，爱憎分明。与元稹《莺莺传》为张生抛弃崔莺莺辩护判然不同。

大历中，陇西李生名益，年二十，以进士擢第。其明年，拔萃[1]，俟试於天官。夏六月，至长安，舍於新昌里。生门族清华[2]，少有才思，丽词嘉句，时谓无双；先达丈人，翕然[3]推伏。每自矜风调[4]，思得佳偶，博求名妓，久而未谐。长安有媒鲍十一娘者，故薛驸马家青衣也；折券从良，十馀年矣。性便僻[5]，巧言语，豪家戚里，无不经过，追风挟策，推为渠帅[6]。

常受生诚托厚赂，意颇德之。经数月，李方闲居舍之南亭。申未间，忽闻扣门甚急，云是鲍十一娘至。摄衣从之[7]，迎问曰：“鲍卿今日何故忽然而来？”鲍笑曰：“苏姑子[8]作好梦未？有一仙人，谪在下界，不邀[9]财货，但慕风流。如此色目[10]，共十郎相当矣。”生闻之惊跃，神飞体轻，引鲍手且拜且谢曰：“一生作奴，死亦不惮。”因问其名居。鲍具说曰：“故霍王小女，字小玉，王甚爱之。母曰净持。即王之宠婢也。王之初薨，诸弟兄以其出自贱庶，不甚收录。因分与资财，遣居於外，易姓为郑氏，人亦不知其王女。资质秾艳，一生未见，高情逸态，事事过人，音乐诗书，无不通解。昨遣某求一好儿郎格调[11]相称者。某具说十郎。他亦知有李十郎名字，非常欢惬。住在胜业坊古寺曲，甫上车门宅[12]是也。以与他作期约。明日午时，但至曲头觅桂子[13]，即得矣。”

鲍既去，生便备行计。遂令家僮秋鸿，於纵兄京兆参军尚公处假青骊驹，黄金勒。其夕，生浣衣沐浴，修饰容仪，喜跃交并，通夕不寐。迟明，巾帻[14]，引镜自照，惟惧不谐也。徘徊之间，至於亭午。遂命驾疾驱，直抵胜业。至约之所，果见青衣立候，迎问曰：“莫是李十郎否？”即下马，令牵入屋底，急急所门。见鲍果从内出来，遥笑曰：“何等儿郎，造次入此。”生调诮未毕，引入中门。庭间有四樱桃树；西北悬一鹦鹉笼，见生入来，即语曰：“有人入来，急下帘者！”生本性雅淡，心犹疑惧，忽见鸟语，愕然不敢进。逡巡，鲍引净持下阶相迎，延入对坐。年可四十馀，绰约多姿，谈笑甚媚。

因谓生曰：“素闻十郎才调风流，今又见仪容雅秀，名下固无虚士。某有一女子，虽拙教训，颜色不至丑陋，得配君子，颇为相宜。频见鲍十一娘说意旨，今亦便令永奉箕帚。”生谢曰：“鄙拙庸愚，不意故盼，倘垂采录，生死为荣。”遂命酒馔，即命小玉自堂东阁子中而出。生即拜迎。但觉一室之中，若琼林玉树，互相照曜，转盼精彩射人。既而遂坐母侧。母谓曰：“汝尝爱念‘开帘风动竹，疑是故人来。’即此十郎诗也。尔终日念想，何如一见。”玉乃低鬟微笑，细语曰：“见面不如闻名。才子岂能无貌？”生遂连起拜曰：“小娘子爱才，鄙夫重色。两好相映，才貌相兼。”母女相顾而笑，遂举酒数巡。生起，请玉唱歌。初不肯，母固强之。发声清亮，曲度精奇。酒阑，及暝，鲍引生就西院憩息。闲庭邃宇，帘幕甚华。鲍令侍儿桂子、浣沙与生脱靴解带。须臾，玉至，言叙温和，辞气宛媚。解罗衣之际，态有馀妍[15]，低帏昵枕，极其欢爱。生自以为巫山、洛浦[16]不过也。中宵之夜，玉忽流涕观生曰：“妾本倡家，自知非匹。今以色爱，托其仁贤。但虑一旦色衰，恩移情替，使女萝无托，秋扇见捐[17]。极欢之际，不觉悲至。”生闻之，不胜感叹。乃引臂替枕，徐谓玉曰：“平生志愿，今日获从，粉骨碎身，誓不相舍。夫人何发此言。请以素缣，著之盟约。”玉因收泪，命侍儿樱桃褰幄[18]执烛，受生笔研，玉管弦之暇，雅好诗书，筐箱笔研，皆王家之旧物。遂取秀囊，出越姬乌丝栏素缣三尺以授生。生素多才思，援笔成章，引谕山河，指诚日月，句句恳切，闻之动人。染毕[19]，命藏于宝箧之内。自尔婉娈相得，若翡翠之在云路也[20]。如此二岁，日夜相从。

其后年春，生以书判拔萃登科，授郑县主簿。至四月，将之官，便拜庆於东洛。长安亲戚，多就筵饯。时春物尚馀，夏景初丽，酒阑宾散，离思萦怀。玉谓生曰：“以君才地名声，人多景慕，愿结婚媾，固亦众矣。况堂有严亲，室无冢妇，君之此去，必就佳姻。盟约之言，徒虚语耳。然妾有短愿，欲辄指陈。永委君心[21]，复能听否？”生惊怪曰：“有何罪过，忽发此辞？试说所言，必当敬奉。”玉曰：“妾年始十八，君才二十有二，迨君壮室之秋[22]，犹有八岁。一生欢爱，愿毕此期。然后妙选高门，以谐秦晋，亦未为晚。妾便舍弃人事，剪发披缁[23]，夙昔之愿，於此足矣。”生且愧且感，不觉涕流。因谓玉曰：“皎日之誓，死生以之。与卿偕老，犹恐未惬素志，岂敢辄有二三[24]。

固请不疑，但端居相待。至八月，必当却到华州，寻使奉迎，相见非远。”更数日，生遂诀别东去。

到任旬日，求假往东都觐亲。未至家日，太夫人以与商量表妹卢氏，言约已定。太夫人素严毅，生逡巡不敢辞让，遂就礼谢，便有近期。卢亦甲族也，嫁女於他门，聘财必以百万为约，不满此数，义在不行。生家素贫，事须求贷，便托假故，远投亲知，涉历江、怀，自秋及夏。生自以辜负盟约，大愆回期，寂不知闻，欲断期望，遥托亲故，不遗漏言。

玉自生逾期，数访音信。虚词诡说，日日不同。博求师巫，便询卜篋，怀优抱恨，周岁有馀。羸卧空闺，遂成沈疾。虽生之书题竟绝，而玉之想望不移，赂遗亲知，使通消息。寻求既切，资用屡空，往往私令侍婢潜卖篋中服玩之物，多托於西市寄附铺侯景先家货卖。曾令侍婢浣沙将紫玉钗一只，诣景先家货之。路逢内作[25]老玉工，见浣沙所执，前来认之曰：“此钗，吾所作也。昔岁霍王小女将欲上鬟[26]，令我作此，酬我万钱。我尝不忘。汝是何人，从何而得？”浣沙曰：“我小娘子，即霍王女也。家事破散，失身於人。夫婿昨向东都，更无消息。悒怏成疾，今欲二年。令我卖此，赂遗於人，使求音信。”玉工凄然下泣曰：“贵人男女，失机落节，一至於此！我残年向尽，见此盛衰，不胜伤感。”遂引至延先公主宅，具言前事，公主亦为之悲叹良久，给钱十二万焉。时生所定卢氏女在长安，生即毕於聘财，还归郑县。其年腊月，又请假入城就亲。潜卜静居，不令人知。有明经[27]崔允明者，生之中表弟也。性甚长厚，昔岁常与生童欢於郑氏之室，杯盘笑语，曾不相间。每得生信，必诚告於玉。玉常以薪刍衣服，资给於崔。崔颇感之。生既至，崔具以诚告玉。玉恨叹曰：“天下岂有是事乎！”遍请亲朋，多方召致。生字以愆期负约，又知玉疾候沈绵，惭耻忍割[28]，终不肯往。晨出暮归，欲以回避。

玉日夜涕泣，都忘寝食，期一相见，竟无因由[29]。冤愤益深，委顿床枕。自是长安中稍有知者。风流之士，共感玉之多情；豪侠之伦，皆怒生之薄行。时已三月，人多春游。生与同辈五六人诣崇敬寺玩牡丹花，步于西廊，递吟诗句。有京兆韦夏卿者，生之密友，时亦同行。谓生曰：“风光甚丽，草木荣华。伤哉郑卿，衔冤空室！足下终能弃置，实是忍人[30]。丈夫之心，不宜如此。足下宜为思之！”叹让[31]之际，忽有一豪士，衣轻黄纻衫，挟弓弹，风神俊美，衣服卿华，唯有一剪头胡雏[32]从后，潜行而听之。俄而前揖生曰：“公非李十郎者乎？某族本山东，姻连外戚。虽乏文藻，心实乐贤。仰公声华，常思觏止。今日幸会，得睹清扬。某之敝居，去此不远，亦有声乐，足以娱情。妖姬八九人，骏马十数匹，唯公所欲。但愿一过。”生之侪辈，共聆斯语，更相叹美。因与豪士策马同行，疾转数坊，遂至胜业。生以进郑之所止，意不欲过，便托事故，欲回马首。

豪士曰：“敝居咫尺，忍相弃乎？”乃挽挟其马，牵引而行。迁延之间，已及郑曲。生神情恍惚，鞭马欲回。豪士遽命奴仆数人，抱持而进。疾走推入车门，便令锁却，报云：“李十郎至也！”一家惊喜，声闻於外。先此一夕，玉梦黄衫丈夫抱生来，至席，使玉脱鞋。惊寤而告母。因自解曰："鞋者，谐也。夫妇再合。脱者，解也。既合而解，亦当永诀。由此征之，必遂相见，相见之后，当死矣。"凌晨，请母梳妆。母以其久病，心意惑乱，不甚信之。黾勉[33]之间，强为妆梳。妆梳才必，而生果至。玉沈绵日久，转侧须人。忽闻生来，欻然自起，更衣而出，恍若有神。遂与生相见，含怒凝视，不复有言。羸质娇姿，如不胜致[34]，时负掩袂，返顾李生。感物伤人，坐皆欷歔。顷之，有酒肴数十盘，自外而来。一坐惊视，遽问其故，悉是豪士之所致也。因遂陈设，相就而坐。玉乃侧身转面，斜视生良久遂举杯酒酬地[35]曰："我为女子，薄命如斯！君是丈夫，负心若此！韶颜稚齿，饮恨而终。慈母在堂，不能供养。绮罗弦管，从此永休。征痛黄泉[36]，皆君所致。李君李君，今当永诀！我死之后，必为厉鬼，使君妻妾，终日不安！"乃引左手握生臂，掷杯於地，长恸号哭数声而绝。

母乃举尸，置於生怀，令唤之，遂不复苏矣。生为之缟素，旦夕哭泣甚哀。将葬之夕。生忽见玉穗帷之中，容貌妍丽，宛若平生。著石榴裙，紫袿，红绿帔子[37]。斜身倚帷，手引绣带，顾谓生曰："愧君相送，尚有馀情。幽冥之中，能不感叹。"言毕，遂不复见。明日，葬於长安御宿原[38]。生至墓所，尽哀而返。后月余，就礼于卢氏。伤情感物，郁郁不乐。夏五月，与卢氏偕行，归於郑县。至县旬日，生方与卢氏寝，忽帐外叱叱作声。生惊视之，则见一男子，年可二十馀，姿状温美，藏身映幔，连招卢氏。生惶遽走起，绕幔数匝，倏然不见。生自此心怀疑恶，猜忌万端，夫妻之间，无聊生[39]矣。或有亲情，曲相劝喻。生意稍解。

后旬日，生复自外归，卢氏方鼓琴於床，忽见自门抛一斑犀钿花合子，方圆一寸馀，中有轻绢，作同心结，坠於卢氏怀中。生开而视之，见相思子二，叩头虫一，发杀觜一，驴驹媚少许。生当时愤怒叫吼，声如豺虎，引琴撞击其妻，诘令实告。卢氏亦终不自明。尔后往往暴加捶楚，备诸毒虐，竟讼於公庭而遣[40]之。卢氏既出，生或侍婢媵妾之属，暂同枕席，便加妒忌。或有因而杀之者。生尝游广陵，得名姬曰营十一娘者，容态润媚，生甚悦之。每相对坐，尝谓营曰："我尝於某处得某姬，犯某事，我以某法杀之。"日日陈说，欲令惧己，以肃清闺门。出则以浴斛复营於床，周回封署，归必详视，然后乃开。又畜一短剑，甚利，顾谓侍婢曰："此信州葛溪铁，唯断作罪过头！"大凡生所见妇人，辄加猜忌，至於三娶，率[41]皆如初焉。

【注释】

（1）拔萃：唐代科举及第后，算是取得了做官的资格，但还要经过一定的期限才可以选任为官。如果要马上得官，可以参加另一种考试。这种考试，如果试文三篇，叫作"宏词"；如果撰拟判词三条，叫作"拔萃"。这种考试是由吏部主持的，所以下文说"俟试于天官"（天官，吏部的别称）。

（2）门族清华：出身高贵的意思。

（3）翕然：一致的样子

（4）自矜风调：自以为有才貌、风流自赏。

（5）便（pián）僻：机灵，能说会道。

（6）追风挟策，推为渠帅：意思是凡是想追求女人的，她都可以代为设法，因此大家推她当头儿。追风：指追求女人的行为。挟策：有主意，有办法。渠帅：盗贼的首领。

（7）摄衣从之：撩着衣襟跑出来，形容急速的样子。

（8）苏姑子："书罐子"的音变，当时对书生的谑称。

（9）不邀：不贪求。

（10）如此色目：这等样人。色目：角色、人才的意思。

（11）格调：这里指才貌。

（12）曲：唐代指京城坊里的小街巷。甫上车门宅：巷头上车门旁的宅院。

（13）桂子：霍小玉的婢女。

（14）迟明：黎明。巾帻：戴上头巾。巾：这里用作动词。

（15）馀妍：美艳至极。馀：饶足。

（16）巫山、洛浦：巫山是指战国楚襄王的故事，宋玉的《高唐赋》序里说，楚襄王和他游云梦，他告诉襄王，先王（楚怀王）曾遇到巫山神女欢会，朝为行云，暮为行雨，朝朝暮暮，阳台之下。洛浦是指洛神的故事，三国时曹植作《洛神赋》，描写在洛水边上他遇到了美丽的洛神来叙情。

（17）女萝：松萝，一种蔓生植物，多攀附在别的树上生长。比喻女子对丈夫的依附。无托，秋扇见捐：扇子到了秋天，就没有用了。比喻女子因年老色衰而被弃。

（18）褰幄：揭起帷帐。

（19）染毕：写完。

（20）"自尔"句：从此以后，彼此恩爱称心，如同翠鸟高飞云端一样。婉娈：亲热、恩爱的意思。云路：云端。

（21）短愿：小小的愿望。永委君心：永远放在您心上。

（22）壮室之秋：娶妻的适当年龄，指三十岁时。古有"三十而娶"的说法。

（23）剪发披缁：即出家当尼姑。缁：缁衣，僧尼所穿的黑色僧服。

（24）未惬素志：不能满足向来的心愿。二三：三心二意。

（25）内作：皇家的工匠。

（26）上鬟：古时女子十五及笄，要举行一个仪式，把披散的头发梳上去，可以插簪子，表示已经成人待嫁了，称为"上鬟"。

（27）明经：唐代考选制度，曾经分为秀才、明经、进士等科。由考察经义取中的为"明经"。

（28）疾候沈绵：病得很沉重。惭耻忍割：又惭愧又羞耻，只能忍痛割舍。

（29）因由：机会。

（30）忍人：狠心的人。

（31）让：责备。

（32）胡雏：卖身为奴的幼年胡人。

（33）黾（mǐn）勉：勉强。

（34）如不胜致：就好像禁不住的样子。致：意态、神态。

（35）酬地：浇酒在地。

（36）征痛黄泉：造成死亡的痛苦。征：招致。

（37）石榴裙：红裙。紫裆（kè）：唐时妇女穿的一种外袍。红绿帔（pèi）子：唐时妇女披于肩背的一种纱巾，多为薄质纱罗所制，长的叫披帛，短的叫帔子。

（38）御宿原：在长安城南，是古时埋葬死者的地方。

（39）无聊生：毫无生趣的样子。

（40）遣：把妻子休掉。

（41）率：一律。

第四节　明清小说

三国演义（节选）

《三国演义》是中国古代第一部长篇章回小说，是历史演义小说的经典之作。小说描写了公元3世纪以曹操、刘备、孙权为首的魏、蜀、吴三个政治、军事集团之间的矛盾和斗争。在广阔的社会历史背景上，展示出那个时代尖锐复杂又极具特色的政治军事冲突，在政治、军事谋略方面，对后世产生了深远的影响。

第三十七回　司马徽再荐名士　刘玄德三顾草庐

却说徐庶趱程赴许昌。曹操知徐庶已到，遂命荀彧、程昱等一班谋士往迎之。庶入相府拜见曹操。操曰："公乃高明之士，何故屈身而事刘备乎？"庶曰："某幼逃难，流落江湖，偶至新野，遂与玄德交厚，老母在此，幸蒙慈念，不胜愧感。"操曰："公今至此，正可晨昏侍奉令堂，吾亦得听清诲矣。"庶拜谢而出。急往见其母，泣拜于堂下。母大惊曰："汝何故至此？"庶曰："近于新野事刘豫州；因得母书，故星夜至此。"徐母勃然大怒，拍案骂曰："辱子飘荡江湖数年，吾以为汝学业有进，何其反不如初也！汝既读书，须知忠孝不能两全。岂不识曹操欺君罔上之贼？刘玄德仁义布于四海，况又汉室之胄，汝既事之，得其主矣，今凭一纸伪书，更不详察，遂弃明投暗，自取恶名，真愚夫也！吾有何面目与汝相见！汝玷辱祖宗，空生于天地间耳！"骂得徐庶拜伏于地，不敢仰视，母自转入屏风后去了。少顷，家人出报曰："老夫人自缢于梁间。"徐庶慌入救时，母气已绝。后人有《徐母赞》曰："贤哉徐母，流芳千古：守节无亏，于家有补；教子多方，处身自苦；气若丘山，义出肺腑；赞美"豫州"，毁触魏武；不畏鼎镬，不惧刀斧；唯恐后嗣，玷辱先祖。伏剑同流，断机堪伍；生得其名，死得其所：贤哉徐母，流芳千古！"徐庶见母已死，哭绝于地，良久方苏。曹操使人赍礼吊问，又亲往祭奠。

徐庶葬母柩于许昌之南原，居丧守墓。凡曹操所赐，庶俱不受。

时操欲商议南征。荀彧谏曰：“天寒未可用兵；姑待春暖，方可长驱大进。”操从之，乃引漳河之水作一池，名玄武池，于内教练水军，准备南征。

却说玄德正安排礼物，欲往隆中谒诸葛亮，忽人报：“门外有一先生，峨冠博带，道貌非常，特来相探。”玄德曰：“此莫非即孔明否？”遂整衣出迎。视之，乃司马徽也。玄德大喜，请入后堂高坐，拜问曰：“备自别仙颜，因军务倥偬，有失拜访。今得光降，大慰仰慕之私。”徽曰：“闻徐元直在此，特来一会。”玄德曰：“近因曹操囚其母，似母遣人驰书，唤回许昌去矣。”徽曰：“此中曹操之计矣！吾素闻徐母最贤，虽为操所囚，必不肯驰书召其子；此书必诈也。元直不去，其母尚存；今若去，母必死矣！”玄德惊问其故，徽曰：“徐母高义，必羞见其子也。”玄德曰：“元直临行，荐南阳诸葛亮，其人若何？”徽笑曰：“元直欲去，自去便了，何又惹他出来呕心血也？”玄德曰：“先生何出此言？”徽曰：“孔明与博陵崔州平、颍川石广元、汝南孟公威与徐元直四人为密友。此四人务于精纯，惟孔明独观其大略。尝抱膝长吟，而指四人曰：“公等仕进可至刺史、郡守。众问孔明之志若何，孔明但笑而不答。每常自比管仲、乐毅，其才不可量也。”玄德曰：“何颍川之多贤乎！”徽曰：“昔有殷馗善观天文，尝谓‘群星聚于颍分，其地必多贤士。’”时云长在侧曰：“某闻管仲、乐毅乃春秋、战国名人，功盖寰宇；孔明自比此二人，毋乃太过？”徽笑曰：“以吾观之，不当比此二人；我欲另以二人比之。”云长问：“那二人？”徽曰：“可比兴周八百年之姜子牙、旺汉四百年之张子房也。”众皆愕然。徽下阶相辞欲行，玄德留之不住。徽出门仰天大笑曰：“卧龙虽得其主，不得其时，惜哉！”言罢，飘然而去。玄德叹曰：“真隐居贤士也！”

次日，玄德同关、张并从人等来隆中。遥望山畔数人，荷锄耕于田间，而作歌曰：“苍天如圆盖，陆地似棋局；世人黑白分，往来争荣辱：荣者自安安，辱者定碌碌。南阳有隐居，高眠卧不足！”玄德闻歌，勒马唤农夫问曰：“此歌何人所作？”答曰：“乃卧龙先生所作也。”玄德曰：“卧龙先生住何处？”农夫曰：“自此山之南，一带高冈，乃卧龙冈也。冈前疏林内茅庐中，即诸葛先生高卧之地。”玄德谢之，策马前行。不数里，遥望卧龙冈，果然清景异常。后人有古风一篇，单道卧龙居处。诗曰：“襄阳城西二十里，一带高冈枕流水：高冈屈曲压云根，流水潺湲飞石髓；势若困龙石上蟠，形如单凤松阴里；柴门半掩闭茅庐，中有高人卧不起。修竹交加列翠屏，四时篱落野花馨；床头堆积皆黄卷，座上往来无白丁；叩户苍猿时献果，守门老鹤夜听经；囊里名琴藏古锦，壁间宝剑挂七星。庐中先生独幽雅，闲来亲自勤耕稼：专待春雷惊梦回，一声长啸安天下。”玄德来到庄前，下马亲叩柴门，一童出问。玄德曰：“汉左将军、宜城亭、侯领豫州牧、皇叔刘备，特来拜见先生。”童子曰：“我记不得许多名字。”玄德曰：“你只说刘备来访。”童子曰：“先生今早少出。”玄德曰：“何处去了？”童子曰：“踪迹不定，不知何处去了。”玄德曰：“几时归？”童子曰：“归期亦不定，或三五日，或十数日。”玄德惆怅不已。张飞曰：“既不见，自归去罢了。”玄德曰：“且待片时。”云长曰：“不如且归，再使人来探听。”玄德从其言，嘱付童子：“如先生回，可言刘备拜访。”遂上马，行数里，勒马回观隆中景物，果然山不高而秀雅，水不深而澄清；地不广而平坦，林不大而茂盛；猿鹤相亲，松篁交翠。观之不已，忽见一人，容貌轩昂，丰姿俊爽，头戴逍遥巾，身穿皂布袍，杖藜从山僻小路而来。玄德曰："此必卧龙先生也！"急下马向前施礼，问曰："先生非卧龙否？"其人曰："将军是谁？"玄德曰："刘备也。"其人曰："吾非孔明，乃孔明之友，博陵崔州平也。"玄德曰："久闻大名，幸得相遇。乞即席地权坐，请教一言。"二人对坐于林间石上，关、张侍立于侧。州平曰："将军何故欲见孔明？"玄德曰："方今天下大乱，四方云扰，欲见孔明，求安邦定国之策耳。"州平笑曰："公以定乱为主，虽是仁心，但自古以来，治乱无常。自高祖斩蛇起义，诛无道秦，是由乱而入治也；至哀、平之世二百年，太平日久，王莽篡逆，又由治而入乱；光武中兴，重整基业，复由乱而入治；至今二百年，民安已久，故干戈又复四起：此正由治入乱之时，未可猝定也。将军欲使孔明斡旋天地，补缀乾坤，恐不易为，徒费心力耳。岂不'闻顺天者逸，逆天者劳'；'数之所在，理不得而夺之；命之所在，人不得而强之'乎？"玄德曰："先生所言，诚为高见。但备身为汉胄，合当匡扶汉室，何敢委之数与命？"州平曰："山野之夫，不足与论天下事，适承明问，故妄言之。"玄德曰："蒙先生见教。但不知孔明往何处去了？"州平曰："吾亦欲访之，正不知其何往。"玄德曰："请先生同至敝县，若何？"州平曰："愚性颇乐闲散，无意功名久矣；容他日再见。"言讫，长揖而去。玄德与关、张上马而行。张飞曰："孔明又访不着，却遇此腐儒，闲谈许久！"玄德曰："此亦隐者之言也。"

三人回至新野，过了数日，玄德使人探听孔明。回报曰："卧龙先生已回矣。"玄德便教备马。张飞曰："量一村夫，何必哥哥自去，可使人唤来便了。"玄德叱曰："汝岂不闻孟子云：欲见贤而不以其道，犹欲其入而闭之门也。孔明当世大贤，岂可召乎！"遂上马再往访孔明。关、张亦乘马相随。时值隆冬，天气严寒，彤云密布。行无数里，忽然朔风凛凛，瑞雪霏霏：山如玉簇，林似银妆。张飞曰："天寒地冻，尚不用兵，岂宜远见无益之人乎！不如回新野以避风雪。"玄德曰："吾正欲使孔明知我殷勤之意。如弟辈怕冷，可先回去。"飞曰："死且不怕，岂怕冷乎！但恐哥哥空劳神思。"玄德曰："勿多言，只相随同去。"将近茅庐，忽闻路傍酒店中有人作歌。玄德立马听之。其歌曰："壮士功名尚未成，呜呼久不遇阳春！君不见：东海者叟辞荆榛，后车遂与文王亲；八百诸侯不期会，白鱼入舟涉孟津；牧野一战血流杵，鹰扬伟烈冠武臣。又不见：高阳酒徒起草中，长揖芒砀隆准公；高谈王霸惊人耳，辍洗延坐钦英风；东下齐城七十二，天下无人能继踪。二人功迹尚如此，至今谁肯论英雄？"歌罢，又有一人击桌而歌。其歌曰："吾皇提剑清寰海，创业垂基四百载；桓灵季业火德衰，奸臣贼子调鼎鼐。青蛇飞下御座傍，又见妖虹降玉堂；群盗四方如蚁聚，奸雄百辈皆鹰扬，吾侪长啸空拍手，闷来村店饮村酒；独善其身尽日安，何须千古名不朽！"

二人歌罢，抚掌大笑。玄德曰："卧龙其在此间乎！"遂下马入店。见二人凭桌对饮：上首者白面长须，下首者清奇古貌。玄德揖而问曰："二公谁是卧龙先生？"长须者曰："公何人？欲寻卧龙何干？"玄德曰："某乃刘备也。欲访先生，求济世安民之术。"长须者曰："我等非卧龙，皆卧龙之友也：吾乃颍川石广元，此位是汝南孟公威。"玄德喜曰："备久闻二公大名，幸得邂逅。今有随行马匹在此，敢请二公同往卧龙庄上一谈。"广元曰："吾等皆山野慵懒之徒，不省治国安民之事，不劳下问。明公请自上马，寻访卧龙。"

玄德乃辞二人，上马投卧龙冈来。到庄前下马，扣门问童子曰："先生今日在庄否？"童子曰："现在堂上读书。"玄德大喜，遂跟童子而入。至中门，只见门上大书一联云："淡泊以明志。宁静而致远。"玄德正看间，忽闻吟咏之声，乃立于门侧窥之，见草堂之上，一少年拥炉抱膝，歌曰："凤翱翔于千仞兮，非梧不栖；士伏处于一方兮，非主不依。乐躬耕于陇亩兮，吾爱吾庐；聊寄傲于琴书兮，以待天时。"

玄德待其歌罢，上草堂施礼曰："备久慕先生，无缘拜会。昨因徐元直称荐，敬至仙庄，不遇空回。今特冒风雪而来。得瞻道貌，实为万幸，"那少年慌忙答礼曰："将军莫非刘豫州，欲见家兄否？"玄德惊讶曰："先生又非卧龙耶？"少年曰："某乃卧龙之弟诸葛均也。愚兄弟三人：长兄诸葛瑾，现在江东孙仲谋处为幕宾；孔明乃二家兄。"玄德曰："卧龙今在家否？"均曰："昨为崔州平相约，出外闲游去矣。"玄德曰："何处闲游？"均曰："或驾小舟游于江湖之中，或访僧道于山岭之上，或寻朋友于村落之间，或乐琴棋于洞府之内：往来莫测，不知去所。"玄德曰："刘备直如此缘分浅薄，两番不遇大贤！"均曰："少坐献茶。"张飞曰："那先生既不在，请哥哥上马。"玄德曰："我既到此间，如何无一语而回？"因问诸葛均曰："闻令兄卧龙先生熟谙韬略，日看兵书，可得闻乎？"均曰："不知。"张飞曰："问他则甚！风雪甚紧，不如早归。"玄德叱止之。均曰："家兄不在，不敢久留车骑；容日却来回礼。"玄德曰："岂敢望先生枉驾。数日之后，备当再至。愿借纸笔作一书，留达令兄，以表刘备殷勤之意。"均遂进文房四宝。玄德呵开冻笔，拂展云笺，写书曰："备久慕高名，两次晋谒，不遇空回，惆怅何似！窃念备汉朝苗裔，滥叨名爵，伏睹朝廷陵替，纲纪崩摧，群雄乱国，恶党欺君，备心胆俱裂。虽有匡济之诚，实乏经纶之策。仰望先生仁慈忠义，慨然展吕望之大才，施子房之鸿略，天下幸甚！社稷幸甚！先此布达，再容斋戒薰沐，特拜尊颜，面倾鄙悃。统希鉴原。"玄德写罢，递与诸葛均收了，拜辞出门。均送出，玄德再三殷勤致意而别。方上马欲行，忽见童子招手篱外，叫曰："老先生来也。"玄德视之，见小桥之西，一人暖帽遮头，狐裘蔽体，骑着一驴，后随一青衣小童，携一葫芦酒，踏雪而来；转过小桥，口吟诗一首。诗曰："一夜北风寒，万里彤云厚。长空雪乱飘，改尽江山旧。仰面观太虚，疑是玉龙斗。纷纷鳞甲飞，顷刻遍宇宙。骑驴过小桥，独叹梅花瘦！"玄德闻歌曰："此真卧龙矣！"滚鞍下马，向前施礼曰："先生冒寒不易！刘备等候久矣！"那人慌忙下驴答礼。

诸葛均在后曰："此非卧龙家兄，乃家兄岳父黄承彦也。"玄德曰："适间所吟之句，极其高妙。"承彦曰："老夫在小婿家观《梁父吟》，记得这一篇；适过小桥，偶见篱落间梅花，故感而诵之。不期为尊客所闻。"玄德曰："曾见令婿否？"承彦曰："便是老夫也来看他。"玄德闻言，辞别承彦，上马而归。正值风雪又大，回望卧龙冈，悒怏不已。后人有诗单道玄德风雪访孔明。诗曰："一天风雪访贤良，不遇空回意感伤。冻合溪桥山石滑，寒侵鞍马路途长。当头片片梨花落，扑面纷纷柳絮狂。回首停鞭遥望处，烂银堆满卧龙冈。"

玄德回新野之后，光阴荏苒，又早新春。乃令卜者揲蓍，选择吉期，斋戒三日，薰沐更衣，再往卧龙冈谒孔明。关、张闻之不悦，遂一齐入谏玄德。正是：高贤未服英雄志，屈节偏生杰士疑。

未知其言若何，下文便晓。

第三十八回　定三分隆中决策　战长江孙氏报仇

却说玄德访孔明两次不遇，欲再往访之。关公曰："兄长两次亲往拜谒，其礼太过矣。想诸葛亮有虚名而无实学，故避而不敢见。兄何惑于斯人之甚也！"玄德曰："不然，昔齐桓公欲见东郭野人，五反而方得一面。况吾欲见大贤耶？"张飞曰："哥哥差矣。量此村夫，何足为大贤；今番不须哥哥去；他如不来，我只用一条麻绳缚将来！"玄德叱曰："汝岂不闻周文王谒姜子牙之事乎？文王且如此敬贤，汝何太无礼！今番汝休去，我自与云长去。"飞曰："既两位哥哥都去，小弟如何落后！"玄德曰："汝若同往，不可失礼。"飞应诺。

于是三人乘马引从者往隆中。离草庐半里之外，玄德便下马步行，正遇诸葛均。玄德忙施礼，问曰："令兄在庄否？"均曰："昨暮方归。将军今日可与相见。"言罢，飘然自去。玄德曰："今番侥幸得见先生矣！"张飞曰："此人无礼！便引我等到庄也不妨，何故竟自去了！"玄德曰："彼各有事，岂可相强。"三人来到庄前叩门，童子开门出问。玄德曰："有劳仙童转报：刘备专来拜见先生。"童子曰："今日先生虽在家，但今在草堂上昼寝未醒。"玄德曰："既如此，且休通报。"分付关、张二人，只在门首等着。玄德徐步而入，见先生仰卧于草堂几席之上。玄德拱立阶下。半晌，先生未醒。关、张在外立久，不见动静，入见玄德犹然侍立。张飞大怒，谓云长曰："这先生如何傲慢！见我哥哥侍立阶下，他竟高卧，推睡不起！等我去屋后放一把火，看他起不起！"云长再三劝住。玄德仍命二人出门外等候。望堂上时，见先生翻身将起，忽又朝里壁睡着。童子欲报。玄德曰："且勿惊动。"又立了一个时辰，孔明才醒，口吟诗曰："大梦谁先觉？平生我自知，草堂春睡足，窗外日迟迟。"孔明吟罢，翻身问童子曰："有俗客来否？"童子曰："刘皇叔在此，立候多时。"孔明乃起身曰："何不早报！尚容更衣。"遂转入后堂。又半晌，方整衣冠出迎。

玄德见孔明身长八尺，面如冠玉，头戴纶巾，身披鹤氅，飘飘然有神仙之概。玄德下拜曰："汉室末胄、涿郡愚夫，久闻先生大名，如雷贯耳。昨两次晋谒，不得一见，已书贱名于文几，未审得入览否？"孔明曰："南阳野人，疏懒性成，屡蒙将军枉临，不胜愧赧。"二人叙礼毕，分宾主而坐，童子献茶。茶罢，孔明曰："昨观书意，足见将军忧民忧国之心；但恨亮年幼才疏，有误下问。"玄德曰："司马德操之言，徐元直之语，岂虚谈哉？望先生不弃鄙贱，曲赐教诲。"孔明曰："德操、元直，世之高士。亮乃一耕夫耳，安敢谈天下事？二公谬举矣。将军奈何舍美玉而求顽石乎？”玄德曰：“大丈夫抱经世奇才，岂可空老于林泉之下？愿先生以天下苍生为念，开备愚鲁而赐教。”孔明笑曰：“愿闻将军之志。”玄德屏人促席而告曰：“汉室倾颓，奸臣窃命，备不量力，欲伸大义于天下，而智术浅短，迄无所就。惟先生开其愚而拯其厄，实为万幸！”孔明曰：“自董卓造逆以来，天下豪杰并起。曹操势不及袁绍，而竟能克绍者，非惟天时，抑亦人谋也。今操已拥百万之众，挟天子以令诸侯，此诚不可与争锋。孙权据有江东，已历三世，国险而民附，此可用为援而不可图也。荆州北据汉、沔，利尽南海，东连吴会，西通巴、蜀，此用武之地，非其主不能守；是殆天所以资将军，将军岂有意乎？益州险塞，沃野千里，天府之国，高祖因之以成帝业；今刘璋暗弱，民殷国富，而不知存恤，智能之士，思得明君。将军既帝室之胄，信义著于四海，总揽英雄，思贤如渴，若跨有荆、益，保其岩阻，西和诸戎，南抚彝、越，外结孙权，内修政理；待天下有变，则命一上将将荆州之兵以向宛、洛，将军身率益州之众以出秦川，百姓有不箪食壶浆以迎将军者乎？诚如是，则大业可成，汉室可兴矣。此亮所以为将军谋者也。惟将军图之。”言罢，命童子取出画一轴，挂于中堂，指谓玄德曰：“此西川五十四州之图也。将军欲成霸业，北让曹操占天时，南让孙权占地利，将军可占人和。先取荆州为家，后即取西川建基业，以成鼎足之势，然后可图中原也。”玄德闻言，避席拱手谢曰：“先生之言，顿开茅塞，使备如拨云雾而睹青天。但荆州刘表、益州刘璋，皆汉室宗亲，备安忍夺之？”孔明曰：“亮夜观天象，刘表不久人世；刘璋非立业之主：久后必归将军。”玄德闻言，顿首拜谢。只这一席话，乃孔明未出茅庐，已知三分天下，真万古之人不及也！后人有诗赞曰：“豫州当日叹孤穷，何幸南阳有卧龙！欲识他年分鼎处，先生笑指画图中。”玄德拜请孔明曰：“备虽名微德薄，愿先生不弃鄙贱，出山相助。备当拱听明诲。”孔明曰：“亮久乐耕锄，懒于应世，不能奉命。”玄德泣曰：“先生不出，如苍生何！”言毕，泪沾袍袖，衣襟尽湿。孔明见其意甚诚，乃曰：“将军既不相弃，愿效犬马之劳。”玄德大喜，遂命关、张入，拜献金帛礼物。孔明固辞不受。玄德曰：“此非聘大贤之礼，但表刘备寸心耳。”孔明方受。于是玄德等在庄中共宿一宵。

次日，诸葛均回，孔明嘱付曰：“吾受刘皇叔三顾之恩，不容不出。汝可躬耕于此，勿得荒芜田亩。待我功成之日，即当归隐。”后人有诗叹曰：“身未升腾思退步，功成应忆去时言。只因先主丁宁后，星落秋风五丈原。”又有古风一篇曰：

“高皇手提三尺雪，芒砀白蛇夜流血；平秦灭楚入咸阳，二百年前几断绝。
大哉光武兴洛阳，传至桓灵又崩裂；献帝迁都幸许昌，纷纷四海生豪杰：
曹操专权得天时，江东孙氏开鸿业；孤穷玄德走天下，独居新野愁民厄。
南阳卧龙有大志，腹内雄兵分正奇；只因徐庶临行语，茅庐三顾心相知。
先生尔时年三九，收拾琴书离陇亩；先取荆州后取川，大展经纶补天手；
纵横舌上鼓风雷，谈笑胸中换星斗；龙骧虎视安乾坤，万古千秋名不朽！”

玄德等三人别了诸葛均，与孔明同归新野。

玄德待孔明如师，食则同桌，寝则同榻，终日共论天下之事，孔明曰：“曹操于冀州作玄武池以练水军，必有侵江南之意。可密令人过江探听虚实。”玄德从之，使人往江东探听。

却说孙权自孙策死后，据住江东，承父兄基业，广纳贤士，开宾馆于吴会，命顾雍、张纮延接四方宾客。连年以来，你我相荐。时有会稽阚泽，字德润；彭城严畯，字曼才；沛县薛综，字敬文；汝阳程秉，字德枢；吴郡朱桓，字休穆；陆绩，字公纪；吴人张温，字惠恕；乌伤骆统，字公绪；乌程吾粲，字孔休：此数人皆至江东，孙权敬礼甚厚。又得良将数人：乃汝南吕蒙，字子明；吴郡陆逊，字伯言；琅琊徐盛，字文向；东郡潘璋，字文珪；庐江丁奉，字承渊。文武诸人，共相辅佐，由此江东称得人之盛。

建安七年，曹操破袁绍，遣使往江东，命孙权遣子入朝随驾。权犹豫未决。吴太夫人命周瑜、张昭等面议。张昭曰：“操欲令我遣子入朝，是牵制诸侯之法也。然若不令去，恐其兴兵下江东，势必危矣。”周瑜曰：“将军承父兄遗业，兼六郡之众，兵精粮足，将士用命，有何逼迫而欲送质于人？质一入，不得不与曹氏连和；彼有命召，不得不往：如此，则见制于人也。不如勿遣，徐观其变，别以良策御之。”吴太夫人曰：“公瑾之言是也。”权遂从其言，谢使者，不遣子。自此曹操有下江南之意。但正值北方未宁，无暇南征。

建安八年十一月，孙权引兵伐黄祖，战于大江之中。祖军败绩。权部将凌操，轻舟当先，杀入夏口，被黄祖部将甘宁一箭射死。凌操子凌统，时年方十五岁，奋力往夺父尸而归。权见风色不利，收军还东吴。

却说孙权弟孙翊为丹阳太守，翊性刚好酒，醉后尝鞭挞士卒。丹阳督将妫览、郡丞戴员二人，常有杀翊之心；乃与翊从人边洪结为心腹，共谋杀翊。时诸将县令，皆集丹阳，翊设宴相待。翊妻徐氏美而慧，极善卜《易》，是日卜一卦，其象大凶，劝翊勿出会客。翊不从，遂与众大会。至晚席散，边洪带刀跟出门外，即抽刀砍死孙翊。妫览、戴员乃归罪边洪，斩之于市。二人乘势掳翊家资侍妾。妫览见徐氏美貌，乃谓之曰：“吾为汝夫报仇，汝当从我；不从则死。”徐氏曰：“夫死未几，不忍便相从；可待至晦日，设祭除服，然后成亲未迟。”览从之。徐氏乃密召孙翊心腹旧将孙高、傅婴二人入府，泣告曰：“先夫在日，常言二公忠义。今妫、戴二贼，谋杀我夫，只归罪边洪，将我家资童婢尽皆分去。妫览又欲强占妾身，妾已诈许之，以安其心。二将军可差人星夜报知吴侯，一面设密计以图二贼，雪此仇辱，生死衔恩！”言毕再拜。孙高、傅婴皆泣曰：“我等平日感府君恩遇，今日所以不即死难者，正欲为复仇计耳。夫人所命，敢不效力！”于是密遣心腹使者往报孙权。

至晦日，徐氏先召孙、傅二人，伏于密室帏幕之中，然后设祭于堂上。祭毕，即除去孝服，沐浴薰香，浓妆艳裹，言笑自若。妫览闻之甚喜。至夜，徐氏遣婢妾请览入府，设席堂中饮酒。饮既醉，徐氏乃邀览入密室。览喜，乘醉而入。徐氏大呼曰：“孙、傅二将军何在！”二人即从帏幕中持刀跃出。妫览措手不及，被傅婴一刀砍倒在地，孙高再复一刀，登时杀死。徐氏复传请戴员赴宴。员入府来，至堂中，亦被孙、傅二将所杀。一面使人诛戮二贼家小，及其余党。徐氏遂重穿孝服，将妫览、戴员首级，祭于孙翊灵前。不一日，孙权自领军马至丹阳，见徐氏已杀妫、戴二贼，乃封孙高、傅婴为牙门将，令守丹阳，取徐氏归家养老。江东人无不称徐氏之德。后人有诗赞曰：“才节双全世所无，奸回一旦受摧锄。庸臣从贼忠臣死，不及东吴女丈夫。”

且说东吴各处山贼，尽皆平复。大江之中，有战船七千余只。孙权拜周瑜为大都督，总统江东水陆军马。建安十二年，冬十月，权母吴太夫人病危，召周瑜、张昭二人至，谓曰：“我本吴人，幼亡父母，与弟吴景徙居越中。后嫁与孙氏，生四子。长子策生时，吾梦月入怀；后生次子权，又梦日入怀。卜者云：梦日月入怀者，其子大贵。不幸策早丧，今将江东基业付权。望公等同心助之，吾死不朽矣！”又嘱权曰：“汝事子布、公瑾以师傅之礼，不可怠慢。吾妹与我共嫁汝父，则亦汝之母也；吾死之后，事吾妹如事我。汝妹亦当恩养，择佳婿以嫁之。”言讫遂终。孙权哀哭，具丧葬之礼，自不必说。

至来年春，孙权商议欲伐黄祖。张昭曰：“居丧未及期年，不可动兵。”周瑜曰：“报仇雪恨，何待期年？”权犹豫未决。适平北都尉吕蒙入见，告权曰：“某把龙湫水口，忽有黄祖部将甘宁来降。某细询之：宁字兴霸，巴郡临江人也；颇通书史，有气力，好游侠；尝招合亡命，纵横于江湖之中；腰悬铜铃，人听铃声，尽皆避之。又尝以西川锦作帆幔，时人皆称为‘锦帆贼’。后悔前非，改行从善，引众投刘表。见表不能成事，即欲来投东吴，却被黄祖留住在夏口。前东吴破祖时，祖得甘宁之力，救回夏口；乃待宁甚薄。都督苏飞屡荐宁于祖。祖曰：宁乃劫江之贼，岂可重用！宁因此怀恨。苏飞知其意，乃置酒邀宁到家，谓之曰：吾荐公数次，奈主公不能用。日月逾迈，人生几何，宜自远图。吾当保公为鄂县长，自作去就之计。宁因此得过夏口，欲投江东，恐江东恨其救黄祖杀凌操之事。某具言主公求贤若渴，不记旧恨；况各为其主，又何恨焉？宁欣然引众渡江，来见主公。乞钧旨定夺。”孙权大喜曰：“吾得兴霸，破黄祖必矣。”遂命吕蒙引甘宁入见。参拜已毕，权曰：“兴霸来此，大获我心，岂有记恨之理？请无怀疑。愿教我以破黄祖之策。”宁曰：“今汉祚日危，曹操终必篡窃。南荆之地，操所必争也。刘表无远虑，其子又愚劣，不能承业传基，明公宜早图之；若迟，则操先图之矣。今宜先取黄祖。祖今年老昏迈，务于货利；侵求吏民，人心皆怨；战具不修，军无法律。明公若往攻之，其势必破。既破祖军，鼓行而西，据楚关而图巴、蜀，霸业可定也。”孙权曰：“此金玉之论也！”遂命周瑜为大都督，总水陆军兵；吕蒙为前部先锋；董袭与甘宁为副将；权自领大军十万，征讨黄祖。

细作探知，报至江夏。黄祖急聚众商议，令苏飞为大将，陈就、邓龙为先锋，尽起江夏之兵迎敌。陈就、邓龙各引一队艨艟截住沔口，艨艟上各设强弓硬弩千余张，将大索系定艨艟于水面上。东吴兵至，艨艟上鼓响，弓弩齐发，兵不敢进，约退数里水面。甘宁谓董袭曰：“事已至此，不得不进。”乃选小船百余只，每船用精兵五十人：二十人撑船，三十人各披衣甲，手执铜刀，不避矢石，直至艨艟傍边，砍断大索，艨艟遂横。甘宁飞上艨艟，将邓龙砍死。陈就弃船而走。吕蒙见了，跳下小船，自举橹棹，直入船队，放火烧船。陈就急待上岸，吕蒙舍命赶到跟前，当胸一刀砍翻。比及苏飞引军于岸上接应时，东吴诸将一齐上岸，势不可当。祖军大败。苏飞落荒而走，正遇东吴大将潘璋，两马相交，战不数合，被璋生擒过去，径至船中来见孙权。权命左右以槛车囚之，待活捉黄祖，一并诛戮。催动三军，不分昼夜，攻打夏口。正是：只因不用锦帆贼，至令冲开大索船。

未知黄祖胜负如何，且看下文分解。

水浒传（节选）

《水浒传》原名《忠义水浒全传》。《水浒传》的作者历来有争议，一般人认为是施耐庵和罗贯中所写的。对于这些材料的真伪问题，学术界意见颇不一致。《水浒传》根据民间流传的宋江起义故事定型，全书叙述北宋末年官逼民反，梁山英雄聚众起义的故事，再现了封建时代农民起义从发生、发展到失败的全过程，塑造了李逵、武松、林冲、张顺、吴用、鲁智深等英雄形象，是中国古代优秀长篇小说之一。

第三十七回　及时雨会神行太保　黑旋风斗浪里白条

话说当时宋江别了差拨，出抄事房来，到点视厅上看时，见那节级掇条凳子坐在厅前，高声唱道："那个是新配到囚徒？"牌头指着宋江道："这个便是。"那节级便骂道："你这黑矮杀才，倚仗谁的势，要不送常例钱来与我？"宋江道："'人情人情，在人情愿。'你如何逼取人财？好小哉相！"两边看的人听了，倒捏两把汗。那人大怒，喝骂："贼配军！安敢如此无礼，颠倒说我小哉！那兜驮的，与我背起来！且打这厮一百讯棍！"两边营里众人都是和宋江好的；见说要他一哄都走了，只剩得那节级和宋江。那人见众人都散了，肚里越怒，拿起讯棒，便奔来打宋江。宋江说道："节级你要打我，我得何罪？"那人大喝道："你这贼配军，是我手里行货！轻咳嗽便是罪过！"宋江道："你便寻我过失，也不到得该死。"那人怒道："你说不该死！我要结果你也不难，只似打杀一个苍蝇！"宋江冷笑道："我因不送得常例钱便该死时，结识梁山泊吴学究却该怎地？"那人听了这话，慌忙丢了手中讯棍，便问道："你说甚么？"宋江道："我自说那结识军师吴学究的，你问我怎地？"那人慌了脚，拖住宋江问道："你正是谁？那里得这话来？"宋江笑道："小可便是山东郓城县宋江。"那人听了，大惊，连忙作揖，说道："原来兄长正是及时雨宋公明！"宋江道："何足挂齿。"那人便道："兄长，此间不是说话处，未敢下拜。同往城里叙怀，请兄长便行。"宋江道："好，节级少待，容宋江锁了房门便来，"

宋江慌忙到房里取了吴用的书，自带了银两，出来锁上房门，分付牌头看守，便和那人离了牢城营里，奔入江州城里来，去一个临街酒肆中楼上坐下。那人问道："兄长何处见吴学究来？"宋江怀中取出书来，递与那人。那人拆开封皮，从头读了藏在袖内，起身望着宋江便拜。宋江慌忙答礼，道："适间言语冲撞，休怪。"那人道："小弟只听得说：'有个姓宋的发下牢城营里来。'往常时，但是发来的配军，常例送银五两。今番已经十数日，不见送来。今日是个空闲日头，因此下来取讨。不想却是仁兄。恰在营内，甚是言语冒渎了哥哥，万望恕罪！"宋江道："差拨亦曾常对小可说起大名。宋江有心要拜识尊颜，却不知足下住处，又无因入城，特地只等尊兄下来，要与足下相会一面，以此耽误日久。不是为这五两银子不舍得送来；只想尊兄必是自来，故意延挨。今日幸得相见，以慰平生之愿。”

说话的，那人是谁？便是吴学究所荐的江州两院押牢节级戴院长戴宗。那时，故宋时，金陵一路节级都称呼做“家长”；湖南一路节级都称呼做“院长”。原来这戴院长有一等惊人的道术；但出路时，书飞报紧急军情事，把两个甲马拴在两只腿上，作起“神行法”来，一日能行五百里；把四个甲马拴在腿上，便一日能行八百里：因此，人都称作神行太保戴宗。

当下戴院长与宋公明说罢了来情去意。戴宗、宋江，俱各大喜。两个坐在阁子里，叫那卖酒的过来，安排酒果肴馔菜蔬来，就酒楼上两个饮酒。宋江诉说一路上遇见许多好汉，众人相会的事务。戴宗也倾心吐胆，把和这吴学究相交来往的事告诉了一遍。两个正说到心腹相爱之处，饮得两三杯酒，只听楼下喧闹起来。过卖连忙走入阁子来对戴宗说道：“这个人只除非是院长说得他下。没奈何，烦院长去解拆则个。”戴宗问道：“在楼下作闹的是谁？”过卖道：“便是时常同院长走的那个唤做铁牛李大哥，在底下寻主人家借钱。”戴宗笑道：“又是这厮在下面无礼。我只道是甚么人。兄长少坐，我去叫了这厮上来。”戴宗便起身下去；不多时，引着一个黑凛凛大汉上楼来。宋江看见，吃了一惊，便问道：“院长，这大哥是谁？”戴宗道：“这个是小弟身边牢里一个小牢子，姓李名逵。祖贯是沂州，沂水县，百丈村人氏。本身一个异名，唤做黑旋风李逵。他乡中都叫他做李铁牛。因为打死了人，逃走出来，虽遇赦宥，流落在此江州，不曾还乡。为他酒性不好，人多惧他。能使两把板斧，又会拳棍，见今在此牢里勾当。”

李逵看着宋江问戴宗道：“哥哥，这黑汉子是谁？”戴宗对宋江笑道：“押司，你看这厮恁么粗卤！全不识些体面！”李逵道：“我问大哥，怎地是粗卤？”戴宗道：“兄弟，你便请问‘这位官人是谁’便好。你倒却说‘这黑汉子是谁，’这不是粗卤却是甚么？我且与你说知，这位仁兄便是闲常你要去投奔他的义士哥哥。”李逵道：“莫不是山东及时雨黑宋江？”戴宗喝道：“咄！你这厮敢如此犯上！直言叫唤，全不识些高低！兀自不快下拜，等几时！”李逵道：“若真个是宋公明，我便下拜；若是闲人，我却拜甚鸟！节级哥哥，不要赚我拜了，你却笑我！”宋江便道：“我正是山东黑宋江。”李逵拍手叫道：“我那爷！你何不早说些个，也教铁牛欢喜！”扑翻身躯便拜。宋江连忙答礼，说道：“壮士大哥请坐。”戴宗道：“兄弟，你便来我身边坐了吃酒。”李逵道：“不耐烦小盏，换个大碗来筛！”宋江便问道：“却才大哥为何在楼下发怒？”李逵道：“我有一锭大银，解了十两小银使用了，却问这主人家那借十两银子去赎那大银出来便还他，自要些使用。叵耐这鸟主人不肯借与我！却待要和那厮放对，打得他家粉碎，却被大哥叫了我上来。”宋江道：“只用十两银子去取？再要利钱么？”李逵道：“利钱已有在这里了，只要十两本钱去讨。”

宋江听罢，便去身边取出一个十两银子，把与李逵，说道：“大哥，你将去赎来用度。”戴宗要阻挡时，宋江已把出来了。李逵接得银子，便道：“却是好也！两位哥哥只在这里等我一等。赎了银子，便来送还；就和宋哥哥去城外吃碗酒。”宋江道：“且坐一坐，吃几碗了去。”李逵道：“我去了便来。”推开帘子，下楼去了。戴宗道：“兄长休借这银与他便好。却才小弟正欲要阻，兄长已把在他手里了。”宋江道：“却是为何？”戴宗道：“这厮虽是耿直，只是贪酒好赌。他却几时有一锭大银解了！兄长吃他赚漏了这个银去，他慌忙出门，必是去赌。若还赢得时，便有得送来还哥哥；若是输了时，那讨这十两银来还兄长？戴宗面上须不好看。”宋江笑道：“尊兄何必见外。些须银子，何足挂齿。由他去赌输了罢。我看这人倒是个忠心直汉子。”戴宗道：“这厮本事自有，只是心粗胆大不好。在江州牢里，但醉了时，却不奈何罪人，只要打一般强的牢子。我也被他连累得苦。专一路见不平，好打强汉，以此江州满城人都怕他。”宋江道：“俺们再饮两杯，却去城外闲玩一遭。”戴宗道：“小弟也正忘了，和兄长去看江景则个。”宋江道：“小可也要看江州的景致。如此最好。”且不说两个再饮酒。只说李逵得了这个银子，寻思道：“难得！宋江哥哥又不曾和我深交，便借我十两银子。果然仗义疏财，名不虚传！如今来到这里，却恨我这几日赌输了，没一文做好汉请他。如今得他这十两银子，且将去赌一赌。倘或赢得几贯钱来，请他一请，也好看。”

当时李逵快跑出城外小张乙赌房里来，便去场上，将这十两银子撇在地下，叫道：“把头钱过来我博！”那小张乙得知李逵从来赌直，便道：“大哥且歇。这一博下来便是你博。”李逵道：“我要先赌这一博！”小张乙道：“你便傍猜也好。”李逵道：“我不傍猜！只要博这一博！五两银子做一注！”有一般赌的却待一博，被李逵劈夺过头钱来，便叫道：“我博兀谁？”小张乙道：“便博我五两银子。”李逵叫声“快！”脶嗒的博一个“叉”，小张乙便拿了银子过来。李逵叫道：“我的银子是十两！”小张乙道：“你再博我五两‘快’，便还还了你这锭银子。李逵叫声“快！”脶嗒的又博个“叉”。李逵道：“我这银子是别人的！”小张乙道：“遮莫是谁的也不济事了！你既输了，却说甚么？”李逵道：“没奈何，且借我一借，明日便送来还你。”小张乙道：“说甚么闲话！自古‘赌钱场上无父子！’你明明地输了，如何倒来革争？”李逵把布衫拽起在前面，口里喝道：“你们还我也不还？”小张乙道：“李大哥，你闲常最赌得直，今日如何恁么没出豁？”李逵也不答应他，便就地下掳了银子；又抢了别人赌的十来两银子，都搂在布衫兜里，睁起双眼，就道：“老爷闲常赌直，今日权且不直一遍！”小张乙急待向前夺时，被李逵一指一交。十二三个赌博的一齐上，要夺那银子，被李逵指东打西，指南打北。李逵把这伙人打得没地躲处，便出到门前。把门的问道：“大哥，那里去？”被李逵提在一边，一脚踢开了门，便走。那伙人随后赶将出来，都只在门前叫道：“李大哥！你恁地没道理，都抢了我们众人的银子去！”只在门前叫喊，没一个敢近前来讨。

李逵正走之时，听得背后一人赶上来，扳住肩臂，喝道：“你这厮如何却抢掳别人财物？”李逵口里应道：“干你鸟事！”回过脸来看时，却是戴宗，背后立着宋江。李逵见了，惶恐满面，便道：“哥哥休怪！铁牛闲常只是赌直；今日不想输了哥哥银子，又没得些钱来相请哥哥，喉急了，时下做出这些不直来。”宋江听了，大笑道：“贤弟，但要银子使用，只顾来问我讨。今日既是明明地输与他了，快把来还他。”李逵只得从布衫兜里取出来，都递在宋江手里。宋江便叫过小张乙前来。都付与他。小张乙接过来，说道："二位官人在上，小人只拿了自己的。这十两原银虽是李大哥两博输与小人，如今小人情愿不要他的，省得记了冤仇。"宋江道："你只顾将去，不要记怀。"小张乙那里肯。宋江便道："他不曾伤了你们么？"小张乙道："讨头的，拾钱的，和那把门的，都被他打倒在里面。"宋江道："既是恁的，就与他众人做将息钱。兄弟自不敢来了，我自着他去。"小张乙收了银子，拜谢了回去。

宋江道："我们和李大哥吃三杯去。"戴宗道："前面靠江有那琵琶亭酒馆，是唐朝白乐天古迹。我们去亭上酌三杯，就观江景则个。"宋江道："可于城中买些肴馔之物将去。"戴宗道："不用，如今那亭上有人在里面卖酒。"宋江道："恁地时，却好。"

当时三人便望琵琶亭上来。到得亭子上看时，一边靠着浔阳江，一边是店主人家房屋。琵琶亭上有十来副座头。戴宗便拣一副干净座头，让宋江坐了头位，戴宗坐在对席，肩下便是李逵。三个坐定，便叫酒保铺下菜蔬果品海鲜按酒之类。酒保取过两樽"玉春"酒，此是江州有名的上色好酒，开了泥头。李逵便道："酒把大碗来筛，不耐烦小盏价！"戴宗喝道："兄弟好村！你不要做声，只顾吃酒便了！"宋江分付酒保道："我两个面前放两只盏子。这位大哥面前放个大碗。"酒保应了下去，取只碗来放在李逵面前；一面筛酒，一面下肴馔。李逵笑道："真个好个宋哥哥！人说不差了！便知做兄弟的性格。结拜得这位哥哥也不枉了！"酒保斟酒，连筛了五七遍。宋江因见了这两人，心中欢喜，吃了几杯，突然心里想要鱼辣汤，便问戴宗道："这里有好鲜鱼么？"戴宗笑道："兄长，你不见满江都是渔船？此间正是鱼米之乡，如何没有鲜鱼。"宋江道："得些辣鱼汤醒酒最好。"戴宗便唤酒保，教造三分加辣点红白鱼汤来。顷刻造了汤来。宋江看见，道："美食不如美器。虽是个酒肆之中，端的好整济器皿！"拿起箸来，相劝戴宗，李逵，自也了些鱼，呷几口汤汁。李逵并不使箸，便把手去碗里捞起鱼来，和骨头都嚼了。宋江一头忍笑不住，呷了两口汁，便放下箸不吃了。戴宗道："兄长，一定这鱼腌了，不中仁兄吃。"宋江道："便是不才酒后只爱口鲜鱼汤，这个鱼真是不甚好。"戴宗应道："便是小弟也吃不得；是腌的，不中吃。"李逵嚼了自家碗里鱼，便道："两位哥哥都不吃，我替你们吃了。"便伸手去宋江碗里捞将过来吃了，又去戴宗碗里也捞过来吃了，滴滴点点，淋一桌子汁水。宋江见李逵把三碗鱼汤和骨头都嚼吃了，便叫酒保来，分付道："我这大哥想是肚饥。你可去大块肉切二斤来与他，少刻一发算钱还你。"酒保道："小人这只卖羊肉，却没牛肉。要肥羊尽有。"李逵听了，便把鱼汁劈脸泼将去，淋那酒保一身。戴宗喝道："你又做甚么！"李逵应道："叵耐这厮无礼，欺负我只吃牛肉，不卖羊肉与我吃！"，酒保道："小人问一声，也不多话。"宋江道："你去只顾切来，我自还钱。"酒保忍气吞声，去切了三斤羊肉，做一盘将来放桌子上。李逵见了，也不便问，大把价揸来只顾吃。捻指间，把这三斤羊肉都吃了。

宋江看了道："壮哉！真好汉也！"李逵道："这宋大哥便知我的鸟意！吃肉不强似吃鱼？"戴宗叫酒保来问道："却才鱼汤，家生甚是整洁，鱼却腌了不中；别有甚好鲜鱼时，另造些辣汤来，与我这位官人醒酒。"酒保笑道："不敢瞒院长说，这鱼端的是昨晚的。今日的活鱼还在船内，等鱼牙主人不来，未曾敢卖动，因此未有好鲜鱼。"李逵跳起来道："我自去讨两尾活鱼来与哥哥！"戴宗道："你休去！只央酒保去拿回几尾来便了。"李逵道："船上打鱼的不敢不与我。直得甚么！"戴宗拦当不住，李逵一直去了。戴宗对宋江说道："兄长休怪。小弟引这人来相会，全没些个体面，羞辱杀人！"宋江道："他生性是恁的，如何教他改得？我倒敬他真实不假。"两个自在琵琶亭上笑语说话取乐。

却说李逵走到江边看时，见那渔船一字排着，约有八九十只，都缆系在绿杨树下。船上渔人，有斜枕着船梢睡的，有在船头上结网的，也有在水里洗浴的。此时正是五月半天气，一轮红日将及沉西，不见主人来开舱卖鱼。李逵走到船边，喝一声道："你们船上活鱼，把两尾来与我！"那渔人应道："我们等不见渔牙主人来，不敢开舱。你看那行贩都在岸上坐地。"李逵道："等甚么鸟主人！先把两尾鱼来与我！"那渔人又答道："纸也未曾烧，如何敢开舱！那里先拿鱼与你？"李逵见他众人不肯拿鱼，便跳上一只船去。渔人那里拦当得住。李逵不省得船上的事，只顾便把竹篾来拔。渔人在岸上，只叫得"罢了！"李逵伸去船板底下一绞摸时，那里有一个鱼在里面。原来那大江里鱼船，船尾开半截大孔放江水出入，养着活鱼；却把竹笆篾拦住，以此船舱里活水往来，养放活鱼，因此，江州有好鲜鱼。这李逵不省得，倒先把竹笆篾提起了，将那一舱活鱼都走了。李逵又跳过那边船上去拔那竹篾。那七八十渔人都奔上船，把竹篙来打李逵。李逵大怒，焦躁起来，便脱下布衫，里面单系着一条棋子布巾儿；见那乱竹篙打来，两只手一架，早抢了五六条在里，一似扭葱般都扭断了。渔人看见，尽吃一惊，却都去解了缆，把船撑开去了。李逵忿怒，赤条条地，拿了截折竹篙，上岸来赶打行贩，都乱纷纷地挑了担走。

正热闹里，只见一个人从小路里走出来。众人看，叫道："主人来了！这黑大汉在此抢鱼，都赶散了渔船！"那人道："甚么黑大汉，敢如此无礼？"众人把手指道："那厮兀自在岸边寻人厮打" 那人抢将过去，喝道"你这厮吃了豹子心、大虫胆，也不敢来搅乱老爷的道路！"李逵看那人时，六尺五六身材，三十二三年纪，三柳掩口黑髯；头上里顶青纱万字巾，掩映着穿心红一点须儿，上穿一领白布衫，腰系一条绢搭膊，下面青白袅脚多耳麻鞋，手里提条行秤。那人正来卖鱼，见了李逵在那里横七竖八打人，便把秤递与行贩接了，赶上前来，大喝道："你这厮要打谁？"李逵也不回话，轮过竹篙，却望那人便打。那人抢入去，早夺了竹篙。李逵便一把揪住那人头发。那人便奔他下三面，要跌李逵，怎敌得李逵水牛般气力，直推将开去，不能够拢身。那人便望肋下擢得几拳。李逵那里着在意里。那人又飞起脚来踢，被李逵直把头按将下去，提起铁锤般大小拳头，去那人脊梁上擂鼓也似打。那人怎生挣扎。李逵正打哩，一个人在背后劈腰抱住，一个人便来帮住手，喝道："使不得！使不得！"待李逵回头看时，却是宋江、戴宗。李逵便放了手。那人略得脱身，一道烟走了。

戴宗埋冤李逵说："我教你休来讨鱼，又在这里和人打！倘或一拳打死了人，你不去偿命坐牢？"李逵应道："你怕我连累你？我自打死了一个，我自去承当！"宋江便道："兄弟，休要论口，拿了布衫，且去吃酒。"李逵向那柳树根头拾起布衫，搭在胳膊上，跟了宋江，戴宗便走，行不得十数步，只听得背后有人叫骂道："黑杀才！今番要和你见个输赢！"李逵回转头来看时，便是那人脱得赤条条地，匾扎起一条水棍儿，露出一身雪练也似白肉。头上除了巾帻，显出那个穿心一点红俏须儿来。在江边独自一个把竹篙撑着一只渔船赶将来，口里大骂道："千刀万剐的黑杀才！老爷怕你的不算好汉！走的不是汉子！"李逵听了大怒，吼了一声，撇了布衫，抢转身来。那人便把船略拢来凑在岸边，一把竹篙点定了船，口里大骂着。李逵也骂道："好汉便上岸来！"那人把竹篙去李逵腿上便搠；撩拨得李逵火起，托地跳在船上。说时迟，那时快；那人只要诱得李逵上船，便把竹篙望岸边一点，双脚一蹬，那只渔船，箭也似投江心里去了。李逵虽然也识得水，苦不甚高，当时慌了手脚。那人更不叫骂，撇了竹篙，叫声"你来！今番和你定要见个输赢！"便把李逵搭膊拿住，口里说道："且不和厮你，先教你吃些水！"两只脚把船只一晃，船底朝天，英雄落水，两个好汉扑通地都翻筋斗撞下江里去。宋江戴宗急赶至岸边，那只船已翻在江里。两个只在岸上叫苦。

江岸边早拥上三五百人在柳阴底下看；都道："这黑大汉今番却着道儿！便挣扎得性命．也吃了一肚皮水！"宋江戴宗在岸边看时，只见江面开处，那人把李逵提将起来，又淹将下去。两个正在江心里面，清波碧浪中间，一个显浑身黑肉，一个露遍体霜肤，两个打做一团，绞做一块。江岸上那三五百人没一个不喝采。当时宋江戴宗，看见李逵被那人在水里揪住，浸得眼白，又提起来，又纳下去，老大吃亏，便叫戴宗央人去救。戴宗问众人道："这白大汉是谁？"有认得的说道："这个好汉便是本处卖鱼主人，唤做张顺。"宋江听得，猛省道："莫不是绰号浪里白条的张顺？"众人道："正是，正是。"宋江对戴宗说道："我有他哥哥张横的家书在营里。"戴宗听了，便向岸边高叫道："张二哥不要动！有你令兄张横家书在此！这黑大汉是俺们兄弟，你且饶了他，上岸来说话！"张顺在江心里，见是戴宗叫他，却时常认得，便放了李逵，赴到岸边，爬上岸来，看着戴宗，唱个喏，道："院长，休怪小人无礼。"戴宗道："足下可看我面，且去救了我这兄弟上来，却教你相会一个人。"张顺再跳下水里，赴将开去。李逵正在江里探头探脑假挣扎赴水。张顺早赴到分际，带住了李逵一只手，自把两条腿踏着水浪，如行平地；那水不过他肚皮，淹着脐下；摆了一只手，直托李逵上岸来。江边的人个个喝采。

宋江看得呆了半晌。张顺、李逵，都到岸上。李逵喘做一团，口里只吐白水。戴宗道："且都请你们到琵琶亭上说话。"张顺讨了布衫穿着，李逵也穿了布衫。四个人再到琵琶亭上来。戴宗便对张顺道："二哥，你认得我么？"张顺道："小人自识得院长，只是无缘不曾拜会。"戴宗指着李逵问张顺道："足下日常曾认得他么？今日倒冲撞了你。"张顺道："小人如何不认得李大哥，只是不曾交手。"李逵道："你也淹得我够了！"张顺道："你也打得我好了！"戴宗道："你两个今番做个至交的弟兄。常言道：'不打不成相识。'"李逵道："你路上休撞着我！"张顺道："我只在水里等你便了！"四人都笑起来。大家唱个无礼喏。

戴宗指着宋江对张顺道："二哥，你曾认得这位兄长么？"张顺看了道："小人却不认得。这里亦不曾见。"李逵跳起身来道："这哥哥便是黑宋江！"张顺道："莫非是山东及时雨郓城宋押司？”戴宗道：“正是公明哥哥。”张顺纳头便拜道：“久闻大名，不想今日得会！多听的江湖上来往的人说兄长清德，扶危济困，使义疏财。”宋江答道：“量小可何足道哉。前日来时，揭阳岭下混江龙李俊家里住了几日；后在浔阳江，因穆弘相会，得遇令兄张横，修了一封家书，寄来与足下，放在营内，不曾带得来。今日便和戴院长并李大哥来这里琵琶亭吃二杯，就观江景。宋江偶然酒后思量些鲜鱼汤醒酒，怎当得他定要来讨鱼。我两个阻他不住，只听得江边发喊热闹；叫酒保看时，说道是黑大汉和人厮打。我两个急急走来劝解，不想却与壮士相会。今日宋江一朝得遇三位豪杰，岂非天幸！且请同坐，再酌三杯。”再唤酒保重整杯盘，再备肴馔。张顺道：“既然哥哥要好鲜鱼，兄弟去取几尾来。”宋江道：“最好。”李逵道：“我和你去讨。”戴宗喝道：“又来了！你还吃得水不快活？”张顺笑将起来，绾了李逵，说道：“我今番和你去讨鱼，看别人怎地。”

两个下琵琶亭来。到得江边，张顺略哨一声，只见江上渔船都撑拢来到岸边，张顺问道：“那个船里有金色鲤鱼？”只见这个应道：“我船上来！”那个应道：“我船里有！”一霎时，却凑拢十数尾金色鲤鱼来。张顺选了四尾大的，折柳条穿了，先教李逵将来亭上整理。张顺自点了行贩，分付了小牙子把秤卖鱼；张顺却自来琵琶亭上陪侍宋江。宋江谢道：“何须许多？但赐一尾够了。”张顺答道：“些小微物，何足挂齿。兄长食不了时，将回行馆做下饭。”两个序齿坐了。李逵道自家年长，坐了第三位。张顺坐第四位。再叫酒保讨两樽“玉春”上色酒来，并些海鲜晏酒果品之类。张顺分付酒保把一尾鱼做辣汤；用酒蒸一尾，叫酒保切鲙。四人饮酒中间，各叙胸中之事。

正说得入耳，只见一个女娘，年方二八，穿一身纱衣，来到跟前，深深的道了四个万福，顿开喉音便唱。李逵正待要卖弄胸中许多豪杰事务，却被他唱起来一搅，三个且都听唱，断了他的话头。李逵怒从心起，跳起身来，把两个指头去那女娘额上一点。那女娘大叫一声，蓦然倒地。众人近前看时，只见那女娘桃腮似土，檀口无言。那酒店主人一发向前拦住四人，要去经官告理。正是：怜香惜玉无情绪，煮鹤焚琴惹是非。毕竟宋江等四人在酒店里怎地脱身，且听下回分解。

西游记（节选）

《西游记》是一部中国古典神话小说，为中国“四大名著”之一，书中讲述唐朝法师西天取经的故事，表现了惩恶扬善的古老主题。它成书于 16 世纪明朝中叶，自问世以来几百年间在中国及世界各地广为流传，久盛不衰，至今已被翻译成十几种语言，在中国乃至亚洲部分地区，《西游记》已经家喻户晓。书中孙悟空、唐僧、猪八戒、沙僧等人物和“大闹天宫”“三打白骨精”“火焰山”等故事更是妇孺皆知，耳熟能详。

第二十七回　尸魔三戏唐三藏　圣僧恨逐美猴王

却说三藏师徒，次日天明，收拾前进。那镇元子与行者结为兄弟，两人情投意合，决不肯放，又安排管待，一连住了五六日。那长老自服了草还丹，真似脱胎换骨，神爽体健。他取经心重，那里肯淹留。无已，遂行。

师徒别了上路，早见一座高山。三藏道："徒弟，前面有山险峻，恐马不能前，大家须仔细仔细。"行者道："师父放心，我等自然理会。"好猴王，他在那马前，横担着棒，剖开山路，上了高崖，看不尽——

峰岩重叠，涧壑湾环。虎狼成阵走，麂鹿作群行。无数獐豝钻簇簇，满山狐兔聚丛丛。千尺大蟒，万丈长蛇。大蟒喷愁雾，长蛇吐怪风。道旁荆棘牵漫，岭上松楠秀丽。薜萝满目，芳草连天。影落沧溟北，云开斗柄南。万古常含元气老，千峰巍列日光寒。

那长老马上心惊，孙大圣布施手段，舞着铁棒，哮吼一声，唬得那狼虫颠窜，虎豹奔逃。师徒们入此山，正行到嵯峨之处，三藏道："悟空，我这一日，肚中饥了，你去那里化些斋吃？"行者陪笑道："师父好不聪明。这等半山之中，前不巴村，后不着店，有钱也没买处，教往那里寻斋？"三藏心中不快，口里骂道："你这猴子！想你在两界山，被如来压在石匣之内，口能言，足不能行，也亏我救你性命，摩顶受戒，做了我的徒弟。怎么不肯努力，常怀懒惰之心！"行者道："弟子亦颇殷勤，何尝懒惰？"三藏道："你既殷勤，何不化斋我吃？我肚饥怎行？况此地山岚瘴气，怎么得上雷音？"行者道："师父休怪，少要言语。我知你尊性高傲，十分违慢了你，便要念那话儿咒。你下马稳坐，等我寻那里有人家处化斋去。"

行者将身一纵，跳上云端里，手搭凉篷，睁眼观看。可怜西方路甚是寂寞，更无庄堡人家，正是多逢树木少见人烟去处。看多时，只见正南上有一座高山，那山向阳处，有一片鲜红的点子。行者按下云头道："师父，有吃的了。"那长老问甚东西，行者道："这里没人家化饭，那南山有一片红的，想必是熟透了的山桃，我去摘几个来你充饥。"三藏喜道："出家人若有桃子吃，就为上分了，快去！"行者取了钵盂，纵起祥光，你看他筋斗幌幌，冷气飕飕。须臾间，奔南山摘桃不题。

却说常言有云：山高必有怪，岭峻却生精。果然这山上有一个妖精，孙大圣去时，惊动那怪。他在云端里，踏着阴风，看见长老坐在地下，就不胜欢喜道："造化，造化！几年家人都讲东土的唐和尚取大乘，他本是金蝉子化身，十世修行的原体。有人吃他一块肉，长寿长生。真个今日到了。"那妖精上前就要拿他，只见长老左右手下有两员大将护持，不敢拢身。他说两员大将是谁？说是八戒、沙僧。八戒、沙僧虽没什么大本事，然八戒是天蓬元帅，沙僧是卷帘大将，他的威气尚不曾泄，故不敢拢身。妖精说："等我且戏他戏，看怎么说。"

好妖精，停下阴风，在那山凹里，摇身一变，变做个月貌花容的女儿，说不尽那眉清目秀，齿白唇红，左手提着一个青砂罐儿，右手提着一个绿磁瓶儿，从西向东，径奔唐僧——

圣僧歇马在山岩，忽见裙钗女近前。翠袖轻摇笼玉笋，湘裙斜拽显金莲。

汗流粉面花含露，尘拂峨眉柳带烟。仔细定睛观看处，看看行至到身边。

三藏见了，叫："八戒、沙僧，悟空才说这里旷野无人，你看那里不走出一个人来了？"八戒道："师父，你与沙僧坐着，等老猪去看看来。"那呆子放下钉钯，整整直裰，摆摆摇摇，充作个斯文气象，一直的觌面相迎。真个是远看未实，近看分明，那女子生得——

冰肌藏玉骨，衫领露酥胸。柳眉积翠黛，杏眼闪银星。月样容仪俏，天然性格清。体似燕藏柳，声如莺啭林。半放海棠笼晓日，才开芍药弄春晴。

那八戒见他生得俊俏，呆子就动了凡心，忍不住胡言乱语，叫道："女菩萨，往那里去？手里提着是什么东西？"分明是个妖怪，他却不能认得。那女子连声答应道："长老，我这青罐里是香米饭，绿瓶里是炒面筋，特来此处无他故，因还誓愿要斋僧。"八戒闻言，满心欢喜，急抽身，就跑了个猪颠风，报与三藏道："师父！吉人自有天报！师父饿了，教师兄去化斋，那猴子不知那里摘桃儿耍子去了。桃子吃多了，也有些嘈人，又有些下坠。你看那不是个斋僧的来了？"唐僧不信道："你这个夯货胡缠！我们走了这向，好人也不曾遇着一个，斋僧的从何而来！"八戒道："师父，这不到了？"

三藏一见，连忙跳起身来，合掌当胸道："女菩萨，你府上在何处住？是甚人家？有甚愿心，来此斋僧？"分明是个妖精，那长老也不认得。那妖精见唐僧问他来历，他立地就起个虚情，花言巧语来赚哄道："师父，此山叫做蛇回兽怕的白虎岭，正西下面是我家。我父母在堂，看经好善，广斋方上远近僧人，只因无子，求福作福，生了奴奴，欲扳门第，配嫁他人，又恐老来无倚，只得将奴招了一个女婿，养老送终。"三藏闻言道："女菩萨，你语言差了。圣经云：父母在，不远游，游必有方。你既有父母在堂，又与你招了女婿，有愿心，教你男子还，便也罢，怎么自家在山行走？又没个侍儿随从。这个是不遵妇道了。"那女子笑吟吟，忙陪俏语道："师父，我丈夫在山北凹里，带几个客子锄田。这是奴奴煮的午饭，送与那些人吃的。只为五黄六月，无人使唤，父母又年老，所以亲身来送。忽遇三位远来，却思父母好善，故将此饭斋僧，如不弃嫌，愿表芹献。"三藏道："善哉，善哉！我有徒弟摘果子去了，就来，我不敢吃。假如我和尚吃了你饭，你丈夫晓得，骂你，却不罪坐贫僧也？"那女子见唐僧不肯吃，却又满面春生道："师父啊，我父母斋僧，还是小可。我丈夫更是个善人，一生好的是修桥补路，爱老怜贫。但听见说这饭送与师父吃了，他与我夫妻情上，比寻常更是不同。"三藏也只是不吃，旁边却恼坏了八戒。那呆子努着嘴，口里埋怨道："天下和尚也无数，不曾象我这个老和尚罢软！现成的饭三分儿倒不吃，只等那猴子来，做四分才吃！"他不容分说，一嘴把个罐子拱倒，就要动口。

只见那行者自南山顶上，摘了几个桃子，托着钵盂，一筋斗，点将回来。睁火眼金睛观看，认得那女子是个妖精，放下钵盂，掣铁棒，当头就打。唬得个长老用手扯住道："悟空！你走将来打谁？"行者道："师父，你面前这个女子，莫当做个好人。他是个妖精，要来骗你哩。"三藏道："你这猴头，当时倒也有些眼力，今日如何乱道！这女菩萨有此善心，将这饭要斋我等，你怎么说他是个妖精？"行者笑道："师父，你那里认得！老孙在水帘洞里做妖魔时，若想人肉吃，便是这等。或变金银，或变庄台，或变醉人，或变女色。有那等痴心的，爱上我，我就迷他到洞里，尽意随心，或蒸或煮受用；吃不了，还要晒干了防天阴哩！师父，我若来迟，你定入他套子，遭他毒手！"那唐僧那里肯信，只说是个好人。行者道：“师父，我知道你了，你见他那等容貌，必然动了凡心。若果有此意，叫八戒伐几棵树来，沙僧寻些草来，我做木匠，就在这里搭个窝铺，你与他圆房成事，我们大家散了，却不是件事业？何必又跋涉，取甚经去！”

那长老原是个软善的人，那里吃得他这句言语，羞得个光头彻耳通红。三藏正在此羞惭，行者又发起性来，掣铁棒，望妖精劈脸一下。那怪物有些手段，使个解尸法，见行者棍子来时，他却抖擞精神，预先走了，把一个假尸首打死在地下。唬得个长老战战兢兢，口中作念道：“这猴着然无礼！屡劝不从，无故伤人性命！”行者道：“师父莫怪，你且来看看这罐子里是甚东西。”沙僧搀着长老，近前看时，那里是甚香米饭，却是一罐子拖尾巴的长蛆；也不是面筋，却是几个青蛙、癞虾蟆，满地乱跳。长老才有三分儿信了，怎禁猪八戒气不忿，在旁漏八分儿唆嘴道：“师父，说起这个女子，他是此间农妇，因为送饭下田，路遇我等，却怎么栽他是个妖怪？哥哥的棍重，走将来试手打他一下，不期就打杀了！怕你念什么《紧箍儿咒》，故意的使个障眼法儿，变做这等样东西，演幌你眼，使不念咒哩。”

三藏自此一言，就是晦气到了，果然信那呆子撺唆，手中捻诀，口里念咒，行者就叫：“头疼，头疼，莫念，莫念！有话便说。”唐僧道：“有甚话说！出家人时时常要方便，念念不离善心，扫地恐伤蝼蚁命，爱惜飞蛾纱罩灯。你怎么步步行凶，打死这个无故平人，取将经来何用？你回去罢！”行者道：“师父，你教我回那里去？”唐僧道：“我不要你做徒弟。”行者道：“你不要我做徒弟，只怕你西天路去不成。”唐僧道：“我命在天，该那个妖精蒸了吃，就是煮了，也算不过。终不然，你救得我的大限？你快回去！”行者道：“师父，我回去便也罢了，只是不曾报得你的恩哩。”唐僧道：“我与你有甚恩？”那大圣闻言，连忙跪下叩头道：“老孙因大闹天宫，致下了伤身之难，被我佛压在两界山，幸观音菩萨与我受了戒行，幸师父救脱吾身，若不与你同上西天，显得我知恩不报非君子，万古千秋作骂名。”原来这唐僧是个慈悯的圣僧，他见行者哀告，却也回心转意道：“既如此说，且饶你这一次，再休无礼。如若仍前作恶，这咒语颠倒就念二十遍！”行者道：“三十遍也由你，只是我不打人了。”却才伏侍唐僧上马，又将摘来桃子奉上。唐僧在马上也吃了几个，权且充饥。

却说那妖精，脱命升空。原来行者那一棒不曾打杀妖精，妖精出神去了。他在那云端里，咬牙切齿，暗恨行者道：“几年只闻得讲他手段，今日果然话不虚传。那唐僧已此不认得我，将要吃饭。若低头闻一闻儿，我就一把捞住，却不是我的人了？不期被他走来，弄破我这勾当，又几乎被他打了一棒。若饶了这个和尚，诚然是劳而无功也，我还下去戏他一戏。”主好妖精，按落阴云，在那前山坡下，摇身一变，变作个老妇人，年满八旬，手拄着一根弯头竹杖，一步一声的哭着走来。八戒见了，大惊道：“师父，不好了！那妈妈儿来寻人了！”唐僧道：“寻甚人？”八戒道：“师兄打杀的，定是他女儿。这个定是他娘寻将来了。”行者道：“兄弟莫要胡说！那女子十八岁，这老妇有八十岁，怎么六十多岁还生产？断乎是个假的，等老孙去看来。”好行者，拽开步，走近前观看，那怪物——

假变一婆婆，两鬓如冰雪。走路慢腾腾，行步虚怯怯。弱体瘦伶仃，脸如枯菜叶。颧骨望上翘，嘴唇往下别。老年不比少年时，满脸都是荷叶摺。

行者认得他是妖精，更不理论，举棒照头便打。那怪见棍子起时，依然抖擞，又出化了元神，脱真儿去了，把个假尸首又打死在山路之下。唐僧一见，惊下马来，睡在路旁，更无二话，只是把《紧箍儿咒》颠倒足足念了二十遍。可怜把个行者头，勒得似个亚腰儿葫芦，十分疼痛难忍，滚将来哀告道："师父莫念了！有甚话说了罢！"唐僧道："有甚话说！出家人耳听善言，不堕地狱。我这般劝化你，你怎么只是行凶？把平人打死一个，又打死一个，此是何说？"行者道："他是妖精。"唐僧道："这个猴子胡说！就有这许多妖怪！你是个无心向善之辈，有意作恶之人，你去罢！"行者道："师父又教我去，回去便也回去了，只是一件不相应。"唐僧道："你有什么不相应处？"八戒道："师父，他要和你分行李哩。跟着你做了这几年和尚，不成空着手回去？你把那包袱里的什么旧褊衫，破帽子，分两件与他罢。"行者闻言，气得暴跳道："我把你这个尖嘴的夯货！老孙一向秉教沙门，更无一毫嫉妒之意，贪恋之心，怎么要分什么行李？"唐僧道："你既不嫉妒贪恋，如何不去？"行者道："实不瞒师父说，老孙五百年前，居花果山水帘洞大展英雄之际，收降七十二洞邪魔，手下有四万七千群怪，头戴的是紫金冠，身穿的是赭黄袍，腰系的是蓝田带，足踏的是步云履，手执的是如意金箍棒，着实也曾为人。自从涅脖罪度，削发秉正沙门，跟你做了徒弟，把这个金箍儿勒在我头上，若回去，却也难见故乡人。师父果若不要我，把那个《松箍儿咒》念一念，退下这个箍子，交付与你，套在别人头上，我就快活相应了，也是跟你一场。莫不成这些人意儿也没有了？"唐僧大惊道："悟空，我当时只是菩萨暗受一卷《紧箍儿咒》，却没有什么松箍儿咒。"行者道："若无《松箍儿咒》，你还带我去走走罢。"长老又没奈何道："你且起来，我再饶你这一次，却不可再行凶了。"行者道："再不敢了，再不敢了。"又伏侍师父上马，剖路前进。

却说那妖精，原来行者第二棍也不曾打杀他。那怪物在半空中，夸奖不尽道："好个猴王，着然有眼！我那般变了去，他也还认得我。这些和尚，他去得快，若过此山，西下四十里，就不伏我所管了。若是被别处妖魔捞了去，好道就笑破他人口，使碎自家心，我还下去戏他一戏。"好妖怪，按耸阴风，在山坡下摇身一变，变成一个老公公，真个是——

白发如彭祖，苍髯赛寿星。耳中鸣玉磬，眼里幌金星。

手拄龙头拐，身穿鹤氅轻。数珠掐在手，口诵南无经。

唐僧在马上见了，心中欢喜道："阿弥陀佛！西方真是福地！那公公路也走不上来，逼法的还念经哩。"八戒道："师父，你且莫要夸奖，那个是祸的根哩。"唐僧道："怎么是祸根？"八戒道："行者打杀他的女儿，又打杀他的婆子，这个正是他的老儿寻将来了。我们若撞在他的怀里呵，师父，你便偿命，该个死罪；把老猪为从，问个充军；沙僧喝令，问个摆站；那行者使个遁法走了，却不苦了我们三个顶缸？"行者听见道："这个呆根，这等胡说，可不唬了师父？等老孙再去看看。"他把棍藏在身边，走上前迎着怪物，叫声："老官儿，往那里去？怎么又走路，又念经？"那妖精错认了定盘星，把孙大圣也当做个等闲的，遂答道："长老啊，我老汉祖居此地，一生好善斋僧，看经念佛。命里无儿，止生得一个小女，招了个女婿，今早送饭下田，想是遭逢虎口。老妻先来找寻，也不见回去，全然不知下落，老汉特来寻看。果然是伤残他命，也没奈何，将他骸骨收拾回去，安葬茔中。"行者笑道："我是个做虎的祖宗，你怎么袖子里笼了个鬼儿来哄我？你瞒了诸人，瞒不过我！我认得你是个妖精！"那妖精唬得顿口无言。行者掣出棒来，自忖思道："若要不打他，显得他倒弄个风儿；若要打他，又怕师父念那话儿咒语。"又思量道："不打杀他，他一时间抄空儿把师父捞了去，却不又费心劳力去救他？还打的是！就一棍子打杀他，师父念起那咒，常言道，虎毒不吃儿。凭着我巧言花语，嘴伶舌便，哄他一哄，好道也罢了。"好大圣，念动咒语叫当坊土地、本处山神道："这妖精三番来戏弄我师父，这一番却要打杀他。你与我在半空中作证，不许走了。"众神听令，谁敢不从？都在云端里照应。那大圣棍起处，打倒妖魔，才断绝了灵光。

那唐僧在马上，又唬得战战兢兢，口不能言。八戒在旁边又笑道："好行者！风发了！只行了半日路，倒打死三个人！"唐僧正要念咒，行者急到马前，叫道："师父，莫念，莫念！你且来看看他的模样。"却是一堆粉骷髅在那里。唐僧大惊道："悟空，这个人才死了，怎么就化作一堆骷髅？"行者道："他是个潜灵作怪的僵尸，在此迷人败本，被我打杀，他就现了本相。他那脊梁上有一行字，叫做白骨夫人。"唐僧闻说，倒也信了。怎禁那八戒旁边唆嘴道："师父，他的手重棍凶，把人打死，只怕你念那话儿，故意变化这个模样，掩你的眼目哩！"唐僧果然耳软，又信了他，随复念起。行者禁不得疼痛，跪于路旁，只叫："莫念，莫念！有话快说了罢！"唐僧道："猴头！还有甚说话！出家人行善，如春园之草，不见其长，日有所增；行恶之人，如磨刀之石，不见其损，日有所亏。你在这荒郊野外，一连打死三人，还是无人检举，没有对头。倘到城市之中，人烟凑集之所，你拿了那哭丧棒，一时不知好歹，乱打起人来，撞出大祸，教我怎的脱身？你回去罢！"行者道："师父错怪了我也。这厮分明是个妖魔，他实有心害你。我倒打死他，替你除了害，你却不认得，反信了那呆子谗言冷语，屡次逐我。常言道，事不过三。我若不去，真是个下流无耻之徒。我去我去！去便去了，只是你手下无人。"唐僧发怒道："这泼猴越发无礼！看起来，只你是人，那悟能、悟净就不是人？"

那大圣一闻得说他两个是人，止不住伤情凄惨，对唐僧道声："苦啊！你那时节，出了长安，有刘伯钦送你上路。到两界山，救我出来，投拜你为师。我曾穿古洞，入深林，擒魔捉怪；收八戒，得沙僧，吃尽千辛万苦。今日昧着惺惺使糊涂，只教我回去，这才是鸟尽弓藏，兔死狗烹！罢，罢，罢！但只是多了那《紧箍儿咒》。"唐僧道："我再不念了。"行者道："这个难说。若到那毒魔苦难处不得脱身，八戒、沙僧救不得你，那时节，想起我来，忍不住又念诵起来，就是十万里路，我的头也是疼的；假如再来见你，不如不作此意。"唐僧见他言言语语，越添恼怒，滚鞍下马来，叫沙僧包袱内取出纸笔，即于涧下取水，石上磨墨，写了一纸贬书，递于行者道："猴头！执此为照，再不要你做徒弟了！如再与你相见，我就堕了阿鼻地狱！"行者连忙接了贬书道："师父，不消发誓，老孙去罢。”他将书摺了，留在袖中，却又软款唐僧道：“师父，我也是跟你一场，又蒙菩萨指教，今日半途而废，不曾成得功果，你请坐，受我一拜，我也去得放心。”唐僧转回身不睬，口里唧唧哝哝的道：“我是个好和尚，不受你歹人的礼！”大圣见他不睬，又使个身外法，把脑后毫毛拔了三根，吹口仙气，叫：“变！”即变了三个行者，连本身四个，四面围住师父下拜。那长老左右躲不脱，好道也受了一拜。

大圣跳起来，把身一抖，收上毫毛，却又吩咐沙僧道：“贤弟，你是个好人，却只要留心防着八戒言语，途中更要仔细。倘一时有妖精拿住师父，你就说老孙是他大徒弟。西方毛怪，闻我的手段，不敢伤我师父。”唐僧道：“我是个好和尚，不题你这歹人的名字，你回去罢。”那大圣见长老三番两复，不肯转意回心，没奈何才去。你看他——

噙泪叩头辞长老，含悲留意嘱沙僧。一头拭迸坡前草，两脚蹬翻地上藤。

上天下地如轮转，跨海飞山第一能。顷刻之间不见影，霎时疾返旧途程。

你看他忍气别了师父，纵筋斗云，径回花果山水帘洞去了。独自个凄凄惨惨，忽闻得水声聒耳，大圣在那半空里看时，原来是东洋大海潮发的声响。一见了，又想起唐僧，止不住腮边泪坠，停云住步，良久方去。毕竟不知此去反复何如，且听下回分解。

聊斋志异（二篇）

《聊斋志异》是一部具有独特思想风貌和艺术风貌的文言短篇小说集。多数小说是通过幻想的形式谈狐说鬼，但内容却深深地扎根于现实生活的土壤之中，曲折地反映了蒲松龄所生活的时代的社会矛盾和人民的思想愿望，熔铸进了作家对生活的独特的感受和认识。蒲松龄在《聊斋自志》中说：“集腋为裘，妄续幽冥之录；浮白载笔，仅成孤愤之书：寄托如此，亦足悲矣！”

婴宁

王子服，莒之罗店人[(1)]。早孤。绝惠[(2)]，十四入泮[(3)]。母最爱之，寻常不令游郊野。聘萧氏[(4)]，未嫁而夭，故求凰未就也[(5)]。会上元[(6)]，有舅氏子吴生，邀同眺瞩[(7)]。方至村外，舅家有仆来，招吴去。生见游女如云，乘兴独遨。有女郎携婢，拈梅花一枝，容华绝代，笑容可掬。生注目不移，竟忘顾忌。女过去数武，顾婢曰：“个儿郎目灼灼似贼[(8)]！”遗花地上，笑语自去。

生拾花怅然，神魂丧失，怏怏遂返。至家，藏花枕底，垂头而睡，不语亦不食。母忧之。醮禳益剧[(9)]，肌革锐减[(10)]。医师诊视，投剂发表[(11)]，忽忽若迷。母抚问所由[(12)]，默然不答。适吴生来，嘱密诘之。吴至榻前，生见之泪下。吴就榻慰解，渐致研诘[(13)]。生具吐其实[(14)]，且求谋画。吴笑曰：“君意亦复痴！此愿有何难遂？当代访之。徒步于野，必非世家[(15)]。如其未字[(16)]，事固谐矣：不然，拚以重赂[(17)]，计必允遂。但得痊瘳，成事在我。”生闻之，不觉解颐[(18)]。吴出告母，物色女子居里，而探访既穷，并无踪绪。母大忧，无所为计。然自吴去后，颜顿开，食亦略进。数日，吴复来。生问所谋。吴绐之曰：“已得之矣。我以为谁何人[(19)]，乃我姑氏女，即君姨妹行，今尚待聘。虽内戚有婚姻之嫌[20]，实告之，无不谐者。”生喜溢眉宇，问：“居何里？”吴诡曰[21]：“西南山中，去此可三十余里。”

生又付嘱再四，吴锐身自任而去。生由是饮食渐加，日就平复。探视枕底，花虽枯，未便雕落。凝思把玩，如见其人。怪吴不至，折柬招之[22]。吴支托不肯赴招[23]。生恚怒，悒悒不欢。母虑其复病，急为议姻；略与商确[24]，辄摇首不愿，惟日盼吴。吴迄无耗，益怨恨之。转思三十里非遥，何必仰息他人[25]？怀梅袖中，负气自往，而家人不知也。伶仃独步，无可问程，但望南山行去。约三十余里，乱山合沓[26]，空翠爽肌，寂无人行，止有鸟道[27]。遥望谷底，从花乱树中，隐隐有小里落。下山入村，见舍宇无多，皆茅屋，而意甚修雅[28]。北向一家，门前皆丝柳，墙内桃杏尤繁，间以修竹[29]；野鸟格磔其中[30]。意其园亭，不敢遽入。回顾对户，有巨石滑洁，因据坐少憩，俄闻墙内有女子，长呼“小荣”，其声娇细。方伫听间，一女郎由东而西，执杏花一朵，俯首自簪。举头见生，遂不复簪，含笑拈花而入。审视之，即上元途中所遇也。心骤喜。但念无以阶进[31]；欲呼姨氏，顾从无还往，惧有讹误。门内无人可问。坐卧徘徊，自朝至于日昃[32]，盈盈望断[33]，并忘饥渴。时见女子露半面来窥，似讶其不去者。忽一老媪扶杖出，顾生曰：“何处郎君，闻自辰刻便来，以至于今。意将何为？得勿饥耶？”生急起揖之，答云：“将以盼亲[34]。”媪聋聩不闻。又大言之。乃问：“贵戚何姓？”生不能答。

媪笑曰：“奇哉！姓名尚自不知，何亲可探？我视郎君，亦书痴耳，不如从我来，啖以粗粝[35]，家有短榻可卧。待明朝归，询知姓氏，再来探访，不晚也。”生方腹馁思啖，又从此渐近丽人，大喜。从媪入，见门内白石砌路，夹道红花，片片堕阶上；曲折而西，又启一关，豆棚花架满庭中，肃客入舍[36]，粉壁光明如镜；窗外海棠枝朵探入室中，裀藉几榻[37]，罔不洁泽。甫坐，即有人自窗外隐约相窥。媪唤：“小荣！可速作黍[38]。”外有婢子噭声而应[39]。坐次[40]，具展宗阀[41]。媪曰：“郎君外祖，莫姓吴否？”曰：“然。”媪惊曰：“是吾甥也！尊堂，我妹子。年来以家窭贫[42]，又无三尺男[43]，遂至音问梗塞。甥长成如许，尚不相识。”生曰：“此来即为姨也，匆遽遂忘姓氏。”媪曰：“老身秦姓，并无诞育；弱息仅存[44]，亦为庶产[45]。渠母改醮[46]，遗我鞠养。颇亦不钝，但少教训，嬉不知愁。少顷，使来拜识。”

未几，婢子具饭，雏尾盈握[47]。媪劝餐已，婢来敛具。媪曰：“唤宁姑来。”婢应去。良久，闻户外隐有笑声。媪又唤曰：“婴宁，汝姨兄在此。”

户外嗤嗤笑不已。婢推之以入，犹掩其口，笑不可遏。媪嗔目曰[48]：“有客在，咤咤叱叱，是何景象？”女忍笑而立，生揖之。媪曰：“此王郎，汝姨子。一家尚不相识，可笑人也。”生问：“妹子年几何矣？”媪未能解。

生又言之。女复笑，不可仰视。媪谓生曰：“我言少教诲，此可见矣。年已十六，呆痴裁如婴儿[49]。”生曰：“小于甥一岁。”曰：“阿甥已十七矣，得非庚午属马者耶[50]？”生首应之。又问：“甥妇阿谁？”答云：“无之。”曰：“如甥才貌，何十七岁犹未聘？婴宁亦无姑家[51]，极相匹敌[52]；惜有内亲之嫌。”生无语，目注婴宁，不遑他瞬。婢向仿佛不远；然坟垅湮没[75]，莫可辨识，诧叹而返。母疑其为鬼。人告吴言，女略无骇意；又吊其无家[76]，亦殊无悲意，孜孜憨笑而已[77]。众莫之测。母令与少女同寝止。昧爽即来省问[78]，操女红精巧绝伦[79]。但善笑，禁之亦不可止；然笑处嫣然，狂而不损其媚，人皆乐之。邻女少妇，争承迎之。母择吉将为合卺[80]，而终恐为鬼物。窃于日中窥之，形影殊无少异[81]。至日，使华装行新妇礼；女笑极不能俯仰，遂罢。生以其憨痴，恐泄漏房中隐事；而女殊密秘，不肯道一语。每值母忧怒，女至，一笑即解。

奴婢小过，恐遭鞭楚，辄求诣母共话；罪婢投见，恒得免。而爱花成癖，物色遍戚党；窃典金钗，购佳种，数月，阶砌藩溷，无非花者。

庭后有木香一架，故邻西家。女每攀登其上，摘供簪玩[82]。母时遇见，辄诃之。女卒不改。一日，西人子见之，凝注倾倒。女不避而笑。西人子谓女意已属，心益荡。女指墙底笑而下，西人子谓示约处，大悦。及昏而往，女果在焉。就而淫之，则阴如锥刺，痛彻于心，大号而踣。细视非女，则一枯木卧墙边，所接乃水淋窍也。邻父闻声，急奔研问，呻而不言。妻来，始以实告。爇火烛窍[83]，见中有巨蝎，如小蟹然。翁碎木捉杀之。负子至家，半夜寻卒。邻人讼生，讦发婴宁妖异[84]。邑宰素仰生才，稔知其笃行士[85]，谓邻翁讼诬，将杖责之。生为乞免，逐释而出。母谓女曰："憨狂尔尔，早知过喜而伏忧也。邑令神明，幸不牵累；设鹘突官宰[86]，必逮妇女质公堂，我儿何颜见戚里？"女正色，矢不复笑。母曰："人罔不笑，但须有时。"

而女由是竟不复笑，虽故逗，亦终不笑；然竟日未尝有戚容。一夕，对生零涕。异之。女哽咽曰："曩以相从日浅，言之恐致骇怪。今日察姑及郎，皆过爱无有异心，直告或无妨乎？妾本狐产。母临去，以妾托鬼母，相依十余年，始有今日。妾又无兄弟，所恃者惟君。老母岑寂山阿[87]，无人怜而合厝之[88]，九泉辄为悼恨。君倘不惜烦费，使地下人消此怨恫，庶养女者不忍溺弃。"生诺之，然虑坟冢迷于荒草。女但言无虑。刻日，夫妻舆榇而往[89]。女于荒烟错楚中[90]，指示墓处，果得媪尸，肤革犹存。女抚哭哀痛。舁归，寻秦氏墓合葬焉。是夜，生梦媪来称谢，寤而述之。女曰："妾夜见之，嘱勿惊郎君耳。"生恨不邀留。女曰："彼鬼也。生人多，阳气胜，何能久居？"生问小荣，曰："是亦狐，最黠。狐母留以视妾，每摄饵相哺[91]，故德之常不去心。昨问母，云已嫁之。"由是岁值寒食，夫妻登秦墓，拜扫无缺。女逾年，生一子。在怀抱中，不畏生人，见人辄笑，亦大有母风云。异史氏曰："观其孜孜憨笑，似全无心肝者；而墙下恶作剧，其黠孰甚焉。至凄恋鬼母，反笑为哭，我婴宁殆隐于笑者矣[92]。窃闻山中有草，名'笑矣乎'。嗅之，则笑不可止。房中植此一种，则合欢、忘忧[93]，并无颜色矣。若解语花[94]，正嫌其作态耳[95]。"

【注释】

（1）莒：古国名，后置为州县，在今山东省莒县一带。

（2）绝惠：极端聪明。惠：通"慧"。

（3）入泮：入县学为生员。

（4）聘：订婚。旧时订婚，男方须向女方行纳聘礼，称“行聘”或“文定”。

（5）求凰：汉司马相如《琴歌》：“凤兮凤兮归故乡，遨游四海求其凰。”相传此歌为向卓文君求爱而作，后因称男子求偶为求凰。

（6）上元：上元节，旧历正月十五。

（7）眺瞩：居高望远。此指观赏景物。

（8）个儿郎：这个小伙子。个：这个。儿郎：指青年男子。

（9）醮禳（jiàoráng）：祈祷消灾。醮，祭神。禳：消除灾祸。

（10）肌革锐减：消瘦得极快。肌革：犹肌肤。

（11）投剂发表：中医治病方法，用药把病从体内表散出来。剂：药剂。

（12）抚问所由：爱抚地问其得病的原因。

（13）研诘：细细追问。

（14）具：全，全部。

（15）世家：世代显贵之家族。

（16）字：女子许婚。

（17）拚（pàn）：不顾惜，豁出去。

（18）解颐：露出笑容。颐：面颊。

（19）谁何：什么。

（20）内戚有婚姻之嫌：意谓姨表亲戚因血缘相近，通婚有所禁忌。内戚：内亲，妻的亲属。王子服与婴宁为姨兄妹，故云内戚。

（21）诡曰：谎称，假说。

（22）折柬：裁纸写信。柬：通“简”。

（23）支托：支吾推托。支：支吾，以含混之词搪塞。

（24）确：疑为笔误，当作“榷”。

（25）仰息他人：喻依赖他人，语出《后汉书・袁绍传》。仰：仰仗。息：鼻息，指鼻腔呼吸的气息，呼气则温，吸气则寒。

（26）合沓（tà）：重叠。

（27）鸟道：喻山路险峻狭窄，只有飞鸟可过。

（28）意甚修雅：给人以美好幽雅的感觉。

（29）修竹：细长的竹子。修：长，高。

（30）格磔（zhé）；鸟鸣声。

（31）阶进：进身的因由。阶：因由，凭借。

（32）日昃（zè）：太阳偏西。

（33）盈盈望断：犹言望穿秋水，形容盼望殷切。盈盈：形容眼波流动，明澈如秋水。《西厢记》三本二折：“你若不去啊，望穿他盈盈秋水，蹙损他淡淡春山。”

（34）盼亲，探亲。

（35）粗粝（lì）：糙米，喻粗茶淡饭。

（36）肃客：请客人进入。《礼记·曲礼》："主人肃客而入。"

（37）裀（yīn）：垫席。裀：同"茵"。

（38）作黍：做饭。

（39）噭（jiào）声而应：高声答应。

（40）坐次：相对而坐的时候。次：指事件正在进行时。

（41）展：陈述。宗阀：宗族门第。

（42）窭（jù）贫：贫穷。《诗·邶风·北门》："终窭且贫。"朱熹注："窭者，贫而无以为礼也。"

（43）无三尺男：谓家无一男性。三尺男：指身高三尺的男童。

（44）弱息：本指幼弱的子女，后多指女儿。

（45）庶产：妾生。封建家族中，侧室称庶，所生子女称"庶出"。

（46）改醮：改嫁。《仪礼·士昏礼》："庶妇则使人醮之。"醮：古婚礼的一种简单仪式，后多指女子嫁人。

（47）雏尾盈握：指肥嫩的雏鸡。《礼记·内则》："雏尾不盈握，弗食。"雏：指小鸡。盈握：满一把。鸡的尾部满一把，言其肥。

（48）嗔目：生气地看对方一眼。嗔，生气。

（49）裁：通"才"。

（50）庚午属马：庚午年生人，属马。古时以鼠、牛、虎、兔、龙、蛇、马、羊、猴、鸡、犬、猪十二种动物来配十二地支，子、丑、寅、卯、辰、巳、午、未、申、酉、戌、亥称为"十二属"或"十二生肖"。午年生人应属马。

（51）姑家：婆家。

（52）匹敌：般配。敌：相当。

（53）被：包着被子。

（54）迟迟：慢慢地，指过些时候。

（55）杨花糁（sǎn）径：杨花粉粒，星星点点散落在小路上。糁：碎米屑，泛指散乱的粒状细物，此谓撒落。

（56）楹：量词，屋一间为一楹。

（57）捘（zùn）：捏。

（58）化为异物：指人死亡。语见贾谊《鸟赋》。异物：指死亡的人，"鬼"的讳词。

（59）大细事：极小的事。

（60）靳惜：吝惜。

（61）生曰：原无"生"字，此从铸雪斋抄本。

（62）葭莩（jiāfú）之情：亲戚情谊。《汉书·中山王传》："非有葭莩之亲。"葭莩，芦苇内壁的薄膜，喻指疏远的亲戚，亦泛指亲戚。

（63）瓜葛：指亲戚。瓜和葛都是蔓生植物，比喻互相牵连的亲戚。蔡邕《独断》："四姓小侯，诸侯家妇，凡与先帝后有瓜葛者……皆会。"

（64）周遮：言语烦琐。白居易《老戒》诗：“矍铄夸身健，周遮说话长。”

（65）捉双卫：牵着两头驴子。捉：牵。卫：驴的别称。《尔雅翼》：“驴一名卫。或曰：晋卫好乘之，故以为名。”

（66）匪伊朝夕：不止一日。匪：通“非”。伊：句中语词。

（67）殂谢：死亡。

（68）面庞：面部轮廓。志赘：指身体上的特征或标记。志：通“痣”。赘：赘疣，俗称瘊子。

（69）鳏居：无妻独居。

（70）天师符：张天师的神符。天师：指东汉张道陵及其后裔。

（71）疑参：疑惑参详。

（72）吃吃：笑声。

（73）憨（hān）生：娇痴。憨：傻。生：语助词。

（74）执柯：作媒。语出《诗·风·伐柯》。见《娇娜》注。

（75）垅：坟。湮（yān）没：埋没。

（76）吊：怜悯。

（77）孜孜（zīzī）：不停地。

（78）昧爽：黎明。省（xǐng）问：问候，问安。

（79）女红（gōng）：旧时指妇女所作的纺织、刺绣、缝纫等事。红：同“功”。

（80）择吉：选择吉日良辰。

（81）“窃于日中窥之”两句：传说鬼在日光下无影，因而以此检验婴宁是否为鬼物。

（82）簪玩：妇女折花，或插戴在发髻之上，或插养于瓶中赏玩，因合称。

（83）爇（ruò）火，点燃灯火。烛：照。

（84）讦（jié）：揭发。

（85）笃行士：品行忠厚的读书人。

（86）鹘（hú）突：胡涂。

（87）岑寂山阿：孤寂地居处山阿。陶渊明《挽歌》诗：“死去何所道，托体同山阿。”山阿：山中曲坳处。

（88）合厝（cuò）：合葬。厝：安葬。

（89）舆榇：以车载棺。榇：棺材。

（90）错楚：错杂的树丛。

（91）摄饵：摄取食物。

（92）隐于笑：用笑来掩护自己。隐：潜藏。

（93）合欢：花名，俗称夜合花、马缨花。忘忧：忘忧草，萱草的别名。

（94）解语花：《开元天宝遗事·解语花》：唐明皇与杨贵妃庄太液池赏花，左右极赞池花之美，而“帝指贵妃示于左右曰：‘争如我解语花？’”后因以“解语花”比喻善于迎合人意的美女。

（95）作态：装模作样，指矫饰而有失自然。

黄英

马子才，顺天人。世好菊，至才尤甚。闻有佳种，必购之，千里不惮[1]。一日，有金陵客寓其家，自言其中表亲有一二种[2]，为北方所无。马欣动[3]，即刻治装，从客至金陵。客多方为之营求，得两芽[4]，裹藏如宝。归至中途，遇一少年，跨蹇从油碧车[5]，丰姿洒落。渐近与语。少年自言："陶姓。"谈言骚雅[6]。因问马所自来，实告之。少年曰："种无不佳，培溉在人。"

因与论艺菊之法[7]。马大悦，问："将何往？"答云："姊厌金陵，欲卜居于河朔耳[8]。"马欣然曰："仆虽固贫[9]，茅庐可以寄榻。不嫌荒陋，无烦他适。"陶趋车前，向姊咨禀[10]。车中人椎帘语，乃二十许绝世美人也。顾弟言："屋不厌卑，而院宜得广。"马代诺之，遂与俱归。

第南有荒圃，仅小室三四椽，陶喜，居之。日过北院，为马治菊。菊已枯，拔根再植之，无不活。然家清贫，陶日与马共食饮，而察其家似不举火[11]。马妻吕，亦爱陶姊，不时以升斗馈恤之。陶姊小字黄英[12]，雅善谈，辄过吕所，与共纫绩[13]。陶一日谓马曰："君家固不丰，仆日以口腹累知交[14]，胡可为常。为今计，卖菊亦足谋生。"马素介[15]，闻陶言，甚鄙之，曰："仆以君风流高士[16]，当能安贫，今作是论，则以东篱为市井，有辱黄花矣[17]。"陶笑曰："自食其力不为贪，贩花为业不为俗。人固不可苟求富[18]，然亦不必务求贫也[19]。"马不语，陶起而出。自是，马所弃残枝劣种，陶悉掇拾而去。由此不复就马寝食，招之始一至。未几，菊将开，闻其门嚣喧如市[20]。怪之，过而窥焉，见市人买花者，车载肩负，道相属也。其花皆异种，目所未睹。心厌其贪，欲与绝；而又恨其私秘佳本[21]，遂款其扉，将就诮让。陶出，握手曳入。见荒庭半亩皆菊畦，数椽之外无旷土[22]。劚去者[23]，则折别枝插补之；其蓓蕾在畦者，罔不佳妙：而细认之，尽皆向所拔弃也。

陶入屋，出酒馔，设席畦侧，曰："仆贫不能守清戒[24]，连朝幸得微资，颇足供醉，"少间，房中呼"三郎"，陶诺而去。俄献佳肴，烹饪良精。因问："贵姊胡以不字？"答云："时未至。"问："何时？"曰："四十三月。"又诘："何说？"但笑不言。尽欢始散。过宿，又诣之，新插者已盈尺矣。大奇之，苦求其术。陶曰："此固非可言传；且君不以谋生，焉用此？"又数日，门庭略寂，陶乃以蒲席包菊，捆载数车而去。逾岁，春将半，始载南中异卉而归[25]，于都中设花肆，十日尽售，复归艺菊。问之去年买花者。留其根，次年尽变而劣，乃复购于陶。陶由此日富：一年增舍，二年起夏屋。兴作从心，更不谋诸主人。渐而旧日花畦，尽为廊舍。更于墙外买田一区，筑墉四周[26]，悉种菊。至秋，载花去，春尽不归。而马妻病卒。意属黄英，微使人风示之。黄英微笑。意似允许，惟专候陶归而已。年余，陶竟不至。黄英课仆种菊，一如陶。得金益合商贾，村外治膏田二十顷，甲第益壮。

忽有客自东粤来[27]，寄陶生函信，发之，则嘱姊归马。考其寄书之日，即妻死之日；回忆园中之饮，适四十三月也。大奇之。以书示英，请问“致聘何所”。英辞不受采。又以故居陋，欲使就南第居，若赘焉。马不可，择日行亲迎礼。黄英既适马，于间壁开扉通南第，日过课其仆[28]。马耻以妻富，恒嘱黄英作南北籍[29]，以防淆乱。而家所需，黄英辄取诸南第。不半岁，家中触类皆陶家物。马立遣人一一赍还之，戒勿复取。未浃旬[30]，又杂之。凡数更，马不胜烦。黄英笑曰：“陈仲子毋乃劳乎[31]？”马惭，不复稽，一切听诸黄英。鸠工庀料[32]，土木大作，马不能禁。

经数月，楼舍连亘[33]，两第竟合为一，不分疆界矣。然遵马教，闭门不复业菊，而享用过于世家。马不自安，曰：“仆三十年清德[34]，为卿所累。今视息人间[35]，徒依裙带而食[36]，真无一毫丈夫气矣。人皆祝富，我但祝穷耳[37]！”黄英曰：“妾非贪鄙；但不少致丰盈，遂令千载下人，谓渊明贫贱骨[38]，百世不能发迹，故聊为我家彭泽解嘲耳[39]。然贫者愿富，为难；富者求贫，固亦甚易。床头金任君挥去之，妾不靳也。”马曰：“捐他人之金，抑亦良丑。”英曰：“君不愿富，妾亦不能贫也。无已，析君居：清者自清，浊者自浊，何害。”乃于园中筑茅茨[40]，择美婢往侍马。马安之。然过数日，苦念黄英。招之，不肯至；不得已，反就之。隔宿辄至，以为常。黄英笑曰：“东食西宿[41]，廉者当不如是。”马亦自笑，无以对，遂复合居如初。

会马以事客金陵，适逢菊秋。早过花肆，见肆中盆列甚烦，款朵佳胜[42]，心动，疑类陶制。少间，主人出，果陶也。喜极，具道契阔，遂止宿焉，要之归。陶曰：“金陵，吾故土，将婚于是。积有薄资，烦寄吾姊。我岁抄当暂去。”马不听，请之益苦。且曰：“家幸充盈，但可坐享，无须复贾。”

坐肆中，使仆代论价，廉其直，数日尽售。逼促囊装，赁舟遂北。人门，则姊已除舍，床榻裀褥皆设，若预知弟也归者。陶自归，解装课役，大修亭园，惟日与马共棋酒，更不复结一客。为之择婚，辞不愿。姊遣二婢侍其寝处，居三四年，生一女。

陶饮素豪[43]，从不见其沉醉。有友人曾生，量亦无对。适过马，马使与陶相较饮。二人纵饮甚欢，相得恨晚。自辰以迄四漏[44]，计各尽百壶。

曾烂醉如泥，沉睡座间。陶起归寝，出门践菊畦，玉山倾倒[45]，委衣于侧，即地化为菊，高如人；花十余朵，皆太子拳。马骇绝，告黄英。英急往，拔置地上，曰：“胡醉至此！”覆以衣，要马俱去，戒勿视。既明而往，则陶卧畦边。马乃悟姊弟菊精也，益敬爱之。而陶自露迹，饮益放，恒自折柬招曾。因与莫逆。值花朝[46]，曾乃造访，以两仆舁药浸白酒一坛，约与共尽。坛将竭，二人犹未甚醉，马潜以一瓻续人之[47]，二人又尽之。曾醉已惫，诸仆负之以去。陶卧地，又化为菊。马见惯不惊，如怯拔之，守其旁以观其变。久之，叶益憔悴。大惧，始告黄英。英闻骇曰：“杀吾弟矣！”

奔视之，根株已枯。痛绝，掐其梗，埋盆中，携入闺中，日灌溉之。马悔恨欲绝，甚怨曾。越数日，闻曾已醉死矣。盆中花渐萌，九月既开，短干粉朵，嗅之有酒香，名之“醉陶”，浇以酒则茂。后女长成，嫁于世家，黄英终老，亦无他异。

异史氏日：“青山白云人，遂以醉死[48]，世尽惜之，而未必不自以为快也。植此种于庭中[49]，如见良友，如对丽人，不可不物色之也。”

【注释】

（1）千里不惮：谓不怕路远。惮：怕。

（2）中表亲：古代称姑母的儿子为外兄弟，称舅父或姨母的儿子为内兄弟。外为“表”，内为“中”，合称这种亲戚关系为“中表亲”。

（3）欣动：欣喜动心。

（4）两芽：两支幼苗。

（5）跨蹇从油碧车：骑着小驴跟随在油碧车后面。蹇：蹇卫，驴子。油碧车：也作“油壁车”，因车壁以油涂饰，故名。古时妇女所乘之车。

（6）谈言骚雅：说话文雅，有诗人气质。《楚辞》有《离骚》，《诗经》有《大雅》和《小雅》，故以“骚雅”代指文学修养。

（7）艺：种植。

（8）河朔，黄河以北地区。

（9）固贫：固守贫困。

（10）咨禀：商量，禀告。

（11）不举火：不烧火做饭。

（12）小字：小名，乳名。

（13）纫绩：缝纫、捻线，指做针线活。

（14）口腹：指饮食。

（15）素介：素来耿介。介：孤洁，有操守。

（16）风流高士：志节高尚的文士。风流，有才学，不拘礼法。

（17）“以东篱为市井”二句：把种菊的地方当作贸易的场所，这对菊花是一种污辱；意谓陶生庸俗，大煞风景。晋陶渊明《饮酒》诗：“采菊东篱下，悠然见南山。”因此这里以“东篱”代指种菊的园地。黄花：指菊花。

（18）苟求富，以不正当的手段谋求富足。

（19）务求贫：立志追求贫穷。

（20）嚣喧：吵闹，喧哗。

（21）佳本：优良品种。本，菊根。

（22）旷土：空地。

（23）劚：掘。

（24）清戒：清廉的戒规。

（25）南中异卉：南方的珍奇花卉。南中：泛指南方。

（26）墉：土墙。

（27）东粤：或作“东越”，指今东南沿海地区。

（28）课仆：督促仆人。课：督促完成指定的工作。

（29）作南北籍：为南北两宅各立账簿。

（30）浃（jiá）旬：即“浃日”，十日。古代以干支纪日，称自甲至癸一周十日为“浃”日。浃：周匝。

（31）陈仲子毋乃带乎：喻指马子才如此追求廉洁未免过分。陈仲子，战国时齐人。《淮南子·氾论训》说他“立节抗行，不入洿君之朝，不食乱世之食，遂饿而死。”《孟子·滕文公下》说他“以兄之禄为不义之禄而不食也，以兄之室为不义之室而不居也，辟兄离母，处于放（wū）陵”。

（32）鸠工庀（pǐ）料：招集工匠，置备建筑材料。庀：备具。

（33）连互：连贯。

（34）清德：清廉自守的德行。

（35）视息人间：犹言“活在世上”。视：看。息：呼吸。

（36）徒依裙带而食：但靠妻子生活。旧时讥称因妻而致的官职为“裙带官”，见《朝野类要·西官》。

（37）祝：祈求。

（38）渊明：晋代诗人陶渊明。

（39）我家彭泽：陶渊明曾为彭泽县令，黄英也姓陶，故曰“我家彭泽”。

（40）茅茨（cí）：草屋。

（41）东食西宿；比喻兼有两利。《艺文类聚》卷四十引。《风俗通》，谓齐人育女，二人求之。一人丑而富，一人美而贫，父母疑而不决，问其女。女曰：“欲东家食，西家宿。”这里以此故事嘲笑马生所标榜的“清廉”。

（42）款朵：花朵的式样，指菊花品种。

（43）豪：豪放，此指豪饮。

（44）自辰以讫四漏：从辰时一直到夜里四更天。讫：至。

（45）玉山倾倒：形容酒醉摔倒。《世说新语·容止》：嵇康为人傲然若孤松独立，酒醉时“若玉山之将崩”，后因以“玉山倾倒”形容醉倒。

（46）花朝：旧俗以阴历二月十五日为百花生日，称为“花朝节”，见《梦粱录·二月望》。又，《诚斋诗话》谓东京以二月十二日为花朝；《翰墨记》则以二月二日为花朝节。

（47）瓻（chī）：古时盛酒用具。

（48）《旧唐书·傅奕传》：傅奕生平未曾请医服药。年八十五，常醉酒酣卧。一日，忽然蹶起，自言将死，因自为墓志曰：“傅奕，青山白云人也，因酒醉死。”这里借指醉死的陶生。

（49）此种：指上文所说的“醉陶”菊。种：品种。

儒林外史（节选）

《儒林外史》是我国古代讽刺文学的典范，清朝小说家吴敬梓对生活在封建末世和科举制度下的封建文人群像的成功塑造，以及对吃人的科举、礼教和腐败事态的生动描绘，使他成为我国文学史上批判现实主义的杰出作家之一。《儒林外史》不仅直接影响了近代谴责小说，而且对现代讽刺文学也有深刻的启发。

第十四回　蘧公孙书坊送良友　马秀才山洞遇神仙

话说马二先生在酒店里同差人商议，要替蘧公孙赎枕箱。差人道："这奴才手里拿着一张首呈，就像拾到了有利的票子。银子少了，他怎肯就把这钦赃放出来？极少也要三二百银子。还要我去拿话吓他：'这事弄破了，一来与你无益；二来钦案官司，过司由院，一路衙门你都要跟着走。你自己算计，可有这些闲钱陪着打这样的恶官司？'是这样吓他，他又见了几个冲心的钱，这事才得了。我是一片本心，特地来报信。我也只愿得无事，落得河水木洗船。但做事也要打蛇打七寸才妙。你先生请上裁！"马二先生摇头道："二三百两是不能。不要说他现今不在家，是我替他设法一就是他在家里，虽然他家太爷做了几任官，而今也家道中落，那里一时拿的许多银子出来？"差人道："既然没有银子，他本人又不见面，我们不要耽误他的事。把呈子丢还他，随他去闹罢了！"马二先生道："不是这样说。你同他是个淡交，我同他是深交。眼睁睁看他有事，不能替他掩下来，这就不成个朋友了。但是要做的来。"差人道："可又来！你要做的来，我也要做的来！"

马二先生道："头翁，我和你从长商议。实不相瞒，在此选书，东家包我几个月。有几两银子束修，我还要留着些用。他这一件事，劳你去和宦成说。我这里将就垫二十两银子把与他，他也只当是拾到的，解了这个冤家罢！"差人恼了道："这个正合着古语'瞒天讨价，就地还钱'。我说二三百银子，你就说二三十两，戴着斗笠亲嘴，差着一帽子。怪不得人说你们'诗云子曰'的人难讲话。这样看来，你好像'老鼠尾巴上害疖子，出脓也不多'，倒是我多事，不该来惹这婆子口舌！"说罢，站起身来谢了扰，辞别就往外走。马二先生拉住道："请坐再说，急怎的？我方才这些话，你道我不出本心么？他其实不在家，我又不是先知了风声，把他藏起和你讲价钱。况且你们一块土的人，彼此是知道的：蘧公孙是甚么慷慨脚色！这宗银子，知道他认不认？几时还我？只是由着他弄出事来，后日懊悔迟了。总之，这件事，我也是个旁人，你也是个旁人。我如今认些晦气，你也要极力帮些。一个出力，一个出钱，也算积下一个莫大的阴功。若是我两人先参差着，就不是共事的道理了。"差人道："马老先生，而今这银子，我也不问是你出，是他出，你们原是'毡袜裹脚靴'。但须要我效劳的来，老实一句，'打开板壁讲亮话'，这事，一些半些，几十两银子的话，横竖做不来。没有三百，也要二百两银子才有商议。我又不要你十两五两，没来由把难题目把你做怎的？"

马二先生见他这话说顶了真，心里着急，道："头翁，我的束修，其实只得一百两银子，这些时用掉了几两，还要留两把作盘费到杭州去。挤的干干净净，抖了包，只挤的出九十二两银子来，一厘也不得多。你若不信，我同你到下处去拿与你看。此外，行李箱子内，听凭你搜，若搜出一钱银子来，你把我不当人。就是这个意思，你替我维持去。如断然不能，我也就没法了，他也只好怨他的命。"差人道："先生，像你这样血心为朋友，难道我们当差的心，不是肉做的？自古山水尚有相逢之日，岂可人不留个相与！只是这行瘟的奴才头高，不知可说的下去？”又想一想道：“我还有个主意，又合着古语说，‘秀才人情纸半张’。现今丫头已是他拐到手了，又有这些事，料想要不回来。不如趁此就写一张婚书，上写收了他身价银一百两，合着你这九十多，不将有二百之数？这分明是有名无实的，却塞得住这小厮的嘴。这个计较何如？”马二先生道：“这也罢了。只要你做的来，这一张纸何难？我就可以做主。”当下说定了，店里会了账，马二先生回到下处候着。

差人假作去会宦成，去了半日，回到文海楼。马二先生接到楼上。差人道：“为这件事，不知费了多少唇舌。那小奴才就像我求他的，定要一千八百地乱说，说他家值多少，就该给他多少。落后我急了，要带他回官，说：‘先问了你这奸拐的罪，回过老爷，把你纳在监里，看你到那里去出首！’他才慌了，依着我说。我把他枕箱先赚了来，现放在楼下店里。先生快写起婚书来，把银子兑清。我再打一个禀帖销了案，打发这奴才走清秋大路，免得又生出枝叶来。”马二先生道：“你这赚法甚好，婚书已经写下了。”随即同银子交与差人。差人打开看，足足九十二两。把箱子拿上楼来，交与马二先生，拿着婚书、银子去了。

回到家中，把婚书藏起，另外开了一篇细帐，借贷吃用，衙门使费，共开出七十多两。只剩了十几两银子递与宦成。宦成嫌少，被他一顿骂道：“你奸拐了人家使女，犯着官法，若不是我替你遮盖，怕老爷不会打折你的狗腿！我倒替你白白的骗一个老婆，又骗了许多银子，不讨你一声知感，反问我找银子来！我如今带你去回老爷，先把你这奸情事打几十板子。丫头便传蘧家领去，叫你吃不了的苦兜着走！”宦成被他骂得闭口无言，忙收了银子，千恩万谢，领看双红，往他州外府寻生意去了。

蘧公孙从坟上回来，正要去问差人，催着回官。只见马二先生来候，请在书房坐下。问了些坟上的事务，慢慢说到这件事上来。蘧公孙初时还含糊。马二先生道：“长兄，你这事还要瞒我么？你的枕箱现在我下处楼上。”公孙听见枕箱，脸便飞红了。马二先生遂把差人怎样来说，我怎样商议，后来怎样怎样，“我把选书的九十几两银子给了他，才买回这个东西来。而今幸得平安无事。就是我这一项银子，也是为朋友上一时激于意气，难道就要你还？但本得不告诉你一遍。明日叫人到我那里，把箱子拿来，或是劈开了，或是竟烧化了，不可再留着惹事！”

公孙听罢大惊，忙取一把椅子，放在中间，把马二先生搽了坐下，倒身拜了四拜。请他坐在书房里，自走进去，如此这般，把方才这些话说与乃眷鲁小姐。又道：“像这样的，才具斯文骨肉朋友。有意气、有肝胆、相与了这样正人君子，也不了！像我娄家表叔，结交了多少人，一个个出乖露丑，若听见这样话，岂不羞死！”鲁小姐也着实感激，备饭留马二先生吃过，叫人跟去，将箱子取来毁了。

次日，马二先生来辞别，要往杭州。公孙道：“长兄先生，才得相聚，为甚么便要去？”马二先生道：“我原有杭州选书。因这文海楼请我来选这一部书，今已选完，在此就没事了。”公孙道：“选书已完，何不搬来我小斋住着，早晚请教？”马二先生道：

"你此时还不是养客的时候。况且杭州各书店里等着我选考卷，还有些未了的事，没奈何，只得要去。倒是先生得闲，来西湖上走走。那西湖山光水色，颇可以添文思。"公孙不能相强，要留他办酒席饯行。马二先生道："还要到别的朋友家告别。"说罢去了，公孙送了出来。

到次日，公孙封了二两银子，备了些薰肉、小菜，亲自到文海楼来送行，要了两部新选的墨卷回去。

马二先生上船，一直来到断河头。问文楼的书坊，乃是文海楼一家。到那里去住，住了几日，没有甚么文章选。腰里带了几个钱，要到西湖上走走。

这西湖，乃是天下第一个真山真水的景致！且不说那灵隐的幽深、天竺的清雅，只这出了钱塘门，过圣因寺，上了苏堤，中间是金沙港，转过去就望见雷峰塔，到了净慈寺，有十多里路，真乃五步一楼，十步一阁！一处是金粉楼台，一处是竹篱茅舍，一处是桃柳争妍，一处是桑麻遍野。那些卖酒的青帘高扬，卖茶的红炭满炉。士女游人，络绎不绝。真不数"三十六家花酒店，七十二座管弦楼"。

马二先生独自一个，带了几个钱，步出钱塘门。在茶亭里，吃了几碗茶，到西湖沿上，牌楼跟前坐下。见那一船一船乡下妇女来烧香的，都梳着挑鬓头。也有穿蓝的，也有穿青绿衣裳的，年纪小的都穿些红绸单裙子。也有模样生的好些的，都是一个大团白脸，两个大高颧骨。也有许多疤、麻、疥、癞的。一顿饭时，就来了有五六船。那些女人后面，都跟着自己的汉子，掮着一把伞，手里拿着一个衣包。上了岸，散往各庙里去了。马二先生看了一遍，不在意里，起来又走了里把多路。望着湖沿上接连着几个酒店，挂着透肥的羊肉，柜台上盘子里，盛着滚热的蹄子、海参、糟鸭，鲜鱼，锅里煮着馄饨，蒸笼上蒸着极大的馒头。马二先生没有钱买了吃，喉咙里咽唾沫，只得走进一个面店，十六个钱吃了一碗面。肚里不饱，又走到间壁一个茶室吃了一碗茶，买了两个钱处片嚼嚼，倒觉得有些滋味。

吃完了出来，看见西湖沿上柳阴下系着两只船。那船上女客在那里换衣裳：一个脱去元色外套，换了一件水田披风；一个脱去天青外套，换了一件玉色绣的八团衣服；一个中年的脱去宝蓝缎衫，换了一件天青缎二色金的绣衫。那些跟从的女客，十几个人，也都换了衣裳。这三位女客，一位跟前一个丫环，手持黑纱团香扇，替他遮看日头，缓步上岸。那头上珍珠的白光，直射多远；裙上环佩，叮叮当当的响。马二先生低着头走了过去，不曾仰视。

往前走过了六桥，转个弯，便像些村乡地方，又有人家的棺材厝基。中间走了一二里多路，走也走不清，甚是可厌。马二先生欲待回家，遇着一走路的，问道："前面可还有好顽的所在？"那人道："转过去便是净慈、雷峰，怎么不好顽？"马二先生又往前走。走到半里路，见一座楼台，盖在水中间，隔着一道板桥。马二先生从桥上走过去，门口也是个茶室。吃了一碗茶，里面的门锁着，马二先生要进去看。管门的问他要了一个钱，开了门，放进去。里面是三间大楼，楼上供的是仁宗皇帝的御书。马二先生吓了一跳，慌忙整一整头巾，理一理宝蓝直裰，在靴桶内拿出一把扇子来当了笏板，恭恭敬敬，朝着楼上扬尘舞蹈，拜了五拜。拜毕起来，定一定神，照旧在茶桌子上坐下。旁边有个花园，卖茶的人说，是布政司房里的人在此请客，不好进去。那厨房却在外面，那热腾腾的燕窝、海参，一碗碗在跟前捧过去，马二先生又羡慕了一番。

出来过了雷峰，远远望见：高高下下许多房子，盖着琉璃瓦，曲曲折折无数的朱红栏杆。马二先生走到跟前，看见一个极高的山门，一个直厦，金字，上写着“敕净慈禅寺”。山门旁边一个小门，马二先生走了进去。一个大宽展的院落，地下都是水磨的砖。才进二道山门，两边廊上，都是几十层极高的阶级。那些富贵人家的女客，成群逐队，里里外外，来往不绝。都穿的是锦绣衣服，风吹起来，身上的香，一阵阵的扑人鼻子。马二先生身子又长，戴一顶高方巾，一幅乌黑的脸，腆着大肚子，穿着一双厚底破靴，横着身子乱粑，只管在人窝子里撞。女人也不看他，他也不看女人。前前后后跑了一交，又出来坐在那茶亭内（上面一个横匾，金书“南屏”两字）吃了一碗茶。柜上摆着许多碟子：桔饼、芝麻糖、粽子、烧饼、处片、黑枣、煮栗子。马二先生每样买了几个钱的，不论好歹，吃了一饱。马二先生也倦了，直着脚跑进清波门。到了下处，关门睡了。因为走多了路，在下处睡了一天。

第三日起来，要到城隍山走走。城隍山就是吴山，就在城中。马二先生走不多远，已到了山脚下。望着几十后阶级，走了上去。横过来，又是几十层阶级，马二先生一气走上，不觉气喘。看见一个大庙，门前卖茶，吃了一碗。进去见是吴相国伍公之庙，马二先生作了个揖，逐细地把匾联看了一遍。又走上去，就像没有路的一般。左边一个门，门上钉着一个匾，匾上“片石居”三个字，里面也想是个花园，有些楼阁。马二先生步了进去，看见窗棱关着。马二先生在门外望里张了一张，见几个人围着一张桌子，摆着一座香炉，众人围着，像是请仙的意思。马二先生想道：“这是他们请仙判断功名大事。我也进去问一问。”站了一会，望见那人磕头起来，旁边人道：“请了一个才女来了。”马二先生听了暗笑。又一会，一个问道：“可是李清照？”又一个问道：“可是苏若兰？”又一个拍手道：“原来是朱淑真！”马二先生道：“这些甚么人？料想不是管功名的了，我不如去罢。”

又转过两个弯，上了几层阶级。只见平坦的一条大街、左边靠着山，一路有几个庙宇，右边一路，一间一间的房子，都有两进。屋后一进，窗子大开着，空空阔阔，一眼隐隐望得见钱塘江。那房子，也有卖酒的、也有卖耍货的、也有卖饺儿的、也有卖面的、也有卖茶的、也有测字算命的。庙门口都摆的是茶桌子。这一条街，单是卖茶，就有三十多处，十分热闹。马二先生正走着，见茶铺子里一个油头粉面的女人招呼他吃茶。马二先生别转头来就走，到间壁一个茶室泡了一碗茶。看见有卖的蓑衣饼，叫打了十二个钱的饼吃了，略觉有些意思。走上去，一个大庙甚是巍峨，便是城隍庙。他便一直走进去，瞻仰了一番。

过了城隍庙，又是一个弯。又是一条小街，街上酒楼、面店都有。还有几个簇新的书店，店里贴着报单，上写：“处州马纯上先生精选《三科程墨持运》于此发卖”。马二先生见了欢喜，走进书店坐坐，取过一本来看，问个价钱。又问：“这书可还行？”书店人道："墨卷只行得一时，那里比得古书？"

马二先生起身出来，因略歇了一歇脚，就又往上走。过这一条街，上面无房子了，是极高的个山冈。一步步上去，走到山冈上，左边望着钱塘江，明明白白。那日，江上无风，水平如镜。过江的船，船上有轿子，都看得明白。再走上些，右边又看得见西湖、雷峰一带，湖心亭都望见。那西湖里打鱼船，一个一个，如小鸭子浮在水面。马二先生心旷神怡，只管走了上去。又看见一个大庙门，摆着茶桌子卖茶。马二先生两脚酸了，且坐吃茶。吃着，两边一望：一边是江，一边是湖。又有那山色一转围着，又遥见隔江的山，高高低低，忽隐忽现。马二先生叹道："真乃'载华岳而不重，振河海而不泄，万物载焉'！"吃了两碗茶，肚里正饿，思量要回去路上吃饭。恰好一个乡里人捧着许多烫面薄饼来卖，又有一篮子煮熟的牛肉。马二先生大喜，买了几十文饼和牛肉，就在茶桌子上尽兴一吃。

吃得饱了，自思趁着饱再上去。走上一箭多路，只见左边一条小径，榛莽蔓草，两边拥塞。马二先生照着这条路走去，见那玲珑怪石，千奇万状，钻进一个石罅，见壁上多少名人题咏。马二先生也不看他，过了一个小石桥，照着那极窄的石磴走上去。又是一座大庙，又有一座石桥，甚不好走。马二先生攀藤附葛，走过桥去，见是个小小的祠宇，上有匾额，写着"丁仙之祠"。马二先生走进去，见中间塑一个仙人，左边一个仙鹤，右边竖着一座一十个字的碑。马二先生见有签筒，思量："我困在此处，何不求个签，问问吉凶？"正要上前展拜，只听得背后一人造："若要发财，何不问我？"马二先生回头一看，见祠门一立着一个人，身长八尺，头戴方巾，身穿茧绸直裰，左手自理着腰里丝绦，右手拄着龙头拐杖，一部大白须直垂过脐，飘飘有神仙之表。只因遇着这个人，有分教：慷慨仗义，银钱去而复来；广结交游，人物久而愈盛。毕竟此人是谁，且听下回分解。

红楼梦（节选）

《红楼梦》是我国古代四大名著之一，属章回体长篇小说，成书于清乾隆四十九年（1784）。梦觉主人序本正式题为《红楼梦》，它原名《石头记》《情僧录》《风月宝鉴》《金陵十二钗》等，是我国古代最伟大的长篇小说，也是世界文学经典巨著之一。作者是曹雪芹。现通行的续作是由高鹗续全的一百二十回《红楼梦》。书中以贾、史、王、薛四大家族为背景，以贾宝玉、林黛玉爱情悲剧为主线，着重描写荣、宁两府由盛到衰的过程，全面地描写封建社会末世的人性世态及种种无法调和的社会矛盾。

第二十七回　滴翠亭杨妃戏彩蝶　埋香冢飞燕泣残红

话说林黛玉正自悲泣，忽听院门响处，只见宝钗出来了，宝玉袭人一群人送了出来。待要上去问着宝玉，又恐当着众人问羞了宝玉不便，因而闪过一旁，让宝钗去了，宝玉等进去关了门，方转过来，犹望着门洒了几点泪。自觉无味，方转身回来，无精打彩的卸了残妆。

紫鹃雪雁素日知道林黛玉的情性：无事闷坐，不是愁眉，便是长叹，且好端端的不知为了什么，常常的便自泪道不干的。先时还有人解劝，怕他思父母，想家乡，受了委曲，只得用话宽慰解劝。谁知后来一年一月的竟常常的如此，把这个样儿看惯，也都不理论了。所以也没人理，由他去闷坐，只管睡觉去了。那林黛玉倚着床栏杆，两手抱着膝，眼睛含着泪，好似木雕泥塑的一般，直坐到二更多天方才睡了。一宿无话。至次日乃是四月二十六日，原来这日未时交芒种节。

尚古风俗：凡交芒种节的这日，都要设摆各色礼物，祭饯花神，言芒种一过，便是夏日了，众花皆卸，花神退位，须要饯行。然闺中更兴这件风俗，所以大观园中之人都早起来了。那些女孩子们，或用花瓣柳枝编成轿马的，或用绫锦纱罗叠成干旄旌幢的，都用彩线系了。每一棵树上，每一枝花上，都系了这些物事。满园里绣带飘飘，花枝招展，更兼这些人打扮得桃羞杏让，燕妒莺惭，一时也道不尽。

且说宝钗、迎春、探春、惜春、李纨，凤姐等并巧姐、大姐、香菱与众丫鬟们在园内玩耍，独不见林黛玉。迎春因说道："林妹妹怎么不见？好个懒丫头！这会子还睡觉不成？"宝钗道："你们等着，我去闹了他来。"说着便丢下了众人，一直往潇湘馆来。正走着，只见文官等十二个女孩子也来了，上来问了好，说了一回闲话。宝钗回身指道："他们都在那里呢，你们找他们去罢。我叫林姑娘去就来。"说着便逶迤往潇湘馆来。忽然抬头见宝玉进去了，宝钗便站住低头想了想：宝玉和林黛玉是从小儿一处长大，他兄妹间多有不避嫌疑之处，嘲笑喜怒无常，况且林黛玉素习猜忌，好弄小性儿的。此刻自己也跟了进去，一则宝玉不便，二则黛玉嫌疑。罢了，倒是回来的妙。想毕抽身回来。

刚要寻别的姊妹去，忽见前面一双玉色蝴蝶，大如团扇，一上一下迎风翩跹，十分有趣。宝钗意欲扑了来玩耍，遂向袖中取出扇子来，向草地下来扑。只见那一双蝴蝶忽起忽落，来来往往，穿花度柳，将欲过河去了。倒引的宝钗蹑手蹑脚的，一直跟到池中滴翠亭上，香汗淋漓，娇喘细细。宝钗也无心扑了，刚欲回来，只听滴翠亭里边嘁嘁喳喳有人说话。原来这亭子四面俱是游廊曲桥，盖造在池中水上，四面雕镂格子糊着纸。

宝钗在亭外听见说话，便煞住脚往里细听，只听说道："你瞧瞧这手帕子，果然是你丢的那块，你就拿着，要不是，就还芸二爷去。"又有一人说话："可不是我那块！拿来给我罢。"又听道："你拿什么谢我呢？难道白寻了来不成。"又答道："我既许了谢你，自然不哄你。"又听说道："我寻了来给你，自然谢我，但只是拣的人，你就不拿什么谢他？"又回道："你别胡说。他是个爷们家，拣了我的东西，自然该还的。我拿什么谢他呢？"又听说道："你不谢他，我怎么回他呢？况且他再三再四的和我说了，若没谢的，不许我给你呢。"半晌，又听答道："也罢，拿我这个给他，算谢他的罢。——你要告诉别人呢？须说个誓来。"又听说道："我要告诉一个人，就长一个疔，日后不得好死！"又听说道："嗳呀！咱们只顾说话，看有人来悄悄在外头听见。不如把这槅子都推开了，便是有人见咱们在这里，他们只当我们说顽话呢。若走到跟前，咱们也看的见，就别说了。"

宝钗在外面听见这话，心中吃惊，想道："怪道从古至今那些奸淫狗盗的人，心机都不错。这一开了，见我在这里，他们岂不臊了。况才说话的语音，大似宝玉房里的红儿的言语。他素昔眼空心大，是个头等刁钻古怪东西。今儿我听了他的短儿，一时人急造反，狗急跳墙，不但生事，而且我还没趣。如今便赶着躲了，料也躲不及，少不得要使个'金蝉脱壳'的法子。"犹未想完，只听"咯吱"一声，宝钗便故意放重了脚步，笑着叫道："颦儿，我看你往那里藏！"一面说，一面故意往前赶。那亭内的红玉坠儿刚一推窗，只听宝钗如此说着往前赶，两个人都唬怔了。宝钗反向他二人笑道："你们把林姑娘藏在那里了？"坠儿道："何曾见林姑娘了。"宝钗道："我才在河那边看着林姑娘在这里蹲着弄水儿的。我要悄悄的唬他一跳，还没有走到跟前，他倒看见我了，朝东一绕就不见了。别是藏在这里头了。"一面说一面故意进去寻了一寻，抽身就走，口内说道："一定是又钻在山子洞里去了。遇见蛇，咬一口也罢了。"一面说一面走，心中又好笑：这件事算遮过去了，不知他二人是怎样。

谁知红玉听了宝钗的话，便信以为真，让宝钗去远，便拉坠儿道："了不得了！林姑娘蹲在这里，一定听了话去了！"坠儿听说，也半日不言语。红玉又道："这可怎么样呢？"坠儿道："便是听了，管谁筋疼，各人干各人的就完了。"红玉道："若是宝姑娘听见，还倒罢了。林姑娘嘴里又爱刻薄人，心里又细，他一听见了，倘或走露了风声，怎么样呢？" 二人正说着，只见文官，香菱，司棋，待书等上亭子来了。二人只得掩住这话，且和他们顽笑。

只见凤姐儿站在山坡上招手叫，红玉连忙弃了众人，跑至凤姐跟前，堆着笑问："奶奶使唤作什么事？"凤姐打谅了一打谅，见他生的干净俏丽，说话知趣，因笑道："我的丫头今儿没跟进我来。我这会子想起一件事来，要使唤个人出去，不知你能干不能干，说的齐全不齐全？"红玉笑道："奶奶有什么话，只管吩咐我说去。若说的不齐全，误了奶奶的事，凭奶奶责罚就是了。"凤姐笑道："你是那位小姐房里的？我使你出去，他回来找你，我好替你说的。"红玉道："我是宝二爷房里的。"凤姐听了笑道："嗳哟！你原来是宝玉房里的，怪道呢。也罢了，等他问，我替你说。你到我们家，告诉你平姐姐：外头屋里桌子上汝窑盘子架儿底下放着一卷银子，那是一百六十两，给绣匠的工价，等张材家的来要，当面称给他瞧了，再给他拿去。再里头床头间有一个小荷包拿了来。"

红玉听说撤身去了，回来只见凤姐不在这山坡子上了。因见司棋从山洞里出来，站着系裙子，便赶上来问道："姐姐，不知道二奶奶往那里去了？"司棋道："没理论。"红玉听了，抽身又往四下里一看，只见那边探春宝钗在池边看鱼。红玉上来陪笑问道："姑娘们可知道二奶奶那去了？"探春道："往你大奶奶院里找去。"红玉听了才往稻香村来，顶头只见晴雯、绮霰、碧痕、紫绡、麝月、待书、入画、莺儿等一群人来了。晴雯一见了红玉，便说道："你只是疯罢！院子里花儿也不浇，雀儿也不喂，茶炉子也不垅，就在外头逛。"红玉道："昨儿二爷说了，今儿不用浇花，过一日浇一回罢。我喂雀儿的时侯，姐姐还睡觉呢。"碧痕道："茶炉子呢？"红玉道："今儿不该我垅的班儿，有茶没茶别问我。”绮霰道：“你听听他的嘴！你们别说了，让他逛去罢。”红玉道：“你们再问问我逛了没有。二奶奶使唤我说话取东西的。”说着将荷包举给他们看，方没言语了，大家分路走开。晴雯冷笑道：“怪道呢！原来爬上高枝儿去了，把我们不放在眼里。不知说了一句话半句话，名儿姓儿知道了不曾呢，就把他兴的这样！这一遭半遭儿的算不得什么，过了后儿还得听呵！有本事从今儿出了这园子，长长远远的在高枝儿上才算得。”一面说着去了。

这里红玉听说，不便分证，只得忍着气来找凤姐儿。到了李氏房中，果见凤姐儿在这里和李氏说话儿呢。红玉上来回道：“平姐姐说，奶奶刚出来了，他就把银子收了起来，才张材家的来讨，当面称了给他拿去了。”说着将荷包递了上去，又道：“平姐姐教我回奶奶：才旺儿进来讨奶奶的示下，好往那家子去。平姐姐就把那话按着奶奶的主意打发他去了。”凤姐笑道：“他怎么按我的主意打发去了？”红玉道：“平姐姐说：我们奶奶问这里奶奶好。原是我们二爷不在家，虽然迟了两天，只管请奶奶放心。等五奶奶好些，我们奶奶还会了五奶奶来瞧奶奶呢。五奶奶前儿打发了人来说，舅奶奶带了信来了，问奶奶好，还要和这里的姑奶奶寻两丸延年神验万全丹。若有了，奶奶打发人来，只管送在我们奶奶这里。明儿有人去，就顺路给那边舅奶奶带去的。”

话未说完，李氏道：“嗳哟哟！这些话我就不懂了。什么‘奶奶’‘爷爷’的一大堆。”凤姐笑道：“怨不得你不懂，这是四五门子的话呢。”说着又向红玉笑道：“好孩子，难为你说的齐全。别象他们扭扭捏捏的蚊子似的。嫂子你不知道，如今除了我随手使的几个丫头老婆之外，我就怕和他们说话。他们必定把一句话拉长了作两三截儿，咬文咬字，拿着腔儿，哼哼唧唧的，急的我冒火，他们那里知道！先时我们平儿也是这么着，我就问着他：难道必定装蚊子哼哼就是美人了？说了几遭才好些儿了。”李宫裁笑道：“都象你泼皮破落户才好。”凤姐又道：“这一个丫头就好。方才两遭，说话虽不多，听那口声就简断。”说着又向红玉笑道：“你明儿伏侍我去罢。我认你作女儿，我一调理你就出息了。”

红玉听了，扑哧一笑。凤姐道：“你怎么笑？你说我年轻，比你能大几岁，就作你的妈了？你还作春梦呢！你打听打听，这些人头比你大的大的，赶着我叫妈，我还不理。今儿抬举了你呢！”红玉笑道：“我不是笑这个，我笑奶奶认错了辈数了。我妈是奶奶的女儿，这会子又认我作女儿。”凤姐道：“谁是你妈？”李宫裁笑道：“你原来不认得他？他是林之孝之女。”凤姐听了十分诧异，说道：“哦！原来是他的丫头。”又笑道：“林之孝两口子都是锥子扎不出一声儿来的。我成日家说，他们倒是配就了的一对夫妻，一个天聋，一个地哑。那里承望养出这么个伶俐丫头来！你十几岁了？”红玉道：“十七岁了。”又问名字，红玉道：“原叫红玉的，因为重了宝二爷，如今只叫红儿了。”

凤姐听说将眉一皱，把头一回，说道：“讨人嫌的很！得了玉的益似的，你也玉，我也玉。”因说道：“既这么着肯跟，我还和他妈说，赖大家的如今事多，也不知这府里谁是谁，你替我好好的挑两个丫头我使，他一般答应着。他饶不挑，倒把这女孩子送了别处去。难道跟我必定不好？”李氏笑道：“你可是又多心了。他进来在先，你说话在后，怎么怨的他妈！”凤姐道：“既这么着，明儿我和宝玉说，叫他再要人去，叫这丫头跟我去。可不知本人愿意不愿意？”红玉笑道：“愿意不愿意，我们也不敢说。只是跟着奶奶，我们也学些眉眼高低，出入上下，大小的事也得见识见识。”刚说着，只见王夫人的丫头来请，凤姐便辞了李宫裁去了。红玉回怡红院去，不在话下。

如今且说林黛玉因夜间失寐，次日起来迟了，闻得众姊妹都在园中作饯花会，恐人笑他痴懒，连忙梳洗了出来。刚到了院中，只见宝玉进门来了，笑道：“好妹妹，你昨儿可告我了不曾？教我悬了一夜心。”林黛玉便回头叫紫鹃道：“把屋子收拾了，撂下一扇纱屉，看那大燕子回来，把帘子放下来，拿狮子倚住，烧了香就把炉罩上。”一面说一面又往外走。宝玉见他这样，还认作是昨日中晌的事，那知晚间的这段公案，还打恭作揖的。林黛玉正眼也不看，各自出了院门，一直找别的姊妹去了。宝玉心中纳闷，自己猜疑：看起这个光景来，不象是为昨日的事，但只昨日我回来的晚了，又没有见他，再没有冲撞了他的去处了。一面想，一面由不得随后追了来。

只见宝钗探春正在那边看鹤舞，见黛玉去了，三个一同站着说话儿。又见宝玉来了，探春便笑道：“宝哥哥，身上好？我整整的三天没见你了。”宝玉笑道：“妹妹身上好？我前儿还在大嫂子跟前问你呢。”探春道：“宝哥哥，你往这里来，我和你说话。”宝玉听说，便跟了他，离了钗，玉两个，到了一棵石榴树下。探春因说道：“这几天老爷可曾叫你？”宝玉笑道：“没有叫。”探春说：“昨儿我恍惚听见说老爷叫你出去的。”宝玉笑道：“那想是别人听错了，并没叫的。”探春又笑道：“这几个月，我又攒下有十来吊钱了，你还拿了去，明儿出门逛去的时侯，或是好字画，好轻巧顽意儿，替我带些来。”宝玉道：“我这么城里城外，大廊小庙的逛，也没见个新奇精致东西，左不过是那些金玉铜磁没处撂的古董，再就是绸缎吃食衣服了。”探春道：“谁要这些。怎么象你上回买的那柳枝儿编的小篮子，整竹子根抠的香盒儿，胶泥垛的风炉儿，这就好了。我喜欢的什么似的，谁知他们都爱上了，都当宝贝似的抢了去了。”宝玉笑道：“原来要这个。这不值什么，拿五百钱出去给小子们，管拉一车来。”探春道：“小厮们知道什么。你拣那朴而不俗，直而不拙者，这些东西，你多多的替我带了来。我还象上回的鞋作一双你穿，比那一双还加工夫，如何呢？”

宝玉笑道：“你提起鞋来，我想起个故事：那一回我穿着，可巧遇见了老爷，老爷就不受用，问是谁作的。我那里敢提‘三妹妹’三个字，我就回说是前儿我生日，是舅母给的。老爷听了是舅母给的，才不好说什么，半日还说：‘何苦来！虚耗人力，作践绫罗，作这样的东西。’我回来告诉了袭人，袭人说这还罢了，赵姨娘气的抱怨的了不得：‘正经兄弟，鞋搭拉袜搭拉的没人看的见，且作这些东西！’”探春听说，登时沉下脸来，道：“这话糊涂到什么田地！怎么我是该作鞋的人么？环儿难道没有分例的，没有人的？一般的衣裳是衣裳，鞋袜是鞋袜，丫头老婆一屋子，怎么抱怨这些话！给谁听呢！我不过是闲着没事儿，作一双半双，爱给那个哥哥弟弟，随我的心。谁敢管我不成！

这也是白气。”宝玉听了，点头笑道：“你不知道，他心里自然又有个想头了。”探春听说，益发动了气，将头一扭，说道：“连你也糊涂了！他那想头自然是有的，不过是那阴微鄙贱的见识。他只管这么想，我只管认得老爷，太太两个人，别人我一概不管。就是姊妹弟兄跟前，谁和我好，我就和谁好，什么偏的庶的，我也不知道。论理我不该说他，但忒昏愦的不象了！还有笑话呢：就是上回我给你那钱，替我带那顽的东西。过了两天，他见了我，也是说没钱使，怎么难，我也不理论。谁知后来丫头们出去了，他就抱怨起来，说我攒的钱为什么给你使，倒不给环儿使呢。我听见这话，又好笑又好气，我就出来往太太跟前去了。”正说着，只见宝钗那边笑道：“说完了，来罢。显见的是哥哥妹妹了，丢下别人，且说梯己去。我们听一句儿就使不得了！”说着，探春宝玉二人方笑着来了。

宝玉因不见了林黛玉，便知他躲了别处去了，想了一想，索性迟两日，等他的气消一消再去也罢了。因低头看见许多凤仙石榴等各色落花，锦重重的落了一地，因叹道：“这是他心里生了气，也不收拾这花儿来了。待我送了去，明儿再问着他。”说着，只见宝钗约着他们往外头去。宝玉道：“我就来。”说毕，等他二人去远了，便把那花兜了起来，登山渡水，过树穿花，一直奔了那日同林黛玉葬桃花的去处来。将已到了花冢，犹未转过山坡，只听山坡那边有呜咽之声，一行数落着，哭的好不伤感。宝玉心下想道：“这不知是那房里的丫头，受了委曲，跑到这个地方来哭。”一面想，一面煞住脚步，听他哭道是：

花谢花飞花满天，红消香断有谁怜？
游丝软系飘春榭，落絮轻沾扑绣帘。
闺中女儿惜春暮，愁绪满怀无释处，
手把花锄出绣闺，忍踏落花来复去。
柳丝榆荚自芳菲，不管桃飘与李飞。
桃李明年能再发，明年闺中知有谁？
三月香巢已垒成，梁间燕子太无情！
明年花发虽可啄，却不道人去梁空巢也倾。
一年三百六十日，风刀霜剑严相逼，
明媚鲜妍能几时，一朝飘泊难寻觅。
花开易见落难寻，阶前闷杀葬花人，
独倚花锄泪暗洒，洒上空枝见血痕。
杜鹃无语正黄昏，荷锄归去掩重门。
青灯照壁人初睡，冷雨敲窗被未温。
怪奴底事倍伤神，半为怜春半恼春：
怜春忽至恼忽去，至又无言去不闻。
昨宵庭外悲歌发，知是花魂与鸟魂？

花魂鸟魂总难留，鸟自无言花自羞。
愿奴胁下生双翼，随花飞到天尽头。
天尽头，何处有香丘？
未若锦囊收艳骨，一抔净土掩风流。
质本洁来还洁去，强于污淖陷渠沟。
尔今死去侬收葬，未卜侬身何日丧？
侬今葬花人笑痴，他年葬侬知是谁？
试看春残花渐落，便是红颜老死时。
一朝春尽红颜老，花落人亡两不知！

宝玉听了不觉痴倒。要知端详，且听下回分解。